NADA
FÁCIL

NADA FÁCIL

RADHIKA SANGHANI

TRADUÇÃO
ANGELA PESSÔA

FÁBRICA231

Título original
Not
THAT
EASY

Esta obra é de ficção. Nomes, personagens, lugares e incidentes são puramente ficcionais e não têm nenhuma relação com pessoas da vida real, vivas ou não, ou com qualquer lugar, estabelecimentos comerciais, localidades, acontecimentos ou incidentes. Qualquer semelhança é mera coincidência.

Primeira publicação na Grã-Bretanha em 2015 por Mills & Boon, um selo da Harlequin (UK) Limited, Eton House, 18-24 Paradise Road, Richmond, Surrey, TW9 1SR

Copyright © 2015 by Radhika Sanghani

Todos os direitos reservados, incluindo o de reprodução no todo ou em parte sob qualquer forma.

FÁBRICA231
O selo de entretenimento da Editora Rocco Ltda.

Direitos para a língua portuguesa reservados
com exclusividade para o Brasil à
EDITORA ROCCO LTDA.
Av. Presidente Wilson, 231 – 8ª andar
20030-021 – Rio de Janeiro, RJ
Tel.: (21) 3525-2000 – Fax: (21) 3525-2001
rocco@rocco.com.br
www.rocco.com.br

Printed in Brazil/Impresso no Brasil

Preparação de originais
HALIME MUSSER

CIP-Brasil. Catalogação na fonte.
Sindicato Nacional dos Editores de Livros, RJ.

S214n
Sanghani, Radhika
Nada fácil / Radhika Sanghani; tradução de Angela Pessôa. – 1ª ed. – Rio de Janeiro: Fábrica231, 2019.
(<3 Curti)

Tradução de: Not that easy
ISBN 978-85-9517-054-4
ISBN 978-85-9517-055-1 (e-book)

1. Romance inglês. I. Pessôa, Angela. II. Título.

18-53382
CDD-823
CDU-82-31(410.1)

Vanessa Mafra Xavier Salgado – Bibliotecária – CRB-7/6644

O texto deste livro obedece às normas do Acordo Ortográfico da Língua Portuguesa.

A todos que já tiveram a sensação de que sua vida está uma completa bagunça

CAPÍTULO 1

– Ellie, você está solteira. Deveria ficar no quarto de solteiro.

Olhei para Will em estado de choque. Ele não podia estar falando sério.

– O restante de nós está saindo com pessoas, então precisamos dos quartos de casal – prosseguiu ele.

– Por favor, diga que você está brincando – declarei devagar.

Will levantou-se, altivo, e logo adotou seu estilo de contador.

– Não estou tentando ser babaca – disse ele em tom diplomático. – Só acho que faz sentido nós três ficarmos com os quartos grandes porque Emma está com Sergio, Ollie está com Yomi, e eu, com Cheng. Você está sozinha, por isso deveria ficar com este quarto. Logicamente, você não precisa da cama de casal.

Olhei para os demais no quarto minúsculo. Emma arrastava os saltos Anabela pretos de forma desajeitada e evitava contato visual comigo, enquanto Ollie inspecionava as tábuas laminadas do assoalho. Passou a mão pelos cabelos curtos descoloridos e piscou para mim com ar inocente e olhos azuis brilhantes. Perdoei-lhe de imediato.

– Não vai ser tão ruim assim. Você pode pagar um pouco menos de aluguel – disse Will.

Ele estava falando sério. Estava realmente falando sério. Olhei novamente para Emma e para Ollie, esperando que me defendessem.

Dez segundos depois, eu continuava à espera.

Aquilo era uma armadilha. Algum tipo de golpe em minha própria maldita casa.

— Vocês estão de sacanagem comigo? — gritei.

As sobrancelhas unidas de Will formaram a expressão carrancuda familiar e ele cruzou os braços.

— Emma? — indaguei ao me virar para encará-la. — Você concorda com Will? Você agora faz parte dessa doutrina ridícula da solteirice?

Ela balançou os cabelos louros curtos.

— Não, claro que não, querida, mas de certa forma preciso de um quarto de casal. Serge vai passar bastante tempo aqui e tem 1,98 m de altura, El. Acho que ele não vai caber em uma cama de solteiro.

Lancei-lhe um olhar fulminante antes de me virar para Ollie.

— Ollie? E você? — perguntei, esperando que meu olhar parecesse mais inocente do que raivoso.

— Ah, sinto muito mesmo, Ellie — respondeu ele. — É que Yomi vai ficar comigo sempre que ela vier da faculdade em Bristol para me visitar.

Suspirei. Claro que a namorada perfeita quase médica viria visitá-lo sempre que tirasse alguns dias de folga da tarefa de salvar a vida das pessoas.

— Sem essa, Ellie, é a opção mais fácil — disse Will com um olhar de falsa empatia no rosto irritantemente simétrico. — Se você tivesse um namorado, seria diferente, mas na realidade você não precisa de todo aquele espaço extra. Se está preocupada com espaço no armário, podemos ceder partes dos nossos, não podemos?

Emma balançou a cabeça de maneira calorosa.

— Claro! Você pode guardar o que quiser no meu quarto e pegar minhas coisas emprestadas sempre que desejar. Até mesmo as botas de couro de cano longo até a altura das coxas.

Ah, meu Deus. Aquilo estava de fato acontecendo? Meus amigos estavam realmente me destinando à cama de solteiro e a uma vida de solteirice? Até mesmo minha Melhor Amiga para Sempre,

Emma, os estava apoiando e lentamente perdendo o "para sempre" do título.

Eu tinha que tentar impedir aquilo ou morreria sozinha em minha cama de criança.

– Não consigo *acreditar* nisso – gaguejei por fim. – Vocês não podem me relegar ao menor quarto da casa como se eu fosse algum tipo de tia solteirona indesejada. Também faço parte da vida doméstica e vamos morar juntos o ano todo. Não vou ficar nesta caixa de sapatos o tempo inteiro.

– Acho que podemos trocar na metade do caminho – propôs Ollie. – Quer dizer, não sei se vou poder, mas quem sabe você, Will? Você não está em um relacionamento sério com Cheng, está? Caso se separem, talvez você possa trocar com Ellie.

– Parem – disse eu, erguendo a mão esquerda. – Em primeiro lugar, parem de falar como se eu tivesse concordado em ficar com o quarto menor porque não concordei e, em segundo, Will, que diabos... Cheng nem é seu namorado!

Will pareceu constrangido.

– Nós não deixamos de sair com outras pessoas – admitiu –, mas passamos quase todas as noites juntos. E convenhamos que, quando não estou com ele, estou transando com outra pessoa. Preciso do quarto de casal para quando trouxer os caras para casa.

– Mas e se eu quiser trazer alguém para casa? – perguntei.

Ele bufou e Emma reprimiu uma risada. A vaca.

– Ellie, amo você – disse Will –, mas, depois de passarmos algum tempo juntos neste verão, acho que posso afirmar com certeza que você não é o tipo de garota que traz caras para casa.

– Isso é tão injusto! – gritei. – Só porque não transei com nenhum desconhecido durante o verão não quer dizer que nunca vou fazer isso.

Ele ergueu as sobrancelhas perfeitamente arqueadas em minha direção.

— Ellie, alguma vez você chegou a transar com alguém só por uma noite?

Corei e senti o rosto esquentar. Esse era um tópico muito delicado. Eu não podia mentir, porque havia jurado parar de encobrir a verdade sobre meu — reduzido, muito reduzido — histórico sexual e, além disso, Emma sabia de tudo. Se eu mentisse, ela simplesmente me acharia patética.

— Tudo bem — rosnei. — Nunca tive transas de uma noite, mas, se vocês me derem este quartinho de merda, isso nunca vai acontecer.

— Você não poderia ir para o quarto dos caras? — sugeriu Ollie.

— O quê? — protestei, exasperada. — Como isso pode chegar a ser tema de conversa? Tenho vinte e dois anos. É evidente que sou capaz de fazer sexo casual e, se quiser, vou fazer. Não vou ficar com este quarto porque sou solteira, porque isso é...

Merda, o que era aquilo?

— É uma completa discriminação — declarei. — Vivemos em uma democracia e vamos... vamos sortear os nomes dentro de um chapéu.

— Ellie, deixe de ser infantil. Podemos chegar a um acordo como adultos — disse Will.

— Não sei, parece justo — disse Ollie. Lancei-lhe um olhar de absoluta gratidão. — Não podemos simplesmente jogar pedra, papel e tesoura?

— Tanto faz, dane-se — disse Emma, dando de ombros e estendendo a mão direita no ar, acima da cama.

No outro extremo da cama, Will revirou os olhos e estendeu a mão fechada. Ollie fez o mesmo e, do outro canto, estendi o braço trêmulo para que nossas mãos se reunissem em um quadrado cheio de tensão.

Eu precisava vencer. Se quisesse levar a vida de uma profissional jovem e qualificada em Londres, necessitaria do cenário adequado. Não poderia sair para encontros sem um lugar para trazer meus parceiros.

— OK, quando eu contar três — disse Ollie. — Um...

Por favor, Júlio César, me ajude aqui, rezei para meu herói pessoal. Deus nunca havia me apoiado – o que magoava o coração de minha mãe grega ortodoxa –, mas o conquistador romano já havia me ajudado uma vez e poderia fazê-lo novamente.
– Dois...
Ah, merda, eu tinha que escolher. Hum... pedra. A mais forte. César escolheria a mais forte.
– Três.
Havia duas pedras e dois papéis à nossa frente.
Will me olhou de cara feia.
– OK, Ellie, é entre mim e você agora – disse ele enquanto Emma gritava de alegria e Ollie cumprimentava-a com um *high-five*. Tudo bem. Eu não havia efetivamente perdido. César havia me ajudado. A pedra era claramente uma proteção. Eu apostaria nela outra vez.
– Vou contar – ofereceu-se Ollie.
Will e eu nos encaramos em extremos opostos da cama e permaneci de pé com as pernas bem abertas. Isso mesmo. A sorte romana estava ao meu lado; eu conseguiria esmagar aquele camponês gaulês.
– Um... dois... três.
Minha pedra pálida surgiu à sombra da triunfante palma de papel. Will sorriu para mim com ar presunçoso. Cacete. Exatamente como meu herói, eu havia esquecido a astúcia da traição de Brutus. *Et tu*, Brutus.
– Eu sabia que você ia jogar a pedra outra vez, Ellie – disse Will. – Você é muito previsível.
Fiquei chocada e Emma estendeu a mão por sobre a cama para apertar meu punho fechado com pouca firmeza. Meus Idos de Março haviam começado.

...

Olhei ao redor. Eu havia forrado a cama com uma colcha floral e pendurado lenços no teto para dar ao quarto um astral de caverna de Aladim. Havia luzinhas coloridas em volta da janela e fotos minhas, de Emma e de Lara presas às paredes. De pé sobre a cama, eu conseguia tocar todas as quatro paredes e alcançar basicamente qualquer item no cômodo.

A cama, por falta de opções, havia sido empurrada para junto da janela, sem vidros duplos. O que significava que a condensação pingava devagar sobre minhas almofadas da Primark. Suspirei. Ao longo dos três anos na faculdade, eu havia morado em dormitórios e sonhado muitas vezes em viver em uma casa decente com amigos. Aquilo não era o que eu esperava. Podia ser um quarto só meu, mas eu apostava que nem mesmo Virginia Woolf ficaria seriamente impressionada com ele.

– Não, me solta! – gritou uma voz aguda.

Bati com o punho na parede às minhas costas.

– Não, não fui eu – gritou Ollie por trás da parede.

Revirei os olhos e fiquei de pé sobre a cama para golpear o teto.

Ouvi risos abafados antes de Cheng gritar:

– Desculpe. Vamos maneirar.

A voz baixa de Will sussurrou alguma coisa e em seguida os gritos estridentes recomeçaram. Suspirei e desabei sobre a cama. Fazia apenas quarenta e oito horas que estávamos morando ali, mas eu – literalmente – já estava a par dos detalhes do relacionamento de Will e Cheng. Graças às ridículas paredes de gesso, também entendia cada palavra afetuosa que Ollie dizia a Yomi sempre que ela o visitava. Eu só não conseguia acompanhar o relacionamento de Emma, pois seu quarto ficava no fim do corredor, mas ela sempre me contava todos os detalhes de sua vida sexual com Sergio quando saíamos.

Por mais que fosse divertido morar na região mais descolada – e mais barata – de Londres, eu nunca havia me sentido tão sozinha. Abri o laptop e conectei-me ao Facebook para fuxicar a vida das outras pessoas, agora que havíamos terminado a faculdade.

Kara tinha reatado o relacionamento com Tom e estava trabalhando em uma editora. A belga Marie parecia ter cinco namorados que aparentavam ser modelos da Burberry e minha arqui-inimiga, Hannah Fielding, estava trabalhando como escritora para a *Tatler*. Uau, ela inclusive havia sido marcada em uma foto com Kate Moss. Aquilo era tão previsível.

Olhei ao redor do meu pequeno quarto, onde o mofo crescia por cima da tinta barata que o senhorio usara, e senti vontade de chorar. Em vez disso, decidi prolongar o estrago tecnológico.

Estendi a mão devagar em direção ao meu iPhone, sabendo que me arrependeria do que estava prestes a fazer. Iluminei a tela com um toque e, sentindo-me mal por antecipação, abri o Instagram. O mundo filtrado em sépia ganhou vida e comecei a passar o dedo para ver fotos de minhas amigas da faculdade saindo com gente bonita, trabalhando em empresas de ponta e pegando sol no terraço do Shoreditch House de biquíni branco com óculos escuros vintage. Senti lágrimas de autopiedade me alfinetarem as pálpebras quando a porta se escancarou.

– Ellie, estamos com um problema importante – ofegou Will, parado no vão da porta, vestindo uma cueca vermelha estampada com carrinhos amarelos. Seriam bonequinhos que se sentavam nos carrinhos amarelos? Projetei a cabeça para a frente. – Pare de olhar para meu pênis e me ajude – censurou ele.

– Ah, certo, desculpe. O que aconteceu?

– Ninguém aqui em casa tem lubrificante – anunciou ele.

Bufei.

– Ah, certo, e você acha que *eu*, a amiga solteira que ficou com o quarto de solteiro, vou ajudar você nisso?

Ele arqueou uma sobrancelha.

– Por favor, não estou tão enganado assim. Eu só queria saber se você ainda tem aquele condicionador Aussie milagroso que costuma usar.

– Hum, não. Preciso ir ao supermercado. Afinal de contas, por que você quer lavar o cabelo agora?

– Não é para usar no cabelo, querida. Pelo menos, não no cabelo que você consegue enxergar. – Ele abriu um sorriso malicioso.

– Eu literalmente não faço ideia do que você está falando... AH, MEU DEUS. Você quer usar meu condicionador de £4,49 como lubrificante?!

– Bem, é o que venho usando há uma semana, só que acabou. Você não se importa, não é? – perguntou ele.

– Eu me importo, sim, e muito – falei sem paciência. – Não acredito que por causa disso eu tenha precisado comprar o dobro da quantidade que normalmente compro. Pensei que meu cabelo estivesse muito... embaraçado ultimamente – concluí sem energia.

Ele revirou os olhos em minha direção.

– Vou pedir a Emma. – A cueca de carrinhos se virou rumo ao corredor, mas Will parou e me encarou. – Ei, você estava chorando?

– Não, claro que não – falei apressada. – Por que você acha isso?

– Você está com o Facebook aberto no computador e o Instagram no celular. Você só faz isso quando está infeliz, Ellie.

– Will, você mora comigo há menos de uma semana e só me conhece há alguns meses. Isso não quer dizer nada – contestei com rispidez.

– Que tal o fato do seu rímel estar escorrendo pelo rosto, então?

Droga.

– Ah, cai fora, Will – falei enquanto ele ria e se afastava.

Puxei o edredom. Eu me sentia tão solteira quanto minha cama. Não que eu quisesse um namorado de verdade, era mais o fato de todo mundo estar vivendo outros estágios românticos – quer dizer, sexuais – da vida. Caramba, eles estavam transando com condicionador enquanto eu ficava fuxicando a vida deles no Instagram.

O problema era que meus amigos de infância haviam perdido a virgindade entre os quinze e dezessete anos. No colégio, todas as minhas amigas haviam saído com os garotos do colégio próximo e, após um ano se permitindo ter mais intimidade, haviam chegado nos finalmentes.

Mas ninguém havia ficado particularmente interessado em mim, uma garota grega, de cabelos cacheados, sobrancelhas grossas e usando jeans largos. Meu único contato sexual durante os anos escolares ocorreu aos dezessete anos e foi tão desastroso que minhas amigas o apelidaram de boquete canibal. Assim, enquanto eu ainda me recuperava da humilhação de ter mordido o pênis de James Martell, elas compartilhavam histórias de sexo na sala de descanso do sexto ano. Até mesmo minha melhor e mais antiga amiga, Lara, havia participado.

Foi pior na faculdade. A essa altura, todos já tinham tido alguns relacionamentos, apimentando alguns momentos com transas casuais regadas a álcool e alguns casinhos sem importância. Meus amigos transaram durante os anos letivos até a graduação, gabando-se de seus encontros nos jogos de beber. Só que, como sempre, eu era obrigada a ouvir com um sorriso mentiroso no rosto ou – a opção menos embaraçosa – a inventar meu próprio passado sexual. Perdi a virgindade apenas aos vinte e um anos.

Não por opção. Tudo que eu desejava era que meu hímen fosse rompido, mas ninguém vagamente atraente havia aparecido. No último ano na faculdade, eu estava tão desesperada para deixar de ser virgem que, quando Jack Brown, um designer gráfico cheio de sardas de vinte e seis anos, me convidou para sair, eu praticamente me atirei em cima dele. Ele não se opôs e, após alguns encontros, tirou minha virgindade. Achei que minha felicidade nunca fosse terminar.

Até a semana seguinte, quando ele me abandonou nas ruas de Shoreditch com clamídia.

Foi um fim de merda em um ano de merda, mas eu havia passado o verão bebendo e tomando meus comprimidos para clamídia. A essa altura, eu já havia superado por completo minha DST e Jack

Brown. O único problema era que ele continuava a ser o único com quem eu havia transado e eu nem sequer havia gozado. Meus únicos orgasmos eram fruto de tentativas solitárias em meu quarto, com um vibrador em formato de bala de £14,99.

Ninguém mais brincava de Eu Nunca quando bebia, mas eu ainda não conseguia participar quando Emma e Lara discutiam sexo anal e sexo oral. Eu me sentia excluída. Eu havia passado o verão inteiro dando mole para todos os caras de aparência mediana que apareciam – com menos de trinta anos, evidentemente –, mas nenhum deles havia feito nada além de me beijar. Eu havia me tornado oficialmente *infodível*. Ter que ficar com o quarto de solteiro e ser rotulada como a amiga que não transa era quase como ser virgem outra vez. Independentemente do que eu fizesse para tentar recuperar o tempo perdido, todos estavam sempre dez passos à minha frente. E não era por falta de tentativas.

Pousei a cabeça nas mãos e soltei um gemido patético. Já havia percorrido vinte por cento da casa dos vinte anos. Restavam apenas oitenta por cento antes que eu estivesse na idade de ter filhos e seriamente em busca de um marido. Eu devia estar lá fora fazendo sexo selvagem, apaixonado, sem restrições, com homens de tranças rastafári em motocicletas antes de encontrar a Pessoa Certa, mas em vez disso estava deitada sozinha em meu quarto mofado.

Não era justo. Emma havia transado com uns trinta caras. Lara, com nove. Por que eu não havia chegado nem perto disso? Eu tinha uma aparência normal e era tão divertida quanto elas. Sempre pensei que minha virgindade fosse o problema e, assim que a perdesse, seria fácil e eu começaria a fazer sexo casual.

Mas isso não havia acontecido. Talvez por eu não ter me esforçado o bastante. Ou por estar condenada a ser diferente, a garota gordinha com pelos escuros no corpo, destinada a fazer sexo sem graça e boquetes canibais. Eu sempre me senti uma adolescente grega desajeitada, que não se encaixava em lugar algum.

Eu não parecia em nada com meus primos ou com os amigos da família – a ideia de me casar com alguém "da comunidade" fazia meus pelos arrepiarem. Eu morreria de claustrofobia e tédio, isso se algum cara algum dia me quisesse. Eu não era exatamente a garota bonita e bronzeada com quem eles sonhavam. Todas as minhas primas adoravam se vestir bem e usar brilho labial, enquanto eu preferia sair de tênis e leggings surradas. Eu não era a filha dos sonhos de ninguém.

E tampouco me parecia com qualquer aluno da escola. Não tinha a autoconfiança das outras garotas, que sabiam ser bonitas, privilegiadas e amadas. Meu passado não havia sido exatamente difícil, mas eu nunca via meu pai e minha mãe era muito dominadora. Além disso, ela sempre foi diferente das outras mães. Ainda falava com um forte sotaque grego e não lhe ocorreria assistir a *The O.C.* comigo, como a mãe de Lara fazia.

Talvez por isso eu tenha sido muito mais insegura que as outras garotas. Talvez o rigor de minha mãe em relação aos meninos tenha sido o motivo de ter ficado longe deles por tanto tempo.

Ou quem sabe simplesmente houvesse alguma coisa errada comigo.

Apesar de ter descoberto a depilação de sobrancelha com linha e finalmente feito amigos incríveis, eu continuava me sentindo a pequena Ellie Kolstakis de catorze anos, a menina com quem ninguém queria dançar na discoteca da escola. Eu sabia que era uma ideia idiota. Tinha vinte e dois anos agora, um estágio bacana, dividia uma casa em East London. Mas e quando todos os seus amigos marcam encontros, trazem as pessoas para casa e compartilham um estilo de vida do qual você não faz parte, independentemente do quanto tente? Sim, muitas vezes eu ainda me sentia uma merda.

CAPÍTULO 2

Emma e Eu havíamos conhecido Will e Ollie na última semana na universidade. Eu ainda me recuperava do duplo choque de ter perdido a carteirinha de Virgem para um babaca e contraído uma DST. Emma me levara ao diretório estudantil para afogar as mágoas em doses de vodca de £1. Já estávamos gastando £10 quando conhecemos Will e Ollie.

Apaixonei-me perdidamente por Ollie. Ele tinha a pele bem morena, com olhos de um azul incrível e o cabelo curto descolorido. Parecia um modelo da Urban Outfitters. No atordoamento provocado pela vodca, percebi que ele era o único homem que eu sempre quis, aquele que eu estava destinada a conhecer depois de ter sido traída pelo cara que tirou minha virgindade e... Ollie conversava com Emma sobre sua namorada. A música romântica em minha cabeça parou de repente quando percebi que ele estava decididamente fora do jogo.

– Ellie? – gritou Emma, balançando freneticamente a mão diante de meu rosto. – Este é Ollie, que acaba de se formar em filosofia na faculdade de estudos orientais e africanos da Universidade de Londres, e aquele é Will, que está cursando contabilidade na King's. Eles moraram no mesmo alojamento que Amelia.

Abri a boca em um falso sorriso e passamos o resto da noite nos embebedando juntos. Emma encantou o grupo com histórias engraçadas enquanto eu tentava discretamente tirar selfies com Ollie, para poder suspirar ao revê-las pela manhã. Quando Will viu o que eu estava fazendo, me colocou de pé e me obrigou a dançar músicas sem letra. O DJ havia acabado de substituir a percussão e o baixo por música que eu de fato conhecia quando Will começou a agarrar e beijar o cara mais gostoso do bar. Fui até o banheiro e comecei a vomitar a "vodca", que todos diziam ser removedor de tinta. Quando Emma e eu cambaleamos para dentro do ônibus noturno às quatro da manhã, com Ollie, Will e Cheng a reboque, percebemos que havíamos encontrado nossos companheiros de casa.

...

Quatro meses mais tarde, estávamos todos morando em Haggerston, em uma casa com paredes muito finas e aluguel que não podíamos pagar. Eu continuava um pouco apaixonada por Ollie, porém resignada que ele amava a linda, porém intimidante, Yomi, e meio amedrontada com Will e seu discurso sobre finanças. Emma continuava sendo a mesma pessoa, mas, agora que estava apaixonada por Sergio, eu havia perdido meu cupido e sentia-me mais sozinha do que nunca. Era hora de ligar para Lara.

– Por que você ainda não me convidou para uma visita? – queixou-se Lara ao atender o telefone. – Nós devíamos ser melhores amigas, mas de repente você está toda ansiosa, morando em East London e não pode me convidar?

– Estou aqui há quatro dias, Lara. Só recebemos o sofá ontem. A geladeira chegou hoje de manhã.

– Não acredito que você me considere tão exigente que eu precise de geladeira e sofá para fazer uma visita.

Eu ri.

– Cale a boca, você sabe que é sempre bem-vinda. Na verdade... quer vir até aqui no final de semana? Estou com saudades.

– Também estou com saudades. Oxford anda muito chata no momento. Minha associação feminista está obcecada em derrubar o Bullingdon Club e estou de saco cheio disso.

— Sabe que não faço ideia do que você está falando, certo? Mas se está entediada, por favor, pegue um trem para cá no final de semana. Podemos sair com os hipsters em Hackney.

— Em relação aos hipsters, você está se referindo aos seus colegas de casa?

Bufei.

— Bem que eles gostariam. Na verdade, acho que Ollie é, por natureza, muito descolado. Usa calça justa desde antes de se mudar para cá. Mas Will é claramente um imitador.

— Humm, ele parece se esforçar demais para fazer parte do grupo — concordou ela. — Na última vez em que saímos todos juntos, ele ficou muito bêbado e admitiu que estava conscientemente tentando se livrar do sotaque de Leeds. Usou por acaso a palavra "infusão" e quase teve um colapso.

— Merda. Eu não fazia ideia de que ele se importava tanto. Isso explica por que ele adora você, ainda que... provavelmente ache você bacana por causa de Oxford.

Ela suspirou.

— As pessoas precisam realmente ir além desses estereótipos. Metade dos estudantes aqui são tão bacanas quanto eu, tipo, a mais perfeita ralé. Em todo caso, como vai você?

— Ah. Passei a manhã inteira olhando as redes sociais para me sentir mal.

— Ellie. Eu já falei para você deletar o Instagram do seu celular. Você fez a mesma coisa com o Facebook?

— Talvez.

Ela suspirou.

— Nós já falamos disso. Na verdade, nenhuma dessas pessoas tem uma vida perfeita. Se postássemos no Instagram as coisas mais legais que fizemos, nós também teríamos uma vida perfeita.

— Eu sei, eu sei. Mas algumas pessoas simplesmente parecem ter muita sorte. Eu me sinto uma pessoa sem brilho, que olha para elas no palco.

— Pare de fazer referências a *Suave é a noite*. Você sabe o que acontece com Dick Diver no final. E veja *O grande Gatsby*. Você quer ser baleada na sua própria piscina?

— Gatsby pelo menos tinha uma piscina. Neste ritmo, nunca vou chegar a ter uma hipoteca.

— Entre para o clube — disse ela. — Nós somos a verdadeira geração perdida. Dane-se a galera modernista da década de 1920... Certamente somos nós.

Concordei com movimentos de cabeça discretos até lembrar que ela não podia me ver.

— Com certeza. A geração de estagiários não remunerados.

— E como vai isso? — perguntou ela em tom compassivo.

— Maxine continua sendo a vaca de sempre. Passei o último mês levando os seus CLLs e ainda assim ela não me deixa escrever nada, mesmo que tenha me contratado para isso... por supostamente gostar do meu vlog e das minhas colunas na universidade. Hoje me fez trabalhar até as sete da noite. Estou tão cansada...

— CLLs?

— Cafés com leite light.

— Isso é o próprio estereótipo. Quem ela pensa que é... Anna Wintour?

— Você diz isso, mas aparentemente a *London Magazine* faz mais dinheiro que a *Vogue*. Então Maxine decidiu que é o Diabo que Veste Whistles e está determinada a arruinar minha existência não remunerada.

— Bem, quando eu for uma advogada bem-sucedida, que não tem tempo para nada, deixo você morar na minha cobertura e me levar CLLs. E vou até pagar.

— Sem essa, Lara.

— Também adoro você. Em todo caso, neste final de semana...

— Você vem?

— Posso ir no sábado. Mas, se você estiver livre na sexta à noite, algumas garotas da escola vão se encontrar para jantar.

— Ah, meu Deus, não. Lara, é você quem continua sendo amiga delas, não eu. Não falo com elas há anos e estou perfeitamente bem com isso. Não precisamos mudar essa situação.

— Ellie, pare de ser tão dramática. São as garotas com quem crescemos, não assassinas em massa. Acho que vai ser divertido se você vier. Sabe, para conversar um pouco.

— Mas a vida delas é tão perfeita. Vou ter que ouvir como é difícil manter um manequim 38 e equilibrar a vida de advogada loura gostosa com a ida a restaurantes chiques com namorados perfeitos.

— Você sabe que sou loura e estou fazendo Direito?

— Você quer que eu odeie você também? Pare de me lembrar disso.

— Ha-ha. Mas, honestamente, El, com o que você está tão preocupada? Não somos as mesmas pessoas que éramos na escola.

— Sempre que estou perto delas, tenho a sensação de que sou adolescente e todas as inseguranças voltam de repente. Não consigo participar das histórias de sexo, das histórias criativas, das histórias de sucesso... É demais.

— Mesmo que você não seja mais virgem, mas uma mulher segura, atraente e tenha o estágio mais legal do mundo?

— Bem, quando você fala desse jeito...

— Exatamente, então qual é o problema?

— Não sei. Acho que venho me sentindo estranha ultimamente. Talvez por ter acabado de me mudar para Haggerston pelo fato de meu trabalho ser quase um pesadelo. Eu me senti muito bem durante todo o verão, mas agora tudo parece estar afundando, todos os outros estão namorando e ninguém me chamou para sair desde Jack, também não recebo pagamento e sou dependente da minha mãe... que detesta cada escolha de vida que faço e gostaria que eu fosse casada com um corretor de imóveis grego.

Lara bufou.

– Não consigo imaginar você com um cara assim, muito menos casada.

– Exatamente! Eu seria a pior esposa do mundo.

– Mas, honestamente, El, acho que esse encontro com as garotas da escola vai ser bom para você. Todas vão ficar muito impressionadas com o que você está fazendo. Você vai perceber que elas não são as Meninas Malvadas que você achava que eram no décimo ano e você ainda vai se distrair de tudo o que está acontecendo.

– Tudo bem. Desde que você prometa que mesmo assim vem me visitar no sábado para uns drinques de piedade. Vou chamar a Emma.

– Fechado.

...

Entrei no Chotto Matte, no Soho, com a sensação de que deveria estar servindo mesas em vez de comer. Meu jeans justo e o pulôver tamanho grande talvez parecessem informalmente chiques no escritório, mas agora me sentia malvestida e desajeitada. Em especial quando segui o garçom até nossa mesa e vi quinze modelos sentadas ali.

– Ah, meu Deus, Ellie – gritou Maisie. – Você está maravilhosa. Que bom ver você. Não acredito que faça tanto tempo!

Ela me puxou para um abraço.

– Você também está ótima – respondi sem convicção. – É realmente muito bom ver você.

As outras garotas viraram-se e me abraçaram, uma após a outra, e repeti a mesma conversa fiada quinze vezes. Quando alcancei Lara, lancei-lhe um olhar mortal. Fui uma idiota por pensar que aquilo seria uma boa ideia.

Nós nos sentamos e engoli em seco ao ver os preços no cardápio. Havia opções para dividir a partir de £40 por pessoa. Sem bebidas, das quais eu necessitava muito para chegar ao final daquele jantar. Para o inferno com tudo. Talvez eu pudesse pedir um acompanhamento e fingir que estava satisfeita depois de ter almoçado bastante?

– Então, como andam as coisas? – gritou Polly. – Já faz uma eternidade. Eu soube que você está trabalhando para a *London Mag*... isso é muito legal. Não é incrível?

– Hum, sim, acho que sim. Tirando a chefe psicopata, as longas horas de trabalho e o fato de eu não receber pagamento.

– Merda – disse ela, com um momentâneo olhar de desagrado no rosto tratado com Botox. Tudo bem, ela não tinha Botox, mas em dez anos sem dúvida teria.

– Mas afinal, como vai você? – perguntei.

– Ah, fantástica – respondeu ela, o olhar de desagrado desaparecendo. – É óbvio que o trabalho é intenso em advocacia, mas é incrível e adoro as pessoas. Além disso, Alex trabalha para Goldman Sachs no escritório vizinho, então basicamente sempre dividimos o táxi para casa e ele mora na esquina, em um apartamento maravilhoso de cobertura que os pais deram para ele. É ideal.

– Uau, isso é maravilhoso – comentei.

Lara captou meu olhar e bufou.

– Então, como você conheceu Alex? – perguntou Lara. – Vi fotos no Facebook, mas ainda não o vi pessoalmente. De qualquer forma, parece que está tudo bem.

– Está tudo muito bem. Tenho muita sorte. Na verdade, nós nos conhecemos por meio de amigos em comum na universidade, mas só ficamos juntos neste verão. Ele é muito legal. Você ia gostar dele. Na realidade, acho que ele conhece Jez... Vocês dois ainda estão juntos?

Lara suspirou.

– Infelizmente sim. Pretendo terminar o namoro em breve, mas o sexo é tão bom... Quer dizer, ele é um idiota com fobia a compromissos, mas estamos nos divertindo, então acho que por enquanto está funcionando.

– Ah, sei o que você está querendo dizer – comentou Polly. – Todas nós já passamos por isso, não se preocupe. Acho que, assim que encontrar alguém bacana, você vai esquecer totalmente o cara.

– Isso, talvez eu conheça um advogado incrivelmente competente quando começar a trabalhar – disse Lara.

– O quê? Não, você não pode sair com colegas – gritou Polly. – Acredite. É a receita do desastre. Ei, e você, Ellie, está saindo com alguém?

– Hum, não, no momento não.

– Ah, certo – disse ela, com olhar vidrado.

– Mas saí com um cara no final da faculdade – prossegui.

– Ah, meu Deus, conte tudo!

– Bem, o nome dele era Jack. Ele era artista, alguns anos mais velho que eu. Namoramos por algum tempo, dormimos juntos e foi tudo bem.

– Hum, e depois? – perguntou Lily. Percebi que, a essa altura, a mesa inteira prestava atenção em mim. – Ah, meu Deus, você perdeu a virgindade?! Merda, Ellie, isso é importante!

Dei um sorriso fraco. Eu havia esquecido que todas na escola adoravam fofocas. Considerando-se que eu havia sido uma das poucas garotas a me formar virgem, o meu hímen era claramente uma notícia importante.

– Perdi – declarei. – Jack tirou minha virgindade.

– Ahhh! – gritaram todas entusiasmadas. – Meu Deus, parabéns, Ellie. Como foi? Isso é maravilhoso... conte tudo.

Era por isso que eu nunca mandaria minha filha para uma escola só de meninas. Nenhuma pergunta estava fora de questão. Em dado momento, chegamos até mesmo a conhecer os ciclos menstruais umas das outras.

– Foi bom. Quer dizer, só transamos uma vez, mas foi ótimo. Não doeu muito.

– Meu Deus, incrível. E então, o que aconteceu depois? – perguntou Katie.

Ah, merda. Agora eu precisaria contar que Jack não havia gostado realmente de mim e que me contaminara com gonorreia. Adeus à tentativa de dar a impressão de ser uma Ellie nova e legal, segura de si – isso só provava que eu era a mesma garota capaz de morder o pênis dos caras.

Olhei de relance para Lara. Ela não se importaria se eu mentisse. Olhei para as garotas. Estavam todas sentadas, boquiabertas, aguardando o episódio seguinte. Não creio que jamais tivessem se interessado tanto por mim quando eu era virgem no colégio. Talvez eu devesse optar pela verdade – se elas desejavam fofoca, eu certamente poderia fornecer.

– Então... alguns dias depois, fomos tomar café e ele me disse o quanto acreditava no amor verdadeiro e que nunca tinha se sentido daquele jeito antes. – As garotas ofegaram simultaneamente. – Só que, então, confessou que "Luisa" tinha mudado a vida dele. Descobri que ele não estava se referindo a mim... estava se referindo a outra pessoa.

– Ah, meu Deus, não é possível. Isso é loucura – disse Lily. – Não acredito que isso tenha realmente acontecido.

– Sabem o que foi ainda pior? – Todas balançaram a cabeça. – Luisa teve clamídia.

– Espere, você está querendo dizer...?

– Que peguei clamídia na única vez em que transei.

As garotas caíram na gargalhada e ri junto com elas. Eu nunca havia contado uma história de sexo que as fizesse rir. Em geral, eu ficava sentada de boca aberta, ouvindo as histórias delas, mas ser o centro do papo era certamente mais divertido.

– Isso é muito engraçado, Ellie – disse Maisie. – Quer dizer, ele parece um completo idiota, mas pelo menos você tem uma boa história.

– Isso, uma história e uma DST em troca da minha virgindade. Não foi mau negócio.

Ela sorriu em resposta.

– Exatamente. Ei, Cass, você não pegou clamídia duas vezes na universidade? Foi impressionante.

– Tudo bem, não foi tão ruim quanto parece. Peguei do mesmo cara.

– Não tenho tanta certeza de que isso melhore a situação, Cass – disse Lara. – Mas, se isso faz com que você se sinta bem, uma vez fiz coisa ainda pior. Quebrei o pênis do Jez.

– O quê? – falei de repente. – Como eu não soube dessa história?

– Merda, eu nunca contei a você? – perguntou ela. – Meu Deus, já faz uns dois anos agora. Acho que você devia estar fora. Mas foi muito engraçado. Eu estava por cima e acho que o ângulo estava meio estranho porque, de repente, ele gritou. Desmontei e seu pênis estava, tipo, dobrado ao meio. Precisamos ir ao hospital e descobriram que eu tinha provocado nele uma fratura peniana.

– Ah, meu Deus, isso é hilário – riu Lily depois que todas paramos de rir. – Me faz lembrar de quando rasguei o prepúcio de Max no nono ano depois de uma punheta muito forte.

– E aquela vez que a mãe dele pegou você fazendo um boquete! Foi incrível – disse Cass. – Ah, olhem, a comida chegou. É melhor pararmos com essa indecência, ou vamos ser expulsas.

Ergui os olhos e vi pratos com pequenas porções serem servidos. Havia dezenas deles. Como o item mais barato no cardápio custava cerca de £7, aquilo não era nada bom.

– Vocês já pediram? – perguntei, hesitante.

– Ah, já, mas pedimos uma variedade imensa de coisas. Imaginamos que seria mais fácil – disse Polly. – Isso não parece incrível?

Nesse caso, acho que eu não comeria um acompanhamento em vez do prato principal.

...

– Não acredito que comemos tudo isso – falei para Lara enquanto as outras conversavam ao nosso redor. – Estou me sentindo meio enjoada agora.

– Eu sei. Principalmente quando Tania decidiu que era uma boa ideia dividirmos nossos momentos mais nojentos de sexo. A história de Cass ainda está me deixando meio enojada.

– Ui. Esse é meu novo medo agora... me lembre de não transar menstruada. Realmente não consigo lidar com a ideia de o cara sair de dentro de mim e o sangue respingar nas paredes brancas. Sinto muita pena da Cass de dezesseis anos. Deve ter sido humilhante.

– Ah, foi – disse Cass, inclinando-se em nossa direção. – Parecia uma cena de *O massacre da serra elétrica*. Havia pontos vermelhos nas paredes. Tivemos que limpar depois e as paredes ficaram com manchas marrons.

– Eca, Cass!

– Mas sabem do que mais? – perguntou ela. – Estranhamente, tive o melhor orgasmo da minha vida dois segundos antes da enxurrada de sangue. Vai entender.

– Hilário. – Lara riu. – Acho que meu melhor orgasmo de todos foi com um cara que conheci no meu ano sabático. Ele tinha a língua mais talentosa que já encontrei. Juro que a namorada dele deve ser a pessoa mais sortuda do mundo.

– Ah, meu Deus, essa é uma qualidade muito importante em um cara – disse Cass. – Uma vez terminei com um sujeito que se recusou a fazer sexo oral em mim a menos que eu tomasse um banho dois minutos antes. Acho que ele tinha problemas com higiene.

Ri junto com elas, em seguida escapuli para ir ao banheiro. Era divertido conversar com as garotas – eu havia esquecido o quanto elas podiam ser engraçadas –, mas eu começava a me sentir estranha. Eu sabia que não era grande coisa não poder participar contando histórias de orgasmos. Elas sabiam que eu não era exatamente experiente e não se importavam, mas eu detestava me sentir excluída da conversa. Aquilo apenas me dava a impressão de não fazer parte do grupo. Elas estavam se divertindo horrores ao ter orgasmos e fazer sexo casual, e eu definitivamente *não*.

Eu me sentia, mais uma vez, na sala de descanso da escola, com todas compartilhando histórias divertidas sobre perder a virgindade, enquanto eu nem sequer havia sido beijada. Eu sabia que as coisas tinham mudado agora, mas ainda era uma merda não poder participar das conversas. Eu continuava sem saber o que era ir para a aula com a mesma roupa do dia anterior porque dormi na casa de um cara, transar menstruada, ou mesmo ser lambida por um cara.

Eu queria ter esse tipo de diversão. Agora que não era mais virgem, por que não podia sair e ficar com os caras? Era ótimo ter orgasmos sozinha no meu quarto, mas eu queria entender a euforia das garotas nos filmes quando um cara as chupava. Queria entender por que sexo era tão bom.

Eu sabia que também seria boa nisso. Adorava conversar sobre sexo e imaginá-lo – se tivesse oportunidade de praticar um pouco mais, aposto que natural. Não seria o tipo de garota que deseja apenas que o homem queira casar com ela pela manhã. Ficaria bem feliz em manter um relacionamento casual. Diabos, eu não precisaria nem pegar o número de telefone dos caras desde que eles me fizessem gozar.

Eu me contemplei no espelho do banheiro. Eu era capaz disso. Não precisava passar meus vinte anos sonhando com esse estilo de vida, mas poderia colocá-lo em prática. Só precisava parar de choramingar e aprimorar meu jogo.

Se eu quisesse conhecer a sensação de fazer sexo casual repleto de orgasmos, só restava uma opção: eu tinha de começar a transar mais.

Do dia seguinte em diante, precisava começar a dar em cima dos caras.

CAPÍTULO 3

Era noite de sábado e Lara e Emma estavam esparramadas no sofá a minha frente. Eu havia explicado meu plano e recebido o apoio delas, e agora imaginávamos um jeito de eu conhecer meus futuros parceiros sexuais.

– Ai, Ellie, tire o cotovelo da frente, não estou conseguindo enxergar a tela – disse Lara. Desloquei o cotovelo, derramando rosé no sofá de terceira mão.

– Opa! – exclamei. – Talvez eu deva limpar isso.

– Não! Foi por esse motivo que compramos um sofá preto, está lembrada? – disse Emma. – Ignore e digite no site, já.

– Tudo bem, tudo bem – concordei. – Mas eu não devia entrar no Tinder em vez me conectar a um site de encontros? Estou me sentindo meio fora de moda.

– Nãaooo – gritou Emma. – Não me interessa o que todos dizem... o Tinder ainda é um aplicativo de sexo. – Lara abriu a boca, mas Emma ignorou-a. – *Sei* que é assim que as pessoas encontram um namorado novo, ou seja lá o que for, mas todos os caras que conheço continuam a usar o Tinder como uma forma de arranjar transas rápidas. Você não precisa nem mesmo fornecer informações. É julgada só pela aparência. Em um site on-line, você precisa ao menos fazer algum esforço.

– Mas concordo com as transas casuais – salientei. – Esse é mais ou menos o motivo por que estou fazendo isso.

– Ah, tudo bem, entre no Tinder. – Emma suspirou. – Mas faça isso também. Por favor? Por mim?

– Tudo bem – concordei. – O Tinder pode ser meu backup se isso não der certo. Então, em qual site on-line devo me inscrever?

– Sem dúvida no OKCupid – respondeu Lara. – Ouvi dizer que o Plenty of Fish é mais um site de sexo. Além disso, estou no OKC e vi muita gente normal por lá. Existe uma opção em que você pode procurar pessoas com diploma universitário... é incrível. Houve uma semana em que só procurei pessoas com doutorado.

– Exatamente – exclamou Emma. – No Tinder, você não tem ideia do que as pessoas fazem, então pode acabar saindo com um velho depravado, ou um pé-rapado de sobrancelhas raspadas que trabalha em construção civil.

– Qual é o problema dos trabalhadores da construção civil? – perguntei, um tanto ofendida. – Um dos meus tios na Grécia é construtor.

– Ah, meu Deus, não, eu não detesto os construtores – disse Emma. – Adoro quando os gostosos mostram o peito. Mas estou me referindo aos machistas, que gritam "Oi, gostosa" para as garotas na rua. Entendeu?

Concordei com um movimento de cabeça em sua direção.

– Você percebe que isso é um estereótipo antigo e que você é igualmente depravada ao admirar os abdominais deles?

– Não, entendo o que você está querendo dizer, Emma – declarou Lara. – Você quer sair com alguém do seu nível e é por isso que o OKC é excelente.

Ergui uma das sobrancelhas na direção dela, perguntando-me quando minhas amigas haviam se tornado tão esnobes. Eu ficaria feliz se transasse com um sem-teto, desde que fosse bonito e não tivesse clamídia.

– Quer dizer, ainda recebo selfies de pés-rapados com peito nu e que escrevem errado – prosseguiu Lara. – E alguns simplesmente me perguntam quando vou estar livre para trepar com eles... *Mas também vi muitas pessoas conhecidas por lá e várias delas fizeram* faculdade, o que me faz pensar que pelo menos temos coisas em comum.

– Então você marcou alguns encontros? – perguntei, sabendo de que ela já teria me contado se isso tivesse acontecido.

– Bem, ainda estou saindo às vezes com Jez, mas comecei a entrar em pânico por desperdiçar meus melhores anos com um maconheiro que não consegue se comprometer, então... marquei três encontros no mês passado – respondeu ela.

– Ah, meu Deus – falei apressada. – Três encontros e você não me contou? Que diabos, Lara! – Ela tampouco havia contado que quebrou o pênis de Jez. Por que Lara andava escondendo coisas de mim?

Ela corou.

– Acho... Ah, não sei, senti um pouco de medo que você me julgasse por eu estar em um site de relacionamentos.

– Julgar você?! Alô, eu sou a garota que ficou com um frasco de espuma de banho preso na vagina e que não sabia ser possível pegar clamídia em um boquete.

Ela bufou.

– É, muito justo. Você se curou da clamídia por falar nisso?

– O médico receitou comprimidos. Ela está ótima – interrompeu Emma. – Seja como for, para mim chega de conversar sobre DSTs. Lara, conte as histórias dos seus encontros.

– Não, espere! Primeiro diga por que você achou que eu fosse julgá-la – pedi, ignorando os suspiros frustrados de Emma. Eu continuava achando estranho Lara não ter mencionado nada daquilo. Ah, meu Deus... talvez ela me considerasse muito puritana e inexperiente quando se tratava de sexo?

Lara mexeu-se no sofá.

– Ah, não sei, acho que a maioria das pessoas que usa sites de encontro é mais velha, então fiquei um pouco insegura, pensando que vocês me achariam desesperada ou estranha. Mas marcar encontros on-line faz sentido – disse ela. – Você não precisa se preocupar com o pavor de ir a um bar na esperança de encontrar alguém, depois ficar deprimida caso isso não aconteça. Ou sentir uma esperança patética de que cada cara bonito em um banco do parque se aproxime e convide você para sair.

Concordei com um movimento de cabeça para encorajá-la, tentando provar que eu era exatamente o tipo de pessoa que ela poderia ter confiado e contado a novidade.

– Com certeza. É desse jeito que vou encontrar minha próxima transa também. Não preciso sair do sofá nem tirar o roupão para encontrar um homem. Esse site foi feito para mim.

– Então você realmente só quer transas casuais e não um namorado? – perguntou Emma.

– É, acho que sim. Demorei tanto para perder a virgindade que agora tenho a sensação de querer compensar todo esse tempo perdido. Quero sair e fazer sexo incrível com pessoas diferentes. Gosto de sexo... bem, do pouco que experimentei. Mas não foi muito divertido e estou pronta para tentar. Tenho a sensação de que é esse o presente de Deus para nós, para termos orgasmos e um pouco de diversão enquanto o aquecimento global destrói o planeta – falei. As garotas pareciam perplexas. – Quero vivenciar minha fase de putaria já.

– Fase de putaria? – perguntou Lara com uma sobrancelha arqueada. – Você sabe minha opinião sobre a palavra "puta", Ellie. Ela demonstra os duplos critérios que a sociedade tem para homens e mulheres. Ele é uma pessoa que se diverte, ela é puta e tal. Você sabe como isso funciona. Não pode encontrar uma palavra diferente?

– Não – gritou Emma. – Isso tem tudo a ver com o resgate da palavra "puta". Ela significa essencialmente alguém que faz muito sexo, então por que isso é ruim? Ela não deveria ser usada só no feminino, é óbvio; podemos simplesmente usá-la para homens e mulheres. Se nos chamarmos de putas, a palavra perde seu significado negativo. Precisamos nos apropriar dela para transformá-la em um termo positivo para alguém que aceita sua sexualidade e sua libido.

– Hum, estou perdida – anunciei.

– OK, se eu começar a dizer "Aquela menina é bem puta" com admiração em vez de julgamento, descarto todas as conotações ruins que tem a palavra. E melhor ainda se começarmos a chamar os caras de putos também.

Lara parecia impressionada.

– Eu não fazia ideia de como você era tão passional quanto a isso, Em.

Ela sorriu.

– Bem, como antiga puta, esse é um tema muito importante para mim. Ouvi vários caras me chamarem de puta conforme eu ficava mais velha e sempre me sentia ofendida, antes de perceber que podia simplesmente dar à palavra o significado que eu quisesse. Quando resolvi que puta significava "gostosa, sexualmente confiante, mulher dona de si", não doeu tanto.

Concordei com movimentos entusiasmados de cabeça.

– Fiz exatamente a mesma coisa com "virgem". A palavra me fazia sentir frígida, feia e excluída. Até transar e perceber que ela não precisava significar isso. Podia ser só um termo para a circunstância de nunca ter sido penetrada.

– Hum, acho que é como a maioria das pessoas já usa a palavra, Ellie – disse Lara.

– Não, que tal "você parece uma virgem sem amigos"? – perguntei. – Ou "Meu Deus, que virgem esquisita". São insultos. É o mesmo que "puta". Emma está certa, devíamos redefinir completamente o significado da palavra.

– Isso – gritou Emma. – Ser puta não tem que fazer você se sentir vulgar e obscena, essas bobagens patriarcais. Pode fazer com que você se sinta poderosa, despreocupada e no controle. Foda-se, Ellie, seja puta.

– Ah, é o que pretendo ser. Quero marcar encontros com os caras do OKC e começar a sair transando pelo centro de Londres.

– Ah, você está me deixando com saudade de quando eu era solteira. Sinto falta dos dias em que acordava em algum lugar de Londres e tentava descobrir como voltar para casa. Eu adorava as histórias malucas. Já contei que uma vez fiz uma tatuagem durante uma transa casual?

Lara e eu trocamos olhares chocados.

– Hum. Não?

– Conheci o cara em uma boate. – Emma deu um sorriso largo. – Um cara qualquer, mas o companheiro de apartamento dele era tatuador. Pedalamos até Dalston... fui sentada no guidom. Estávamos tão chapados de ecstasy que, quando voltamos ao apartamento dele e o colega dele me ofereceu uma tatuagem, aceitei.

– Bem, onde está?! – Eu a cortei, tentando ignorar a pontada de desconforto que sentia todas as vezes que minhas amigas falavam de drogas. Era a única coisa que eu nunca experimentaria, juntamente com sexo anal, porque havia outro orifício perfeitamente adequado a milímetros de distância, e por isso eu sempre me sentia distante das amigas que consumiam drogas. Graças a Deus, Lara era tão careta quanto eu e tampouco usava ecstasy.

– Era uma estrelinha que eu tinha na sola do pé – respondeu ela. – Só que essa parte da pele é muito áspera, então não é boa para tatuagens e elas desaparecem com o tempo. Mas se vocês apertarem os olhos, vão conseguir enxergar o contorno. – Ela enfiou o pé esquerdo descalço em nossa cara.

– Ah, sim – disse Lara. – Puta merda, que loucura.

Emma balançou a cabeça com ar melancólico.

– Não é? Foi uma época divertida. Não que eu não goste de estar com Sergio, óbvio. Ele é fantástico e eu o amo.

Lara e eu balançamos a cabeça junto com ela, ainda atônitas ao saber da tatuagem inesperada.

– Seja como for – prosseguiu Emma –, você não vai escapar de contar as histórias desses encontros, Lara.

– Tudo bem, mas vou precisar de mais vinho para recordar isso – anunciou ela.

Emma encheu nossas taças e fechei a tela do laptop.

– Fale logo – pedi.

– Certo. Começou com o SafariLover – disse ela. – E não, não estou querendo dizer que ele gostava de animais. Na verdade, ele se chamava Jake e trabalhava na Apple, fazendo alguma coisa na área de eletrônica. Saímos para beber em Ferringdon no primeiro encontro, mas ele passou o tempo todo discutindo os malditos *bitcoins*. Como observação adicional, ele era tão atraente quanto nas fotos e tinha no mínimo 1,85 m, mas só queria saber dos *bitcoins*... – Assentimos com simpatia e ela prosseguiu. – É óbvio que mesmo assim beijei o cara, mas não respondi nenhuma das mensagens dele depois disso. Então, passei para o segundo encontro. Foi o Juanderful.

– Wonderful? – perguntou Emma.

– Não. JUAN-derful. Era o nome de usuário dele no OKC. Ele era espanhol, tinha trinta e cinco anos e era muito, muito atraente. Infelizmente, era carente de neurônios e só estava ali basicamente para melhorar o inglês. Então não deu certo. Mas demos um beijo incrível de despedida. Fiquei bastante tentada a ir até o apartamento dele, mas não consegui lidar com a conversa indecente em outro idioma.

– Não consigo fazer isso nem em inglês – comentei.

– Você só precisa de prática – disse Emma em tom tranquilizador. – Então, como foi o terceiro encontro?

– Averagecupid56. – Ela sorriu amplamente.

– Existem outros cinquenta e cinco cupidos medíocres? – perguntei com uma das sobrancelhas arqueada.

– Imagino que nenhum se pareça com o Sr. 56. Para começar, ele apareceu de bicicleta.

– Uau, acho que ele não estava planejando levá-la para a cama – comentei.

– Isso não deteve o cara que fez minha tatuagem. – Emma sorriu.

– Não foi tanto a bicicleta o que me incomodou, foi mais o fato de ele ter se sentado no canto do bar e me esperado com um exemplar do *Guardian*. – Todas gememos. – Ah, mas a coisa fica pior. Ele me levou a um restaurante e pediu quinoa, então passou o tempo inteiro contando sobre seu ano sabático e o sonho de ser voluntário no Médicos sem Fronteiras. Era sem dúvida o mais saudável dos três e claramente inteligente, mas o mais óbvio de todos. Foi meio irritante, mas...

– Mas você beijou o cara mesmo assim? – interrompi.

Ela lançou-me um olhar fulminante.

– Quem você acha que eu sou? Eu transei com ele.

ELK123
22, Londres

Uma breve autodefinição:
Moro em East London e trabalho com comunicação, mas não sou óbvia – prometo. Não uso óculos de plástico, raramente uso roupas clássicas e prefiro muito mais viajar pelo mundo com uma mochila nas costas. Tudo bem, talvez eu seja óbvia...

O que estou fazendo da vida:
Estágio. O que geralmente implica em ir buscar cafés com leite, chorar no banheiro e me perguntar por que me dei o trabalho de fazer faculdade.

Sou muito boa em:
Fazer meus amigos rirem. Em geral de mim, não comigo.

A primeira coisa que as pessoas normalmente observam em mim:
Meus sutiãs 36D.

Livros, filmes, shows, música e comida favoritos:
A pergunta foi formulada na ordem errada – comida vem antes de todas as outras opções. Como praticamente qualquer coisa.
Adoro comédias românticas, filmes antigos da Disney e séries de TV americana.
Ouço qualquer coisa, de raps antigos a Taylor Swift.
Nos meus livros preferidos há sempre uma protagonista feminina, porque muitos livros não têm. E prefiro ler sobre mulheres. Estudei Literatura Inglesa na universidade, então sou meio viciada em livros.

Seis coisas sem as quais eu não viveria:
Meus amigos
Roupas pretas (não sou gótica. Preto é simplesmente minha cor)
Tortellini (a única coisa que sei preparar)
Queijo (idem)
internet
Sutiãs de sustentação

Passo muito tempo pensando em:
Ser mulher e feminista no século XXI. Muito desafiador quando as pessoas pensam que isso significa que você é uma lésbica peluda.

Em uma típica noite de sexta-feira estou:
Desmaiada de bêbada em alguma viela. Normalmente, com minhas amigas caídas por cima de mim.

A coisa mais pessoal que estou disposta a admitir:
Fui virgem até os vinte e um anos.

Estou procurando:
Tudo que você puder me oferecer.

Você deve me enviar uma mensagem se:
Leu isto até o fim e ainda quer sair comigo.
OBS.: Pontos extras caso você saiba escrever

– Então, o que acham? – perguntei. Fez-se silêncio por quatro segundos enquanto Lara e Emma se entreolhavam.
– Hum, é... muito honesto – disse Emma devagar. – A coisa da virgindade é especialmente... Ellie, *por que* você incluiu isso?
– Porque quero ser honesta. Tenho a impressão de que isso é uma oportunidade de conhecer homens que vão gostar de mim por quem eu sou e me respeitam. Quero ter certeza de que vou para a cama com alguém que não se importe que eu tenha perdido a virgindade há pouco tempo.
– Tudo bem, mas você vai ter que tirar isso – disse Lara sem meias palavras. – E... sutiãs de sustentação? Você quer seduzir esses homens, não fazer com que morram de medo. Além disso, sutiãs 36D? Ellie, isso é vulgar, assim como o fato de você estar à procura de *tudo que eles puderem oferecer.*
– Isso foi sedutor – declarei em tom irritado.
– O fato de só conseguir preparar massa e estar claramente passando por uma crise existencial também é sedutor? – perguntou ela.
Emma balançou a cabeça em concordância.
– Querida, eles não precisam saber tudo isso logo de cara. Quem sabe você não muda um pouquinho o tom? – Ela olhou para o meu rosto abatido. – Quer dizer, adoro que isso seja tão *sincero*, mas não tenho certeza se funciona. O trecho "desmaiada de bêbada em alguma viela" parece meio... inconveniente.
Lara resfolegava de tanto rir e virei em sua direção, furiosa.

– Não é *inconveniente*. É só *engraçado*. Eu disse que sou boa em fazer meus amigos rirem e estava tentando provar minha afirmação. – A essa altura, as duas riam histericamente tomando suas taças de rosé. – Droga, não importa. Se vocês acham que conseguem fazer melhor, por que não assumem o comando?

– Pensei que você não fosse pedir nunca – disse Lara, agarrando o laptop. – Venha, Emma, vamos consertar isso.

ELK123
22, Londres

Uma breve autodefinição:
Moro em East London e trabalho com comunicação. Estudei inglês na universidade, e agora fico me perguntando por quê.

O que estou fazendo na vida:
Sou estagiária em uma revista on-line de alto nível.

Sou muito boa em:
Fazer meus amigos rirem.

A primeira coisa que as pessoas normalmente observam em mim:
Meu sorriso.

Livros, filmes, shows, música e comida favoritos:
Adoro comédias românticas, filmes antigos da Disney e séries da TV americana.
Ouço qualquer coisa, de raps antigos a música eletrônica.
Meus autores preferidos vão de Jane Austen a Jack Kerouac.

Seis coisas sem as quais eu não viveria:
Meus amigos
Roupas
Álcool
Café
Romances
Noites de sábado

Passo muito tempo pensando em:
Como o último fim de semana foi divertido.

Em uma típica noite de sexta-feira estou:
Na rua, bebendo com amigos.

A coisa mais pessoal que estou disposta a admitir:
Nunca estive em um site de encontros.

Estou procurando:
O que quer que aconteça.

Você deve me enviar uma mensagem se:
Quiser.

– O que é *isto*? – gritei. – Me envie uma mensagem *se quiser*? Eu pareço uma maldita PROSTITUTA. E vocês duas sabem que detesto Jack Kerouac. Isso é... isso é tudo mentira – gaguejei.
– Não, não é mentira – disse Emma. – É mais uma versão retocada da verdade. De qualquer forma, mantivemos algumas coisas, como... a parte sobre música?
– Música eletrônica? Eu pareço o tipo de pessoa que quer usar ecstasy e ficar pulando para cima e para baixo ao som de música sem letra? – gritei.

– Querida, na realidade, ninguém *pula* ao som de música eletrônica – disse Emma antes de me olhar. – Tudo bem, tudo bem, se você detestou, podemos mudar. Mas, honestamente, acho que nossa versão funcionaria um pouco melhor do que a sua. Quer dizer, você prefere que seu futuro parceiro a enxergue como autodepreciativa e esquisita, o que adoramos em você, ou como sexy e divertida?

– Exatamente – disse Lara. – Você retocaria o seu currículo, então também pode fazer o mesmo aqui. Pense nisso como o seu currículo para futuros encontros. É como se fosse um portfólio on-line.

Olhei para as duas com expressão séria e então sorri.

– Esperem, então vocês realmente acham que tenho um sorriso bonito?

– Nós escrevemos isso? – perguntou Lara. – Ah, sim. Imaginamos que era melhor que chamar atenção para o monte de cabelos que você tem na cabeça ou para essas tetas enormes. Além disso, os sorrisos são atraentes.

– Mas isso não sou eu sendo eu mesma. Sou eu tentando ser o tipo de garota que os caras gostam.

– Exatamente – disse Emma. – Os caras vão gostar.

– Opa. E o que aconteceu com o seu feminismo? – perguntei. – Um namorado e você já está me dizendo para fingir que gosto de Kerouac e de música eletrônica para arranjar um cara?

– É só uma questão de jogar o jogo deles – retrucou Emma, balançando a mão em minha direção. – Eles também fazem isso. Quantos desses caras realmente gostam de metade das coisas que dizem? E os que colocam "à procura de amizade"? Besteira total. Tudo o que querem é uma trepada casual, mas eles não podem dizer isso, senão ninguém vai clicar neles. É só o jogo.

– Bem... que merda – declarei. – Pensei que *O jogo* fosse um livro de autoajuda contra as mulheres para os homens pegarem as garotas enquanto detonam a autoestima delas.

– É isso também – disse Emma. – Mas eu estava me referindo ao conceito, não ao livro, querida.

– De qualquer forma, isso é uma bosta – observei. – É antiquado. Estou cansada desse jogo. Na verdade, opto oficialmente por sair do jogo.

Lara ergueu uma sobrancelha em minha direção.

– Então você vai usar o seu perfil original?

Atirei-lhe uma almofada.

– Ah, cai fora, as duas sabem que minha tentativa ficou uma merda e que vou usar a versão de vocês. Mas não precisam ficar tão convencidas.

Elas sorriram entre si.

– Eu sabia – disse Emma. – Por mais que a gente deteste, o jogo tem que ser jogado.

– Tudo bem, é isso – disse Lara. – Vou clicar em salvar e... está valendo! Agora só temos que esperar que esse monte de mentiras faça Ellie transar.

CAPÍTULO 4

Quarenta e oito horas se passaram desde a criação de ELK123 e eu ainda não havia transado. No entanto, chequei meu telefone e QUATRO mensagens me aguardavam. Eu estava no caminho certo rumo à putaria.

Ei, gostosa, posso gozar na sua cara? Que tal terça à noite?

Enrubesci e deixei o celular cair em cima do teclado. Lancei um olhar furtivo pelo escritório, mas Maxine gritava ao telefone e ninguém mais havia chegado. Somente estagiários não remunerados eram esperados às oito da manhã.

Cliquei em HotDog69 e senti vontade de vomitar. A foto de perfil era uma selfie sem camisa e sua pança de cerveja – coberta de pelos esparsos, que mais pareciam pelos pubianos – olhava em cheio para mim. Apressei-me em sair de seu perfil e retornei a minha caixa de entrada. Havia mais três mensagens. Meu coração palpitou de apreensão quando li a seguinte.

Ei, gata. vc ta ok. Espero que a gente fique amigo e possa se conhecer.
Meu nome é percy. Tenho que dizer que você é a definição de linda e tem olhos lindos. Espero que a gente tenha a chance de ser bons amigos e talvez mais. Acho que a gente ia se entender bem e vou estar por perto sempre que você precisar de alguém para conversar. Nunca vou julgar você não importa o que e vou sempre tentar ser um bom amigo bjos

Olhei para a mensagem, sentindo-me confusa. Ele queria estar sempre por perto? Ele nem sequer me conhecia. E os erros eram intencionais ou ele simplesmente não sabia usar pontuação? Hesitante, cliquei no perfil de Perce69 – eu estava percebendo uma temática naqueles nomes de usuário – e fui recebida pela foto de um cara de aparência agradável, um pouco calvo e olhos azuis.

Ele não me pareceu tão repugnante quanto HotDog, então percorri a página. Tudo bem, o cara trabalhava com vendas, tinha vinte e nove anos, morava no norte de Londres e... a coisa mais pessoal que estava disposto a admitir era o fato de ser viciado em sexo. Eca. Mas ao menos me achava bonita e nunca iria me julgar. Sentindo-me mais confiante, dei uma olhada na terceira mensagem.

Eu abraçaria um cacto, então atravessaria águas salgadas infestadas de tubarões até o ártico para lutar com uma ursa polar furiosa em um iceberg de 2x2 em troca da chance de dividir com você a metade de um frango com espiga de milho do Nandos em uma webcam com conexão discada. Bjos

Certo. Esse, ao menos, era original. Todos gostavam da meia porção de frango do Nando's – mas, se íamos dividir, não deveríamos pedir um frango inteiro? Era evidente que Marcus1986 não só era um doente mental, mas também pão-duro. Não me dei o trabalho de clicar em seu perfil e passei à última mensagem. *Por favor, seja normal*, rezei. Era de alguém chamado JT_ldn e não havia nenhum 69 no final do nome de usuário. Parecia promissor.

Ei, Elk, seu perfil parece legal. Então, que tipo de trabalho você faz em comunicação? Também moro em East London. Você já mora há algum tempo entre os hipsters ou é nova no pedaço?
JT bjo

Ah, meu Deus. Aquilo era uma mensagem real de uma pessoa normal, que havia lido meu perfil e não estava apenas me enviando lixo eletrônico com mensagens depravadas. Tudo bem, ele havia tomado minhas iniciais por meu nome, mas isso era fácil de acontecer. Devia haver pessoas lá fora chamadas Elk. Cliquei em seu perfil e fiquei instantaneamente impressionada. JT era GOSTOSO. Também tinha vinte e nove anos – empolgante; havia nascido na Irlanda – sotaque sexy; e trabalhava na Marc Jacobs – merda. Gay??? Apressei-me em rolar a página e respirei aliviada ao ver que ele trabalhava na seção de processamento de informação da Marc Jacobs. Isso era promissor, assim como o fato de ele ter 1,91 m e adorar passar as noites em casa, bebendo vinho tinto e assistindo a filmes noir. Se substituíssemos os dois por carboidratos e comédias românticas, também seria minha noite ideal.

Ei, JT, prazer em conhecê-lo (virtualmente!). "Trabalho" em uma revista on-line, o que é muito legal, exceto pelo fato de eu não ser remunerada. Sou nova em East – e você? Incrível você trabalhar na MJ. Você consegue coisas grátis?
Ellie bjo

Digitei a mensagem com rapidez, para editá-la depois. A brincadeira estranha do "virtualmente" talvez precisasse sair. Encerrei com um beijo, o que me pareceu esquisito, considerando que eu nunca o havia encontrado, mas concluí que seria mal-educado não fazer isso depois de ele ter me enviado um. Provavelmente, aquilo era apenas um ritual de paquera on-line. Ao pensar no assunto, achei HotDog69 bastante rude por não ter colocado um beijo em sua mensagem.

– Ellie, o que você está fazendo? – gritou Maxine. Deixei o celular cair sobre a mesa e percebi com horror que havia pressionado "enviar". Por que havia inserido aquelas tentativas medonhas de ser sedutora?! Agora mesmo que ele não responderia.

— Estou só reservando o restaurante para a sua reunião de almoço com Clara — respondi com sagacidade ao virar-me para encarar minha chefe. Seus cabelos escuros estavam amontoados no alto da cabeça em um coque bagunçado, mas o batom vermelho modelava de forma imaculada a boca ríspida.

— Bom... marque para as duas da tarde — pediu ela. — Agora precisamos de alguém que escreva um artigo sobre os estereótipos londrinos. — Ah, meu Deus. Estaria ela finalmente me pedindo para de fato *escrever* alguma coisa? — Então, faça a pesquisa, depois envie para Camilla. Ela vai escrever o artigo.

Meu coração afundou. Típico.

— Tudo bem, parece fantástico — comentei. — O que exatamente você tem em mente?

Ela suspirou com ar teatral e respondeu no mesmo tom exasperado que empregava sempre que eu fazia uma pergunta.

— Você sabe... a garota do norte de Londres que compra botas Cath Kidston e a garota de Brixton de saia florida e Doc Martens, os salões de beleza em Notting Hill.

Eu balançava a cabeça com rapidez à medida que anotava o que ela dizia. Aquilo parecia exatamente o tipo de conteúdo que eu havia lido inúmeras vezes em vários sites e poderia escrever dormindo. Mas, em vez disso, teria de fazer todo o trabalho, então enviá-lo para a escritora célebre, que apenas alteraria algumas palavras e colocaria seu nome no texto.

— Envie o material perto da hora do almoço — vociferou Maxine. — Estou saindo. Quando tiver um minuto, você pode também organizar o armário de material de escritório e pesquisar recortes sobre aquela nova socialite? Vou fazer uma entrevista com ela.

— Hum, quem? — perguntei com nervosismo.

— Ah, meu Deus. — Ela suspirou. — Você sabe, a das sobrancelhas? A modelo?

— Cara Delevingne?

– Exatamente. Agora você vai me perguntar é o que é pesquisar recortes – disse ela ao pegar o casaco de couro de camelo.

Soltei uma risada falsa.

– Certo, como se eu não soubesse que é... uma pesquisa geral?

Ela olhou direto para mim.

– Ellie. Recortes de jornal. O nome de usuário e o login estão no quadro de avisos.

– Muito obrigada – balbuciei com alívio e ela balançou a cabeça em minha direção, desanimada.

Vesti minha jaqueta de couro e peguei minha bolsa de lona azul. Eram seis da tarde e restavam-me apenas dez minutos antes que Maxine voltasse. Se me visse ali, ela inevitavelmente me passaria mais tarefas; portanto eu iria aproveitar minha chance de sair.

A segunda-feira tinha sido longa. Como sempre, minhas colegas haviam simplesmente me ignorado ao conversar sobre seus encontros em Kings Road e o que havia acontecido na casa de Annabelle no sábado. Eu fiquei com o trabalho árduo e elas se mandaram às cinco da tarde.

Hoje Camilla havia me obrigado a enviar até mesmo as fotos para o artigo; por isso, eu estava oficialmente atrasada para o encontro com minha mãe. Minha única animação ao longo do dia foi JT ter respondido. Ele contou que conseguia descontos, que adorava East London e sabia um monte de coisas sobre a imprensa. Havia cometido um único erro de ortografia e não me chamou novamente de Elk.

Meu telefone emitiu um bipe. Toquei na tela para visualizar e vi o ícone rosa-choque do aplicativo do OKC. Acessei-o, sorrindo com expectativa de ser uma resposta de JT.

Oi Elk
Como vai você esta manhã? Gosto do seu perfil. Eu queria saber o que você sente a respeito de humilhar discretamente um homem que veste calça justa escondido e de usá-lo em proveito próprio.
Espero que você não se importe por eu ter perguntado!

A foto mostrava uma calça legging prateada reluzente e percebi os contornos do pênis apertado de Superman69.

– Ahh – gritei ao colidir com minha mãe.

– Elena, já era hora – disse ela, limpando a sujeira do meu casaco. – Você precisa correr assim? Ouvi seus passos por toda a rua. E você não devia andar olhando para o celular. Alguém pode roubar o aparelho.

As críticas sutis já haviam começado. Disse a mim mesma para respirar fundo e manter a calma. Eu era adulta agora. Tinha minha própria casa, dívidas no valor de £30.000 e um emprego. Bem, um estágio, mas ainda assim. Eu era adulta e conseguiria administrar um jantar em dia de semana com minha mãe.

– Muito bom ver você também, mãe. Vamos entrar no restaurante?

Ela emitiu um som neutro, então entrei no Pizza Express e deixei que o garçom nos conduzisse a uma mesa.

– É agradável, não é? – perguntei alegremente.

– Esse casaco é novo? – perguntou ela, examinando minha nova aquisição da Topshop.

– É só da Primark, mãe – resmunguei, exasperada.

– A Primark trabalha com couro legítimo?

Forcei no rosto um sorriso calmo.

– Mãe, por que todas essas perguntas? É só uma imitação. Mas se você gosta tanto assim dele, pode pegar emprestado!

Seus olhos se estreitaram.

– Você sabe que não estou perguntando por querer o casaco emprestado, Elena. Eu só queria saber no que você anda gastando meu dinheiro.

– Mãe, por que não pedimos primeiro antes de entrar nesses assuntos? Vamos dividir bolinhas de massa? Aposto que sei o que você vai pedir... a salada de abacate e queijo de cabra, certo?

– O canelone. Talvez fosse melhor você pedir a salada? – perguntou ela.

– Você está brincando? Salada não é comida de verdade. Estou faminta – declarei, ignorando o fato de ela estar olhando de forma incisiva para meu estômago. – Bolinhas de massa para começar, depois pizza de pepperoni e provavelmente uma sobremesa também.

– Certo, tudo bem – disse ela e tornou a baixar os olhos para o cardápio.

– O que significa isso, mãe? – perguntei. Eu sentia a irritação me subir pelo esôfago e tentei respirar fundo.

– Nada – respondeu ela. – Eu só disse tudo bem, mas... talvez você não devesse comer tanto.

– VOCÊ ESTÁ BRINCANDO? – gritei. Todas as esperanças de ficar calma e racional se evaporaram por completo. – Você quer que eu seja ANORÉXICA? Não posso acreditar que tenha mencionado meu peso... Uso calça 42 e blusa tamanho M. Isso é *saudável*, mãe. Meu Deus, não consigo acreditar que você esteja tentando me presentear com um transtorno alimentar.

– Elena – sibilou ela. – Quer baixar essa voz? Você sabe que só quero que você esteja saudável e com boa aparência. É óbvio que não está gorda, mas se continuar assim...

– Ah. Meu. Deus. Você está dizendo que acha que vou engordar? Isso é tão típico de você. Trabalho dez horas por dia e não tenho salário. Tudo que posso pagar é massa e comida barata, que acaba sendo prejudicial à saúde. Não tenho tempo de ir à academia e, se tivesse, não poderia pagar a mensalidade. Você sabe quanto custam as verduras hoje em dia? Isso simplesmente não é culpa minha.

Ela suspirou.

– Eu gostaria que você não comprasse porcarias baratas, como massa o tempo todo. Quando vão começar a pagar você no trabalho?

– Não sei – resmunguei de mau humor.

– Por que você não pode arranjar um emprego remunerado? – perguntou ela.

Senti uma pontada de culpa. Ela estava fazendo a pergunta que me passava diariamente pela cabeça, mas com a qual era muito deprimente lidar. Se quisesse a vaga de redatora dos meus sonhos, eu precisaria trabalhar sem remuneração durante meses e então conseguir ou não uma colocação permanente com salário ao final. Era como funcionava. A única maneira de conseguir um emprego remunerado era voltar no tempo e fazer um curso de Direito.

– Mãe, já expliquei centenas de vezes – suspirei. – Todos que querem exercer alguma atividade na imprensa têm que trabalhar sem pagamento durante alguns meses. Fique feliz por eu só estar fazendo um estágio de dois meses... A amiga de Emma trabalhou sem receber durante nove meses antes de conseguir emprego na *Tatler*.

– Aquela garota que encontramos na sua formatura não trabalha na *Tatler*? Ela contou que ia começar imediatamente.

Maldita Hannah Fielding.

– Ela é uma perfeita vadia, mãe – falei alto. – Além disso, só conseguiu emprego porque os pais dela conhecem gente. É puro nepotismo.

Minha mãe suspirou.

– Tudo bem, Elena, faça seu trabalho não remunerado, mas só estou ajudando por enquanto. No mês que vem, não vou mais pagar seu aluguel.

– Claro, tudo bem – disse eu com segurança. – Certamente vou ter um emprego remunerado até lá. – Cruzei os dedos sob a mesa. Poderia acontecer. Talvez. – Mas enquanto isso... – Brindei-a com o mais filial dos sorrisos.

– Certo, tudo bem – disse ela com ar cansado. – Você pode contar com cem libras além do aluguel e das contas.

Fiquei boquiaberta.

– Mãe, não consigo sobreviver com cem libras por mês! Vou morrer de fome. Ou, pior ainda, vou acabar comprando só refeições prontas, então vou ingerir muito sal, o colesterol vai se acumular nas minhas artérias e provavelmente vou desenvolver diabetes. E acne. Ninguém nunca vai gostar de mim.

Ela parecia alarmada.

– Elena, você precisa comer bem. Não pode comprar cuscuz e quinoa? Eles não são caros se comprados a granel e você pode preparar com vegetais frescos.

– A quinoa está muito cara atualmente – respondi em tom de certeza. – Assim como o húmus. E o *tzatziki*.

– Avisei tantas vezes a você para preparar seus próprios molhos, Lena – disse ela, usando o nome pelo qual me chamava quando eu era bebê. Sorri comigo mesma. Eu sabia que a havia conquistado ao mencionar o molho grego. – Duzentas libras vão ajudar?

CAPÍTULO 5

Trocamos catorze mensagens em três dias e JT ainda não havia me convidado para sair. Eu estava realmente confusa. Ele me enviava mensagens para sair e transar comigo? Caso sim, por que ainda não havia sugerido um encontro?

Passou pela minha cabeça que ele estivesse curtindo me conhecer, mas então recordei as palavras de Emma: *Todos eles querem trepar com você – é só um jogo*. Provavelmente, ele só estava tentando avançar aos poucos para não parecer muito ansioso. Mas eu não me importava com isso – só queria ser desejada.

As garotas achavam que meu problema era querer transar com muitos caras até os vinte e cinco anos, mas tudo ia além disso. Transar com Jack não havia me proporcionado a sensação de sexo de verdade – havia durado apenas os poucos minutos do rompimento do hímen. Agora eu queria transar do jeito certo e sentir prazer. Em tinha um sexo incrível com Sergio e, embora Jez fosse um tanto inconstante, Lara sempre se divertia na cama com ele. Não era minha vez de conseguir isso?

Eu não conhecia JT e que ele poderia ser um desastre total, mas parecia o candidato ideal para me ajudar. E era um arranjo bilateral. Nós dois nos divertiríamos. Seria mutuamente benéfico se tudo corresse como o planejado e, caso desse errado, eu iria embora pela manhã e nunca mais o veria. Teria a chance de sentir prazer e entender a feminilidade, enquanto ele teria uma transa e um orgasmo.

Pensando nisso, com sorte eu também teria um. Precisava apenas de um pouco de ajuda.

Invadi o quarto de Emma vestindo meu roupão roxo estampado com estrelas brancas.

— Ems, preciso de ajuda. — Ela estava deitada na cama, com a cabeça pousada no tronco bronzeado e sem pelos de Sergio. — Ah, droga, eu devia ter batido, desculpe. Eu não sabia que você estava aqui, Serge.

— Tudo bem, pode entrar — disse ele e acariciou o edredom. Aproximei-me e me sentei com eles.

— Não sei o que fazer a respeito de JT — gemi.

— Foram quantas mensagens até agora? — perguntou Emma sem afastar a cabeça do corpo incrível de Serge. Aquilo não estava ajudando minha autoestima. — Doze?

— Catorze. Isso já não é um pouco demais?

— Por que você não pode convidar o cara para sair? — perguntou Sergio.

— Mas... ele não vai pensar que estou desesperada? E o jogo? Emma franziu o rosto.

— Não sei. Acho que o ponto principal do encontro on-line é que ele equilibra o campo de jogo. É óbvio que é machista a sociedade dizer que os homens têm que convidar as mulheres para sair, mas isso está meio enraizado. Quando uma mulher convida um homem para sair na vida real, na visão dele, ela está desesperada ou é puta. Mas on-line... bem, é meio que a regra, não é?

— Hum, pode ser — respondi enquanto Sergio começava a cobrir o rosto de Emma com beijinhos.

— Não achei que você estivesse desesperada nem que fosse puta quando escreveu o número do seu telefone naquele recibo — disse ele.

Revirei os olhos.

– Vocês não podem conseguir logo um quarto? – Ele arqueou as sobrancelhas e fez um gesto em direção às luzinhas roxas, à estampa e à pele de leopardo de Emma.

– Vocês sabem o que estou querendo dizer – declarei. – Em todo caso, Emma, você acha mesmo que é mais aceitável uma garota usar a internet para convidar um cara para sair?

– Acho – disse ela. – O mundo on-line é muito mais imparcial. Na verdade, acho que as mulheres têm, na prática, muito mais poder que os homens nos sites de encontros. Porque as garotas vão receber mais mensagens que os caras e então, quando um cara recebe uma mensagem, as chances de que ele responda são maiores. As mulheres têm mais opções.

Balancei a cabeça devagar.

– Faz sentido. Mas e se ele me rejeitar?

– Quem se importa? Ele ainda não conhece você... você não passa de pixels. É o mesmo que a Universidade de Oxford ter rejeitado minha inscrição no Serviço de Admissões em Faculdades e Universidades antes de me conhecer. Você não fica chateada, porque eles nem sequer sabem quem você é. Só estão rejeitando um pedaço de papel, ou um monte de palavras em um site, no seu caso.

– É, você está certa – disse eu. – E sabe do que mais? Estou me sentindo muito mais forte. Obrigada, Em. Não dou a mínima se JT me rejeitar. Minha personalidade se manifesta cara a cara, não em pixels. Aposto que ele nunca se recusaria a transar comigo NVR, então quem se importa se fizer isso pela internet?

– O que é esse NVR? – perguntou Sergio.

– Na vida real – eu e Emma respondemos automaticamente.

– Em todo caso, agora vocês podem voltar a transar – anunciei ao sair do quarto. – Vou cair fora e convidar um homem para sair.

Sentei-me na sala, olhando para a TV sem prestar atenção. JT ainda não havia respondido. A mensagem que eu havia enviado continuava na minha cabeça:

Então, eu gostaria de saber se não devemos nos conhecer pessoalmente. Que tal uma bebida?

Duas horas depois, ele ainda não havia respondido. Eu consegui estragar tudo com um cara antes mesmo de conhecê-lo. Estava seriamente amaldiçoada.

– Ei, El, como vão as coisas?

Ollie entrou na sala e sentou-se no sofá ao meu lado. Apressei-me em ajeitar a legging para que ele não visse minhas pernas peludas.

– Ah, vão bem – respondi. – Acabei de mandar uma mensagem para um cara na internet e ele não respondeu. Essa é minha vida.

– Jura? Sabe, não acredito que você esteja marcando encontros on-line.

– Quê? Por que não? – perguntei, um tanto ofendida.

– Achei que você não precisasse disso.

Aquilo era... um elogio?

– Ah, sério? Isso é muito gentil.

– Bem, você tem vinte e dois anos. Na minha opinião, você é bem nova.

– Não muito – protestei. – Alô, vivemos no mundo do Tinder. É só o que todo mundo está fazendo. De que outra forma você se propõe a conhecer alguém?

– Certo, mas o Tinder parece mais legal. Por que você não faz isso?

– Porque ele ainda parece um aplicativo de sexo, e gosto da ideia de saber os detalhes e pensamentos básicos de alguém antes de conhecer a pessoa.

– Então, você não está à procura de sexo? – Ele abriu um sorriso malicioso, exibindo as covinhas.

Enrubesci.

– Bem, quer dizer, claro que estou. Mas prefiro transar depois de um encontro e não em um banheiro de bar.

– Pare. Você está me deixando com saudades do meu tempo de solteiro.

– Você fazia sexo em banheiros?

– Uma garota me chupou na frente do diretório estudantil da universidade uma vez. Antes de Yomi, é óbvio.

– Jesus – disse eu, tentando ignorar uma inveja repentina da chupadora.

– Eu sei. Foi muito divertido.

– Parece que sim. Então, foi Yomi quem colocou você na linha?

Ele deu um sorriso largo e tentei não o olhar nos olhos.

– Ainda tenho meu lado pervertido.

Ri.

– Parece, você está parecendo muito depravado.

– Eu tento. Então, quem é esse cara que não respondeu?

– Ah, ele se chama JT. Parece normal, bonito e interessante. Temos trocado mensagens, mas eu o convidei para sair e ele não respondeu.

– Você convidou o cara para sair?

– Eu não devia? Isso é estranho? Ah, meu Deus.

– Não, fique calma. Acho muito legal. Acho que não existem muitas garotas que façam isso. Na verdade, eu ficaria muito impressionado se uma garota me convidasse para sair.

– Sério? – Ele concordou com um movimento de cabeça e me olhou nos olhos. Ah, Cristo. Eu precisava realmente parar de desejar meu amigo que tinha NAMORADA. – Acho que Yomi não se sentiria assim – comentei, desviando a conversa para falar da médica perfeita.

– Muito justo. Mas ela não gosta de muitas das coisas que faço, então...

Aquilo significava problemas no paraíso?

– Verdade? Que tipo de coisa? – perguntei.

– Ela não gosta muito dos meus amigos de infância, e isso me chateia um pouco. Muitos deles não foram para a faculdade e imagino que ela ache difícil se relacionar com eles. Mas são todos caras muito bacanas. E ela trabalha tanto que raramente pode sair. Sei que está sob muita pressão com as provas finais, mas é difícil, sabe?

Concordei com um movimento de cabeça, tentando fingir que estava a par dos problemas de relacionamento.

– É, parece difícil. É por isso que não quero um namorado agora... não consigo me comprometer.

– Ah, sei o que você quer dizer. Somos muito jovens para deixar de ser egoístas.

– Exatamente. – Sorri. – Talvez Yomi precise se lembrar de ser mais jovem.

– É, talvez. Ei, você se importa se eu mudar de canal? O Tottenham está jogando.

– Vá em frente. Preciso fazer uma coisa lá em cima.

– Legal. Vejo você mais tarde.

Fui até meu quarto com o coração palpitando. Ollie era absurdamente atraente e se ele e Yomi terminassem, César estaria atendendo todas as minhas preces. Mas, enquanto isso, ele havia me dado uma ideia. Eu estava tão envolvida com meu perfil que havia esquecido que estava competindo com centenas, se não *milhares* de mulheres solteiras atraentes na internet.

Eu precisava investigar a concorrência. Acessei o OKCupid. com, saí de meu perfil e cliquei em "criar perfil". Selecionei o sexo: masculino.

Criei rapidamente um perfil básico (Tim201) e comecei a pesquisar. Eu queria mulheres com idade entre vinte e vinte e nove anos. A lista surgiu e fiquei boquiaberta de surpresa. Aqueles perfis não se assemelhavam em nada a minha modesta-porém-insinuante tentativa. Todas aquelas garotas pareciam aspirantes a modelo, estrela pornô ou funcionárias da Abercrombie & Fitch. Eu estava perdida. Totalmente perdida.

 Cliquei em Ange_xx. A pose com olhos sensuais me conquistou de imediato e fiquei meio seduzida por suas selfies com beicinhos. Ah, meu Deus. Por que JT iria querer sair comigo se havia garotas como Ange_xx lá fora? Eu estava realmente fodida.

 Voltei a meu próprio perfil e contemplei as fotos com tristeza. Todas se pareciam comigo. Aquilo não iria funcionar. A ideia central dos encontros on-line não é fazer com que as pessoas parecessem melhores do que de fato são? Eu precisava usar fotos mais apimentadas. O MAIS RÁPIDO POSSÍVEL.

 Fui até o Facebook. Pesquisei as fotos do sexto ano. Suspirei aliviada ao examiná-las e perceber que estava certa: meus peitos estavam à mostra em todas elas. Eu estava completamente maquiada, com as curvas apertadas em vestidos minúsculos e parecia sexy o suficiente para competir com Ange_xx.

 Selecionei uma das fotos mais ousadas e, ignorando uma pontada de autocensura, logo a coloquei como minha nova foto de perfil. Emma havia dito que os sites de encontros eram uma ferramenta feminista, então eu provavelmente não deveria ter optado por uma tática tão vulgar para agarrar homens, mas se era o que todo mundo estava fazendo... Além disso, eu apostava que não eram só as garotas. JT_ldn era provavelmente dez centímetros mais baixo e cinco anos mais velho do que havia descrito.

 Merda, e se ele tivesse mentido?

 Meu celular emitiu um bipe. Era uma mensagem de JT.

Eu ia adorar. Acho que deveríamos fazer isso logo, antes que você consiga vários pretendentes com sua nova foto de perfil. Muito sexy, por sinal.

Soltei um grito. Tudo bem, era meio constrangedor JT ter sacado minha tática da fotografia – mas ele também me achava sexy, queria sair para beber e eu havia me dado bem ao convidar um cara para sair! Era uma mulher do futuro e uma feminista em ação. Ninguém precisava saber que eu havia usado uma foto dos meus peitos para isso.

CAPÍTULO 6

Eu estava parada na entrada da estação Angel do metrô, tentando reprimir a ânsia de vômito causada por estresse. Eram 8:03 da noite e eu estava prestes a conhecer JT pessoalmente. Olhei rapidamente ao redor, mas não vi ninguém que parecesse ter 1,90 m, olhos verdes vincados e cabelo louro-escuro. Meu relógio marcou 8:06. Ah, meu Deus. Ele me daria um bolo?

Meu celular vibrou. Merda, merda, merda. Era ele.

Ei, estou dentro da estação, ao lado da máquina de bilhetes. Usando um cachecol vermelho. Segurando um livro. Vejo você daqui a pouco!

Suspirei de alívio por ele não ter furado comigo. E então percebi, com um choque, que aquilo estava de fato acontecendo. Eu estava prestes a ter um encontro marcado pela internet. Era tarde demais para fugir. Ah, meu Deus.

Mais nauseada que nunca, apertei firmemente o casaco em volta do meu corpo e entrei devagar na estação. A máquina de bilhetes ficava à esquerda. Como prometido, havia um homem alto de pé ao lado dela. Eu me escondi rapidamente atrás de um vendedor de *Big Issue* e espreitei por sobre seu ombro para observar JT. Não consegui ver seu rosto, mas ele usava um casaco preto de lã com cachecol castanho. Respirei aliviada. Ele parecia gostoso de costas.

Endireitei o corpo e avancei corajosamente. Meu sangue latejava, mas me obriguei a continuar. Quando estava a centímetros de distância, limpei a garganta. Ele virou-se para me encarar e o sorriso em meu rosto murchou.

JT ERA UM VELHO.

Tinha rugas, cabelos grisalhos e, ah, maldito Deus, faltava-lhe um dente?! Senti um jorro de bile subir até a boca e engasguei audivelmente.

Ele abriu a boca para falar, mas, antes que dissesse uma palavra, eu me virei e saí correndo da estação. Do lado de fora, comecei a respirar devagar. Tudo bem. Essas coisas acontecem, mas eu pelo menos estava em público e o ancião JT não conseguiu me atacar. Eu estava a salvo.

– Ellie – gritou uma voz atrás de mim. Ah, maldito Deus. Era ele, que havia me descoberto e a essa altura estava prestes a me atacar. Acelerei o ritmo e passei correndo por bancos repletos de pessoas que me encaravam. Girei a cabeça para ver se ele me seguia e caí estatelada, de cara na calçada.

– Você está bem?

Com dor, ergui os olhos e vi um homem louro atraente sorrindo de pé. Os olhos verde-escuros vincavam quando ele sorria, mas não vi ruga nenhuma. Era JT_ldn. O verdadeiro.

– Não... não estou entendendo – disse eu. – Você se parece com a foto.

– Hum, eu não deveria parecer? – perguntou ele com uma das sobrancelhas arqueada. Meus olhos foram direto para seu pescoço. Ele usava um cachecol vermelho-vivo, três tons mais claros que o cachecol castanho que eu havia acabado de ver. Com uma onda de alívio, percebi que aquele era o JT que eu esperava conhecer e que o outro homem era apenas uma coincidência medonha com um cachecol castanho.

Eu havia estragado tudo.

– Não, não, isso é uma coisa boa, acredite – disse eu enquanto me afastava do meio-fio.

– Certo, e você sempre foge dos seus encontros? Essa foi a primeira vez que tive que correr atrás de alguém em um encontro, sabe? – Ele sorriu.

Senti meu rosto corar ao perceber o que havia acabado de fazer. Eu tinha simplesmente fugido do homem mais sexy com quem já havia saído. E depois tropeçado nas pedras irregulares da calçada.

– Hum, a respeito disso – disse eu com timidez. – O cachecol vermelho gerou certa confusão.

– Continue...

Suspirei.

– Bem, tem um homem de quarenta anos, gordo e nada atraente, usando um cachecol vermelho lá embaixo, ao lado da máquina de bilhetes. Pensei que fosse você, ou que você fosse ele, não sei...

Ele jogou a cabeça para trás e uivou de tanto rir. Observei, aliviada, que ele tinha todos os dentes.

– Isso é hilário. Você pensou que eu fosse algum pedófilo?

– Basicamente... sim. – Estremeci. – Sinto muito. Estou tão envergonhada...

– Não fique, essa é uma história incrível para contar aos nossos netos. – Netos?! Ainda não havíamos nem sequer ficado de mãos dadas. – Estou brincando – acrescentou ele.

– É evidente que sim. – Ri com nervosismo. – Me desculpe, ainda estou confusa com toda essa coisa de pedófilo. E a fuga. Podemos começar de novo?

Ele sorriu e estendeu a mão direita.

– Claro, sou JT. É um prazer conhecer você.

– Sou Ellie. É um prazer conhecer você também – disse eu, apertando a mão dele.

– Ótimo. Agora que nos apresentamos, que tal comer alguma coisa? – Balancei a cabeça alegremente, ignorando o bolo pesado de massa não digerida em meu estômago, que me fazia recordar que eu havia acabado de comer um pacote inteiro de tortellini. – Tem um bufê chinês bem legal na esquina. Está a fim?

– Bufê?

– Isso, mas você tem que estar com muita fome para valer a pena. Se você não estiver com tanta fome assim, podemos comer tacos ou alguma coisa em outro lugar – sugeriu ele.

Tacos pareciam a opção perfeita. Mas e se ele pensasse que eu era uma daquelas garotas anoréxicas que não conseguiam encarar um bufê? Meu apetite era a característica positiva que os caras adoravam em mim. Meus amigos ficavam apavorados ao sair com garotas magrelas que faziam dieta, pediam apenas salada e contavam calorias. Todos haviam dito que esse era meu diferencial. Levando-se em conta que eu não possuía muitos, eu sabia que precisava investir nisso.

Despedi-me mentalmente dos tacos leves e revigorantes, e preparei-me para um segundo jantar de carboidratos.

– O bufê parece ótimo.

– Tem certeza? – perguntou ele. Ali estava, meu momento de sair dessa. Eu precisava apenas dizer não e comeríamos tacos.

– Tenho. Absoluta. Estou morrendo de fome.

– Legal, é logo ali – disse ele, gesticulando conforme caminhávamos pela rua principal. – Então, como foi seu dia?

– Hum, bem tranquilo até os últimos dez minutos – respondi.

– Como o meu. – Ele riu. – Não posso dizer que imaginei sair correndo pela rua atrás da pessoa com quem marquei meu primeiro encontro no OKCupid.

– É sua primeira vez também? – perguntei.

– É, pensei em tentar alguma coisa nova. – Ele deu de ombros. – Ninguém parava de falar nisso no trabalho, então resolvi fazer uma tentativa. E você? O que fez você dar o salto virtual?

– Hum... – Torturei meu cérebro em busca de uma resposta adequada que não contivesse o termo "puta" ou a expressão "transa casual". – Na realidade, foi basicamente o mesmo que você. Só que um pouco diferente.

– Certo. – Ele balançou a cabeça. – Na verdade, acho que estou procurando pelo que quer que aconteça. Seja um relacionamento ou só... diversão casual. – Ele me olhou nos olhos e senti um formigamento percorrer minha coluna. Com a graça de Deus, havia depilado as pernas e aparado os pelos pubianos. Sexo casual, lá vou eu.

Ele me encarou com ar inquisitivo e percebi que havia parado de caminhar.

– É isso, o mesmo acontece comigo – disse eu. – Estou procurando o que quer que a vida atire em cima de mim.

Ele arqueou uma das sobrancelhas em minha direção.

– Você está citando meu perfil de relacionamentos?

Ah, merda. Eu havia, inconscientemente, recitado a seção "Estou procurando" do perfil dele. Sabia que não devia ter lido aquilo tantas vezes.

– Hum, involuntariamente?

Ele riu.

– Bem, pelo menos você fez o dever de casa. Melhor não correr riscos, não é?

– Exatamente. – Forcei um sorriso. – E então, é esse o restaurante? – Estávamos diante do restaurante chinês mais extravagante que eu já havia visto. Leões de pedra enroscavam-se em colunas na fachada e as palavras "Dragão Vermelho" haviam sido escritas em um dourado nada brega.

– É esse – respondeu ele. – Espero que você esteja com fome.

Meu prato era um amontoado de Ma Po Tofu, berinjela cozida, arroz frito com ovo e algas crocantes. O prato havia custado £18,99 e eu comi apenas o equivalente a três porções com pauzinhos.

– Isso está muito bom – disse JT ao terminar sua primeira porção. – Você não gostou? Não comeu quase nada. – Ele olhou com ar perspicaz para o monte de comida em meu prato.

– Ah, meu Deus, não, está maravilhoso. Só estou indo devagar. – Levei os pauzinhos à boca e forcei-me a engolir. Era a melhor comida chinesa que eu provava em anos, mas eu estava tão cheia de tortellini de £1,99 que não conseguia comer. Típico. – Mas enfim, fale mais sobre você – pedi. – Você trabalha na Marc Jacobs, certo? Vai me conseguir alguns brindes?

– Você não é a primeira pessoa a me pedir isso, mas não, desculpe, os brindes são estritamente para mim. Merda, isso me faz parecer bem ridículo, não faz?

– Faz sim, um pouco. – Sorri. – Mas, honestamente, fiquei bastante aliviada quando vi no seu perfil que você trabalha com tecnologia da informação e não com moda.

– Um pouco mais masculino, não é?

– Com certeza – respondi, desejando pensar em alguma coisa espirituosa para acrescentar. Em vez disso, peguei os pauzinhos e forcei mais bocados de comida para baixo.

– Sei que você está estagiando para uma chefe maluca, mas sobre o que exatamente é a revista? Sobre moda? – perguntou ele.

– Tem mais a ver com um pouco de tudo. É a *London Mag*. Já ouviu falar?

– Claro – respondeu ele, reclinando-se na cadeira. – É a nova revista on-line que cresce a cada semana. Estou impressionado.

– Só que você está esquecendo que, na verdade, não estou sendo paga para isso.

– O que é uma dica importante de que você não pode pagar a conta, Ellie – provocou ele. – Eu teria pagado de qualquer forma, você sabe.

Corei e encarei-o através das camadas de rímel, na tentativa de me parecer com Ange_xx.

– Eu nunca esperaria que um homem pagasse para mim.
Ele riu.
– Você é muito engraçada. Estou feliz por ter concordado com esse encontro.

Eu não fazia ideia do que havia feito de tão engraçado, mas, se ele estava gostando do encontro, quem era eu para dizer o contrário?

– Eu também – retruquei.
– Mas fiquei um tanto surpreso quando você me convidou para sair – admitiu ele.
– O quê? Por quê? – Merda, talvez Emma estivesse enganada e convidar alguém para sair pela internet ainda fosse um ato desesperado.
– Acho que não estou acostumado com garotas atiradas – respondeu ele.

Atirada?! Eu não era ATIRADA. Pelo amor de Deus, fui virgem até os vinte e um anos.

– Certo.
– Não, isso não é ruim. É... sexy. Eu gosto. Na verdade, gosto tanto que vou pagar a conta e livrar você desse prato de comida que evidentemente você não quer comer.

Ah, meu Deus, eu não precisaria ingerir comida chinesa fria. Isso mesmo – ele era oficialmente o cara. Era possível se apaixonar por futuros parceiros de sexo casual, certo?

CAPÍTULO 7

Cruzei as pernas e joguei os cabelos por sobre o ombro ao rir com ar afetado da piada de JT. Eu estava empoleirada em um banquinho em uma adega muito refinada – tudo bem, era só uma adega – e decidida a agir com a devida elegância.

– Outra taça de Muscadet? – perguntou JT. Balancei a cabeça com entusiasmo e quase caí do banquinho. – Cuidado – disse ele ao me firmar com o braço.

O único problema era que estava ficando bastante difícil agir à altura de tanta sofisticação, visto que meu acompanhante estava me enchendo de bebida. Essa seria a... quarta taça? A quinta?

Ignorei a voz sensata em minha cabeça, que gritava para que eu pedisse água e ergui graciosamente a taça de vinho que o garçom depositou a minha frente.

– Obrigada – disse eu.

– Qualquer coisa para a senhorita – retrucou JT. Ele me olhou direto nos olhos e reprimi uma risada.

– Também vou querer água, por favor – pedi ao garçom.

– Água? Já? – perguntou JT.

– Ah, só para me impedir de ficar completamente bêbada e passar vergonha – respondi.

– Não acho que você consiga passar vergonha – disse ele.

Encarei-o.

– Hum, você está brincando? Você percebe que comecei esse encontro fugindo por pensar que você fosse um pedófilo? E na semana passada...

Ele me interrompeu no meio da frase ao inclinar-se e pousar os lábios sobre os meus. Balbuciei, surpresa, antes que meu cérebro entrasse em ação e eu retribuísse o beijo. Lara e Emma estavam muito enganadas – minhas histórias embaraçosas *eram* sedutoras.

Ele levantou-se do banquinho e aproximou-se de mim enquanto nos beijávamos. Apoiei-me nele, que começou a esfregar a língua na minha. Correspondi com o melhor de minhas habilidades e levei as mãos ao seu rosto. Ele agarrou meu traseiro e puxou-me em sua direção. Ofeguei alto diante do rumo obsceno que as coisas estavam tomando, mas JT pareceu interpretar o som como prazer e começou a me beijar com o dobro da velocidade.

Agarrei-me ao bar para me equilibrar e pelo canto do olho vi o garçom balançar a cabeça com desagrado. A puritana britânica dentro de mim tentou libertar-se, mas JT puxou-me ainda mais e apertou meu seio.

– Você é muito gostosa – sussurrou ele em meu ouvido. – Vou ao banheiro e depois vou levar você para casa comigo.

Balancei a cabeça em silêncio e ele piscou para mim antes de virar-se e se afastar. Soltei a respiração, que eu não percebi que vinha prendendo. Era isso. Eu teria minha primeira transa de uma noite.

– Minhas desculpas – disse o garçom.

– Ah, não quero outra bebida – disse eu. – Obrigada, mas vamos embora agora.

Ele arqueou as sobrancelhas.

– Na verdade, eu ia dizer que tem alguma coisa no seu rosto.

Encarei-o, confusa, e estendi a mão para tocar meu rosto. Estava úmido. Ah, que vergonha, devia ser saliva, mas... como ele havia percebido? Baixei a mão e semicerrei os olhos sob a luz UV roxa. Estava coberta por um líquido escuro.

QUE DIABOS HAVIA EM MEU ROSTO?

Levantei-me e avancei em direção às paredes espelhadas do bar. Minha bochecha esquerda inteira e parte da testa estavam cobertas por um líquido marrom. Eu havia me esfregado em tinta? Seria vinho tinto?!

Eu me virei para olhar para o garçom outra vez. Ele reprimia um sorriso.

– Acho que deve ser sangue – disse ele.

Sangue?! Por que meu rosto estaria sangrando?? Então, devagar, comecei a entender. O sangue não era meu. Era de JT. Ele havia tido um sangramento nasal.

Minhas mãos pularam para o meu rosto e instintivamente eu o cobri e disparei às cegas para o banheiro. Empurrei a fila de garotas surpresas e corri para o espelho. Sob as luzes amarelas brilhantes, vi que minha bochecha estava coberta de sangue. Eu parecia uma parteira do Halloween.

Abri por completo as torneiras e comecei a lavar o rosto. O sangue escorreu junto com metade da minha maquiagem. Após esfregar energicamente a pele com toalhas de papel, livrei-me dele. Graças a Deus.

Então me dei conta de que precisava voltar lá para fora, para JT. Meu Deus, eu não podia ir para casa com ele. A essa altura, não conseguiria nem mesmo olhar para ele. O que dizer ao cara que teve uma hemorragia nasal em cima de você entre abraços e beijos? Será que ele tinha ideia de que sangrou em mim? Ou só havia percebido ao ir ao banheiro? Ele certamente já vira o sangue em meu rosto. Por que diabos não havia dito nada?

Eu não conseguia lidar com isso no momento. Era muito constrangedor. Talvez pudesse me esconder em um dos compartimentos do banheiro por alguns minutos e, assim que JT entendesse o recado e fosse embora, eu poderia ir para casa. Olhei de relance para um cubículo, mas, quando a porta principal do banheiro se abriu, avistei o interior do bar. Distingui vagamente JT, à espreita em um canto. Corri para o cubículo mais próximo e fechei a porta.

– Ei! Senhora?

Eu me sobressaltei, alarmada. Estava sentada no vaso com a cabeça entre as pernas enquanto alguém batia na porta do compartimento. Ah, meu Deus, JT. O sangue. Eu estava escondida no banheiro. Havia passado a noite inteira ali?!

Destranquei com cuidado a porta do compartimento e olhei para fora. A servente do banheiro estava com as mãos nos quadris e parecia seriamente aborrecida.

– A senhora está aí dentro há vinte minutos. Temos uma política de não apoiar as drogas. Já chamei o gerente.

Drogas? Eu poderia ter tido apenas um mal-estar do estômago. Olhei ao redor do banheiro e percebi que a fila de garotas continuava. O bar continuava aberto e JT talvez ainda estivesse à minha espera lá fora. A porta do banheiro abriu-se e o garçom de antes ficou parado ali.

– Você outra vez. – Ele exibiu um sorriso malicioso.

– Eu não estava usando drogas, juro. Eu... peguei no sono no banheiro.

Ele reprimiu um sorriso e percebi que era meio atraente. Mesmo que fosse apenas cerca de três centímetros mais alto que eu, tinha um rosto de simetria impressionante, barba de três dias por fazer e curtas tranças rastafári louras.

– Isso aconteceu depois que você limpou o sangue do rosto? – perguntou ele.

Fechei os olhos por um instante. Ele realmente precisava me lembrar da humilhação?

– Que seja – disse ele. – Você sabe que o seu namorado está lá fora esperando esse tempo todo?

– Ah, droga, ele ainda está lá? – gemi. – Pensei que ele já tivesse ido embora.

O garçom arqueou uma das sobrancelhas em minha direção.

– Você está se escondendo do seu namorado?

— Ah, você sabe que ele não é meu namorado — respondi em tom ríspido. — Ele é meu primeiro encontro pela internet e depois do sangramento de nariz em cima de mim, eu não queria vê-lo de novo.

— Ah, claro — disse ele. — É o que acontece nos meus encontros também.

Eu estava prestes a responder em tom ríspido novamente quando percebi que ele estava sorrindo.

— É, esse não foi um dos meus melhores.

— Ei, que tal se eu ajudar você a fugir daqui sem encontrá-lo? — propôs ele.

— Ah, meu Deus, sério? Eu ia literalmente me apaixonar por você pelo resto da vida.

— Tudo bem, fique calma — pediu ele. — Só... me siga.

Eu o segui para fora dos banheiros e passamos por uma porta sinalizada com "Privativo". Subimos a escada e saímos na parte externa. Dei um suspiro de alívio.

— Muito obrigada.

— Ei, não tem de quê. — Ele deu de ombros. — Em todo caso, você deixou minha noite bem mais divertida.

— Com sorte, vou achar tudo igualmente engraçado amanhã. Então, como você se chama?

— Pete. — Ele sorriu de modo bem amplo. — E a donzela em apuros?

Olhei para ele sem entender.

— Ah, certo. Ellie. Eu sou Ellie.

— É um prazer conhecer você, Ellie — disse ele. — Bem, vá para casa a salvo e sinta-se livre a fim de trazer mais parceiros que conheceu na internet. Ajudo com uma rota de fuga sempre que você vier a precisar.

— Espere. Verdade? Porque isso seria incrível.

Ele riu.

– Vamos fazer isso. Esse pode ser seu bar habitual para os encontros e eu ajudo sempre que eles sangrarem em cima de você.

– Tudo bem, combinado. – Abri um sorriso. – Seja como for, estou ficando sóbria e acho melhor ir de ônibus para casa, então... vejo você por aí.

– Até mais.

CAPÍTULO 8

– Ah, meu Deus, eca, que diabos ela tem no rosto?
– Parece... sangue seco.
Puxei o edredom por sobre a cabeça.
– O que está acontecendo? – gemi.
Uma luz brilhante fez meus olhos arderem quando o edredom foi puxado.
– E ela está nua – anunciou uma voz masculina.
Agarrei os seios e olhei freneticamente ao redor enquanto minhas pupilas dilatavam devagar e o quarto entrava em foco. Emma estava sentada em minha cama esfregando as unhas, Will cobria os olhos com meu edredom em pose teatral e Ollie olhava com educação para seus tênis Nike de cano alto surrados parado em um canto do quarto.
– O que vocês estão fazendo? – perguntei com a dignidade que consegui encontrar, as mãos sobre os mamilos.
– Querida, você quer se vestir? – perguntou Emma. – Pensamos que íamos acordar você e ouvir as fofocas sobre seu primeiro encontro pela internet, mas então vimos isso... sangue no seu rosto. – Ela ergueu as unhas verdes cintilantes em minha direção e vi flocos de sangue seco do nariz de JT na ponta de suas garras.
Suspirei alto.
– Certo, tudo bem – disse eu. – Por que todos não se viram para que eu vista meu roupão? – Com ar condescendente, meus companheiros deram-me as costas, então peguei o roupão felpudo no chão e coloquei-o no corpo. – Pronto, tudo certo – anunciei.

– Graças a Deus – gritou Will ao afastar o edredom do rosto. – Eu estava começando a desmaiar. Quando foi a última vez que você deu uma lavada nesse edredom? – Ele viu meu rosto e mudou de assunto. – Seja como for, esqueça a lavagem. Como era JT?

– E... o sangue? – perguntou Emma.

Olhei para o rosto de Ollie e suspirei. Ele nunca mais me enxergaria da mesma forma. Não que isso realmente importasse. Respirei fundo e comecei.

– Então, cheguei à estação Angel e procurei o homem com o cachecol vermelho, mas ele tinha uns quarenta anos, era cheio de rugas e tinha uma barriga de cerveja. – Houve arquejos chocados e sorri com orgulho, ciente de que a história de terror do meu encontro era pior que a de qualquer um deles. – Então, como seria de esperar, fugi. Mas, enquanto tentava escapar, tropecei na calçada.

– Ah, meu Deus – gritou Will.

– Eu estava caída na calçada, apavorada, quando alguém se aproximou de mim. Era JT... só que o verdadeiro. Ele tinha nossa idade e um cachecol vermelho ligeiramente diferente. O primeiro JT foi só um grande equívoco.

– Ah – suspirou Will. – Pensei que você contaria que o sangue teve a ver com algum tipo de agressão sexual perversa.

– Hum, não – retruquei devagar. – Se isso tivesse acontecido, eu teria chamado a polícia e não estaria contando isso a vocês de forma tão despreocupada. – Ele deu de ombros e prossegui, ignorando minha ressaca latejante. – Seja como for, JT era lindo, normal e cheguei a jantar pela segunda vez por causa dele. Depois fomos beber, ele pagou tudo e nos beijamos. Só que ele foi ao banheiro e o garçom disse que eu tinha alguma coisa no rosto e... era sangue. Porque JT teve um sangramento no nariz em cima de mim.

Meus três companheiros de casa me encararam com aversão.

– Porra, isso é nojento – gritou Will.

– Ah, é? Isso vindo do cara que usa condicionador como lubrificante?

Ollie sorriu amplamente.

– Merda, Ellie, essa é uma ótima história.

– Obrigada, acho.

– É o máximo – disse ele. – Mas... você foi para casa dele depois?

Parei enquanto tentava recordar o que havia acontecido em seguida. O restante da noite era um borrão indistinto e cálido de...

– Ah, meu Deus – falei. – Fui ao banheiro para lavar o sangue; então me escondi dele lá dentro e peguei no sono. Até que o gerente gostoso entrou e me tirou dali por uma saída de emergência secreta.

Emma e Ollie começaram a uivar de tanto rir, mas Ollie me encarou, parecendo um tanto impressionado.

– Um gerente gostoso? – perguntou. – Merda, sua noite parece ter sido bem agitada.

Dei de ombros, reprimindo um sorriso. A noite parecia ter sido de fato dramática. A "Ellie solteira com sua cama de solteira" já era – eu quase havia conseguido meu sexo casual.

– É, acho que foi. Isso faz você sentir saudades dos tempos de solteiro?

Ele me olhou nos olhos e senti meus joelhos fraquejarem.

– Às vezes – respondeu ele baixinho.

– Isso é muito ridículo – ofegou Emma, rolando em minha cama com Will, ainda resfolegando de tanto rir. – Me faz lembrar da vez que você ficou com o único emo no Mahiki.

– Emma, você nem estava lá naquela noite – vociferei.

– E depois você escorregou na porra do seu amigo no banheiro de casa – ofegou ela.

Will sentou-se com o corpo ereto.

– Gozo... ou condicionador? – perguntou ele e tornou a desabar de tanto rir.

Revirei os olhos.

– Pessoal, esqueça isso. Todos nós já tivemos encontros ruins.
– Ah, sim, mas eu nunca abandonei o meu por terem sangrado em cima de mim – berrou Will.
– Principalmente porque eles nunca sangraram em mim.
– EECAAAA, o sangue – gritou Emma ao recordar que o trazia nas mãos. – Estou coberta de sangue de um homem estranho. AH, MEU DEUS, AIDS!!
– Droga – gritei em pânico. – Você acha...?
Will gemeu alto.
– Às vezes, vocês duas são tão idiotas – disse ele. – AIDS é uma forma grave de HIV e vocês não vão pegar a doença por causa da hemorragia nasal do cara, a não ser que o sangue tenha penetrado em alguma ferida aberta no seu rosto. Você tem algum corte no rosto, Ellie?

Corri até o espelho de corpo inteiro e examinei o rosto.
– Tudo bem, não – admiti.
– Então, minha querida, você está livre da AIDS – disse ele. – Parabéns.

Desci pesadamente até a cozinha no andar de baixo para procurar alguma coisa para o café da manhã e aplacar a ressaca. Minha cabeça latejava e eu necessitava de carboidratos para absorver o álcool. Mas eu tinha apenas os flocos de milhos Crunchy Nuts de fabricação própria do Sainsbury.

Com tristeza, esvaziei o pacote em uma tigela e estendi a mão para pegar o leite. Eu o estava despejando quando percebi que havia carocinhos pretos flutuando na tigela. Que diabos era aquilo?! Peguei uma colher e retirei alguns para examiná-los de perto. Pareciam cocô de coelho, só que menores.

Então fiquei paralisada. Minha caixa de flocos de milho estava emitindo sons. Respirei fundo e fui até ela. Agarrei o aparador para me equilibrar e, hesitante, olhei lá dentro. Havia uma massa cinza movendo-se nos flocos de milho. Abri a boca e gritei.

Will entrou na cozinha.

— Você viu algum camundongo? — perguntou em tom casual ao passar por meu corpo trêmulo até chegar em seu armário.

— ELE ESTÁ NOS MEUS FLOCOS DE MILHO! — gritei.

— Existem alguns aqui — anunciou ele. — Vi um monte saindo dos sacos de lixo na semana passada.

Eu o encarei, horrorizada.

— Você está de sacanagem comigo? Você viu camundongos aqui dentro e não pensou em contar a ninguém?! O que há de errado com você, Will? Precisamos comprar ratoeiras... e veneno.

— Ellie — disse ele —, nós moramos em Londres. É óbvio que vamos ter camundongos. Além disso, vivemos em uma casa de quatro quartos com sala de estar em Haggerston e pagamos só £550 cada um. Temos sorte de ter só camundongos.

— Em lugar de quê? — perguntei. — Ah, droga, você está querendo dizer RATOS?

— Calma. — Ele suspirou. — Você não pode ter camundongos e ratos ao mesmo tempo.

— Eles... não convivem?

— Exato — respondeu ele. — Afinal, você vai comer esses flocos de milho? Estou morrendo de fome.

— Tem um camundongo na caixa — expliquei devagar. — Você não entende isso?

— Não importa. — Ele deu de ombros. — Vou tirar o camundongo.

Olhei para ele sem entender e apressei-me em sair da cozinha, subindo as escadas rumo ao quarto de Emma.

— Emma — gritei ao abrir a porta. — Temos camundongos, e Will não está nem aí. O que vamos fazer?

— Eca, eu sei — respondeu ela, interrompendo o programa que assistia em seu laptop. — Pedi a Serge que me traga comida ou fique mais na casa dele.

— Certo, bem, alguns de nós não têm um namorado a quem pedir ajuda, então... Vamos comprar ratoeiras e tentar nos livrar deles? — perguntei, frustrada.

— Hum, não acho que elas realmente funcionem — retrucou ela.

— Além disso, não são ratos.

Como minha melhor amiga achava aceitável que ratos vivessem em nossos cereais? Balancei a cabeça e fui direto ao quarto de Ollie. Bati e aguardei a resposta.

— Entre — gritou ele.

Abri a porta e entrei. O quarto era todo cinza e o único esforço para decorá-lo era uma colagem de fotos suas com Yomi presa ao armário. Os dois eram tão atraentes que pareciam um casal de celebridades. Ela possuía imensos olhos verdes e uma trança que a fazia parecer a Beyoncé. Ui.

Passei direto por seu rosto sorridente e sentei-me na cama.

— O que está acontecendo? — perguntou ele.

— Camundongos — anunciei. — Ao que tudo indica, eles moram conosco e encontrei um deles em meus flocos de milho.

Ele riu.

— Merda, não acredito que eles invadiram a sua comida.

— Eu sei. Quem imaginaria que camundongos adoram flocos de milho de fabricação própria?

— Fico feliz em ver que não temos camundongos de classe média. Talvez devêssemos dar nome a eles — sugeriu Ollie.

— Ou — disse eu — talvez pudéssemos, hum, exterminar todos?

Ele fechou a cara e impedi-me de avançar para tocá-lo.

— Como você propõe que a gente faça isso? — perguntou ele.

— Ratoeiras? Venenos? Exterminadores de pragas?

— Acho que os exterminadores só vêm por causa de ratos e coisas do gênero e imagino que sejam muito caros, mas talvez a gente possa tentar os outros. Veneno significa que os camundongos vão comer a substância e depois morrer onde quer que estejam. Podemos ter ratos mortos morando nas nossas paredes.

– Ah, meu Deus, eca.

– Exatamente.

– Tudo bem, e as ratoeiras? – perguntei.

– Duas opções... gaiolas humanas e agradáveis, que prendem os animais sem machucar, mas custam fortunas, ou ratoeiras baratas, que quebram as patas deles e espalham sangue por toda parte – disse Ollie.

Gemi e desabei sobre a cama, que cheirava a mofo, mas de um jeito excitante. Eca, aquilo provavelmente era cheiro de sexo, dele e de Yomi. Voltei a me sentar.

– Você não quer fazer nada, quer? – perguntei.

– Os outros também querem deixar os ratos em paz?

– Querem, e estou percebendo que você também. Sou eu a única que deseja consumir alimentos não contaminados por cocô de camundongo?

– Acho que sim – respondeu ele. – Mas, ei, se mantivermos a casa bem limpa por um tempo, eles vão desaparecer sozinhos. Ou, no mínimo, o número de ratos vai diminuir.

– Tudo bem – suspirei. – E eu pensei que dividir uma casa em East London seria glamouroso.

– Não há nada de glamouroso em ganhar salário mínimo aos vinte e poucos anos – disse ele.

– Mas você, pelo menos, tem um emprego de verdade – retruquei. – Publicidade paga bem?

– Não no primeiro ano e não quando todos os recém-formados em Londres estão dispostos a trabalhar de graça, como estágio.

– Ah, sim, essa sou eu.

– Não se preocupe. Também fiz minha cota justa de estágios. E jornalismo é muito mais legal que publicidade, então acho que vai compensar no longo prazo.

– Hum, talvez – disse eu. – Seja como for, para tocar em assuntos menos deprimentes, como vão as coisas com Yomi?

– Bem – respondeu ele. – Mas acho que... bem, quatro anos é muito tempo para se ficar junto com alguém e a longa distância está se tornando difícil no momento. Vai ser mais fácil quando ela não morar mais em Bristol e tiver voltado para Londres.

– Com certeza. – Balancei a cabeça para concordar, como se fosse muito experiente em relacionamentos longos e com grandes distâncias. – Tenho certeza que logo tudo vai ficar mais fácil.

– Espero que sim – disse ele. – Estou chegando àquela fase esquisita em que tenho vinte e cinco anos e a mesma namorada há quatro. Ando sentindo falta de entrar no jogo.

Ah, meu Deus. Meus sonhos estavam se tornando realidade. Ollie desejava terminar com Yomi. Eu me forcei a respirar calmamente. Não poderia sugerir que eles se separassem sem que soasse mal. Eu precisava ser sutil.

– Talvez você devesse fazer isso – declarei. A sutileza era superestimada.

– Ah, quem sabe o que vai acontecer? Você tem sorte por não ter que lidar com essa merda.

– Hum, sei, tanta sorte que ninguém quer sair comigo. Os caras só querem ter hemorragias em cima de mim.

Ele riu.

– Isso é mais movimento do que tive a semana inteira. Enfim, vamos limpar essa cozinha ou o quê?

– Vamos fazer isso – respondi. – Talvez meus poderes para afastar os homens funcionem com os camundongos. Vou cruzar os dedos para que eles sejam machos.

– E se forem homossexuais? Eles vão vir para cima de mim.

– Ha-ha. É mais provável que partam para cima de Will.

– Ei, não sou tão ruim assim.

– Eu sei. Quer dizer, eu, uh... Cozinha?

Ele deu um sorriso.

– Cozinha.

CAPÍTULO 9

— Alguém quer chá? — perguntei.

Fez-se silêncio. Eu me levantei e debrucei-me sobre a mesa, para ficar de frente para minhas colegas.

— Pessoal, chá? – repeti.

As três redatoras me ignoraram. Hattie, a mais nova, balançou a cabeça, mas Jenna e Camilla nem sequer se deram o trabalho de erguer os olhos. Suspirei comigo mesma e fui sozinha até a minicozinha. Quanto mais tentava ser simpática com as outras funcionárias no escritório da *London Mag*, mais elas me ignoravam. Quem sabe se meu próximo encontro on-line fizesse parte do círculo delas em Chelsea, eu conseguisse que me cumprimentassem de vez em quando.

Peguei o celular enquanto a chaleira aquecia. Eu não havia recebido uma palavra de JT desde que o abandonei no Holly & Ivy. O que era justo, na verdade. Mas havia também um silêncio categórico por parte de qualquer pessoa relativamente normal no OKCupid. Talvez JT tivesse enviado a todos um e-mail de advertência, afastando as pessoas de mim, mesmo que tivesse sido ele a sangrar em meu rosto. Não consegui nem mesmo encontrar uma selfie mais ousada para atrair milhares de homens para meu perfil.

Entrei na seção de busca do site e selecionei meus filtros. Eu desejava alguém com mais de 1,80 m, formado, para que tivéssemos coisas em comum e... aah, seria legal se eles falassem uma língua estrangeira. E trabalhassem... no setor de finanças/bancário/imobiliário. Assim, poderiam pagar meu jantar.

Pressionei "buscar". Surgiram cinco resultados. Todos tinham mais de quarenta anos. Dois eram do sexo feminino. Suspirei e deletei todos os meus filtros. Em seguida selecionei "idade entre 23–30" e "sexo masculino". As línguas estrangeiras e os diplomas teriam de esperar.

Dois homens pareceram atraentes. Se ao menos esses caras tivessem me convidado para sair, em vez dos sujeitos horrorosos, mas eles não haviam feito isso. A menos que... eu os convidasse primeiro? Havia funcionado com JT, e Emma estava certa – não parecia rejeição quando se tratava apenas de pixels. Além disso, eles talvez estivessem mentindo e fossem pervertidos de setenta anos de idade.

Sem me dar a chance de mudar de ideia, digitei uma mensagem para Ben84.

Ei, como vai você? Está aqui há muito tempo?

Não se tratava de um texto vencedor do Prêmio Pulitzer, mas nenhum dos homens havia me enviado mensagens brilhantes e bem-elaboradas. Eu também poderia enviar a mesma mensagem para vários homens. Já a havia enviado para oito pessoas diferentes quando senti alguém pairando sobre meu ombro.

– Maxine – gritei. – Desculpe, eu... ah, não vi você aí. Que tal um chá?

– Hum, a chaleira ferveu há uns cinco minutos. Com o que você está tão entretida? – perguntou ela, estreitando os olhos cuidadosamente maquiados em minha direção.

– Ah, não é nada – resmunguei. – Só algumas mensagens pessoais. Desculpe, eu não devia ver isso no trabalho.

– Tive a impressão de que era um site de relacionamento – disse ela. Eu a encarei em estado de choque. Ela estava me espionando agora? Como se não bastasse eu trabalhar cinquenta horas semanais sem receber e ocupar um cargo como sua assistente pessoal na maior parte do tempo? – Bem, não fique tão chocada, Ellie. Você não é a única a fazer uso deles... Eles são importantes no momento. Quero publicar um artigo sobre o assunto. Talvez você possa reunir suas experiências como pesquisa para que Camilla escreva.

– Ou eu mesma poderia escrever a matéria – sugeri com ousadia. Era minha chance. Poderia escrever sobre JT, marcar mais encontros e entrevistar pessoas que usavam os aplicativos. Seria meu primeiro artigo propriamente dito. Seria perfeito para mim. Eu poderia...

– Não – disse ela. – Vou pedir a Camilla que envie uma mensagem para você sobre esse assunto mais tarde. – Ela despejou a água que eu havia acabado de ferver em sua caneca e afastou-se.

...

– Estou tão feliz que você esteja aqui – gritei ao afundar a cabeça no cachecol de pele de Lara. – Meu trabalho é um lixo, temos camundongos em casa e o cara com quem eu saí teve uma hemorragia nasal em cima de mim.

Ela ergueu minha cabeça pelo rabo de cavalo.

– Certo, tudo bem, você pode sair do meu cachecol, por favor? – perguntou ela.

– Desculpe – resmunguei e afastei-me para sentar na cadeira ao lado dela. – Estou tão cansada.

– Ei, como você está, Lara? Como está sendo o último ano de faculdade? O que está acontecendo com Jez? Você marcou mais algum encontro pela internet? – perguntou-se ela em voz alta.

– Tudo bem, sinto muito – suspirei. – Vamos começar por você. O que está acontecendo?

– Ellie, estou prestes a me graduar com distinção em Direito em uma das melhores universidades do país. Sou atraente, inteligente e legal.

– Hum, aonde exatamente isso vai levar?

– E mesmo assim, mesmo assim, estou meio obcecada por um homem patético chamado JEZ, que nem é o nome dele de verdade, que prefere maconha e frango frito do KFC a estar comigo. Que merda há de errado comigo? – Ela gemeu e pousou a cabeça entre as mãos perfeitamente manicuradas.

Acariciei sua cabeça em solidariedade. Lara tinha razão. Jez era um desperdício de tempo, alguém tão inferior a ela, que chegava a ser constrangedor.

– Desculpe, por favor, podemos pedir uma garrafa do vinho tinto da casa e um Camembert assado? – gritei para o garçom. – Na verdade, pode trazer o dobro disso.

– Duas garrafas ou dois queijos?

– Dois queijos, é óbvio. – Virei-me para Lara. – Em todo caso, talvez você esteja obcecada por ele porque... o sexo é incrível?

– É bom ter orgasmo todas as vezes, mas isso só acontece quando ele está sóbrio o suficiente para ficar de pau duro.

– Por que você não termina tudo, Lar? – perguntei. – Já examinamos todos esses prós e contras milhões de vezes e a cada vez chegamos à mesma conclusão: você é muito, muito, *muito* melhor do que ele.

– Eu sei. – Ela suspirou. – Mas nós ficamos com outras pessoas, então posso sair com outros caras, não estou tecnicamente amarrada a ele, o que me faz pensar que isso não é importante e posso muito bem me divertir com ele enquanto espero alguém melhor.

– Parece perfeito – admiti. – Mas acho que você está tão envolvida com ele que, na verdade, não se sente assim tão solteira.

– Exatamente – gritou ela. – Estou tão obcecada por ele que não quero sair com outros caras e sempre que tento deixá-lo, sinto tanta falta que não dura mais que uma semana.

Acariciei seu braço com empatia.

– Sinto muito, é uma merda de círculo vicioso. Ei, isso é caxemira?

— É da minha mãe. É, é uma merda. Acho que tenho que me resignar a uma vida de sofrimento deplorável e...
— Sexo fantástico ocasional?
— Exato. — Ela suspirou alto. — Em todo caso, é a sua vez. Camundongos e Maxine?
— Não compare — gemi. — Ela é horrível e, ao que tudo indica, agora está espionando minha vida amorosa... Mas se recusa a me deixar escrever sobre o assunto.
— Ela nunca permite que você escreva nada — declarou Lara. — Por que isso é uma surpresa?
— Não é, mas isso não faz da situação uma merda menor.
— Você já enfrentou essa mulher?
— Já! É muito frustrante. Não sei mais o que fazer. É o meu próprio círculo vicioso — declarei em tom triste.
— Como vão as coisas com Ollie?
— O que tem ele? — perguntei com ar inocente.
— Ellie, sempre que menciono o nome dele, você basicamente desmaia. Todo mundo, inclusive Ollie, sabe que você gosta dele.
— Ah, merda — disse eu, sentindo o sangue fugir do meu rosto.
— Sério?
— Claro, idiota. Até Yomi provavelmente sabe.
— Ah, que se dane — disse eu, desanimada ao ouvir sobre a namorada dele. — Isso nem sequer é uma opção. É só uma paixão absurda. Não significa nada. Simplesmente gosto de olhar para o rosto dele.
— Acho que você gosta de um pouco mais que do rosto dele.
— Posso ter dado de cara com ele no corredor algumas vezes, só de toalha depois do banho.
— Ele tem o corpo tão perfeito quanto você imaginava?
— Digamos que agora mudei o horário do meu banho para aumentar minhas chances de esbarrar com ele sem camisa. De qualquer forma, Srta. Três-Encontros-Por-Mês, preciso da sua ajuda com a minha vida amorosa.

– Ah, certo, Emma me contou tudo sobre você ter acampado no banheiro depois do sangue. – Ela abriu um sorriso malicioso.

– Ótimo, fico feliz em saber que minha vida amorosa está proporcionando tanta diversão para todos vocês. Mas sério, Lara, preciso de um segundo encontro. Tenho a sensação de que a vida de todo mundo é incrível e a minha não só é um lixo, mas está sob orientação parental.

– Imagino que sim – disse ela. – Mas você tem uma tendência a ficar um tanto, hum, não propriamente obcecada, mas... fixada em certas coisas. Tenho certeza de que tudo vai acontecer naturalmente se você deixar.

Eu a encarei com ar inexpressivo.

– Lara. Nós ficamos sentadas esperando que os empregos venham até nós? Esperamos ganhar na loteria? Não. Nós pedimos emprego, ganhamos salários e agimos. Não vou ficar *esperando* que algum cara me convide para sair e transe comigo... Vou encontrar tantos homens quanto conseguir e fazer as coisas acontecerem por mim mesma. Na verdade – anunciei com ar presunçoso –, hoje enviei mensagem para oito homens do OKC. Então, tenho certeza de que em breve vou ter outro encontro.

– Mostre, mostre – gritou ela, arrancando o celular das minhas mãos. – Ah, uau, você recebeu resposta de um deles. Ben84. Ele parece atraente.

– Não precisa ficar tão surpresa.

– E ele trabalha com design gráfico, tem um diploma em Filosofia e 1,80 de altura. Nada mau.

– São essas as primeiras coisas que você observa? Você não lê as seções?

– Claro que não – respondeu ela. – Não me interessa quais são os livros e os programas de TV preferidos deles. Só quero saber de emprego, altura, formação e aparência, é óbvio. O relacionamento on-line é exatamente igual a fazer compras on-line: você só rola a página à procura de fotos e especificações. Depois escolhe um, gosta ou devolve. Fácil. Ah, bom, o queijo chegou.

Ao final de minha noite com Lara, eu tinha um encontro marcado com Ben84. Sairíamos para beber em Islington e eu tinha em mente o bar perfeito, que oferecia vinhos com preço acessível e uma rota de fuga conveniente.

Encostei a cabeça na janela de vidro do ônibus noturno e fechei os olhos. Foi incrível conversar com Lara, discutir cada detalhe infeliz de nossas vidas e dar uma olhada nos homens do aplicativo. O único problema era que eu não havia conseguido lhe contar que me sentia... nervosa. Estava obviamente muito animada para ter um segundo encontro e parecia promissor conhecer Ben84. Havia boas chances de que eu acabasse no apartamento dele.

Era tudo que eu desejava, mas era também um tanto assustador. Por mais que fosse divertido planejar transas casuais, aquilo me fazia lembrar a época em que eu tentei perder a virgindade com um estranho em uma boate, sabendo intimamente que era uma péssima ideia. O pensamento de ficar completamente nua na frente de um cara qualquer era aterrorizante. Ele veria meu corpo rechonchudo, as marcas estranhas do meu bronzeado, meus pelos pubianos... E se ele me julgasse? Pior, se me rejeitasse?

Na realidade, Lara e Emma nunca haviam precisado se preocupar com isso – eram lindas, de um jeito característico. Depilavam com cera os pelos pubianos e vestiam manequim 38. Quem as visse nuas na cama receberia exatamente o esperado. Comigo era diferente. Por melhor que me esfregasse, nada esconderia minhas celulites e os pelos escuros do corpo quando me deitava em uma cama. Eu temia ir para a cama com um cara e vê-lo me olhar com decepção.

Tentei imaginar o que as garotas diriam. Simplesmente soltariam que eu sou ridícula e linda nua, motivo pelo qual eu nunca havia mencionado o assunto. Não precisava ouvir que garotas idiotas esnobavam umas às outras para sentirem-se melhor. Além disso, era muito constrangedor, até mesmo para mim, admitir que intimamente temia ter uma vagina repulsiva, com cheiro estranho.

Mas tudo bem. Eu podia me animar. Os caras não se importavam com toda essa baboseira, certo? Ficavam excitados somente por ter uma garota nua abrindo as pernas para eles. Era o que eu desejava também, por uma série de motivos. Como...

1) *Venho esperando a vida inteira pela chance de namorar, ter vários homens, sexo divertido e de fato* viver *a vida.*
2) *Todo mundo faz isso. Vou finalmente entender o motivo para tanto barulho.*
3) *Ainda não tive orgasmos durante o sexo. Essa é a maneira ideal de transar bastante e tentar coisas diferentes sem sentir vergonha.*
4) *Os caras transam sem estigmas, portanto eu deveria fazer o mesmo. As feministas aprovariam.*
5) *Se tudo der errado, posso sair correndo da casa dele pela manhã e nunca mais vê-lo.*

Respirei aliviada. Eu estava certa: os prós de ter transas casuais eram intermináveis. Em relação aos contras, não havia quase nenhum.

1) *Posso me apaixonar por eles.* Mas seria altamente improvável. Sobretudo no caso de estranhos da internet. Dificilmente irei conhecê-los.
2) *Se eles não me ligarem novamente, eu talvez fique triste.* Um fato da vida – coisas ruins acontecem. Você vai superar isso, Ellie. Já foi rejeitada antes.
3) *Posso me sentir suja e imoral.* Tudo bem, mas lembre- -se: as pessoas acham que ser imoral é ruim, mas você

pode escolher o significado que deseja para isso. A imoralidade não é necessariamente algo ruim.

Cinco prós *versus* três contras. Eu me senti melhor. Que se danasse a ansiedade sobre meu corpo. Eu poderia simplesmente apagar as luzes. Ao que tudo indicava, Ben84 iria se dar bem.

CAPÍTULO 10

Os últimos dias se passaram em meio a uma névoa. Maxine continuava uma vadia, Emma ainda estava com Sergio, Will saía para transar com toda e qualquer pessoa e Ollie estava em Bristol, visitando Yomi. Mas a tarde de sexta-feira havia finalmente chegado e eu iria encontrar Ben84. O único problema era não saber ao certo onde.

Peguei o celular na esperança de que o aparelho sugerisse algum local em que eu deveria estar nas próximas horas. Graças a Deus havia uma mensagem de texto de Ben. Por fim, passamos das mensagens do OKC às mensagens de texto da vida real, vulgarmente conhecido como o passo seguinte nos relacionamentos pela internet.

Ei, sei que você tem em mente um bar em Angel. Mas quer me encontrar primeiro na livraria Waterstones na rua principal? Estarei lá, entre Wittgenstein e Jung. Às seis da tarde.

Mas. Que. Merda!

Ele não só desejava me encontrar dentro de uma livraria, em vez de me esperar em frente à estação de metrô ou no bar como uma pessoa normal, mas estaria... no corredor das artes? Quem eram essas pessoas?! Eu as pesquisei no Google.

Ludwig Josef Johann Wittgenstein foi um filósofo austríaco-britânico que trabalhou essencialmente com lógica, filosofia da matemática, filosofia da mente e filosofia da linguagem.

Ah, certo. Então Wittgenstein havia sido um filósofo, não um artista. Eu tinha quase certeza de que Jung era comunista como Marx, mas busquei no Google apenas para conferir.

Carl Gustav Jung, muitas vezes referido como C.G. Jung, foi o psiquiatra e psicoterapeuta suíço que fundou a psicoterapia analítica.

Opa! Bem, agora eu ao menos sabia que Ben84 estaria nos corredores de filosofia. Fazia certo sentido, pois ele havia estudado filosofia na universidade, mas eu não entendi bem a sugestão dele. De forma alguma. Tinha de ser uma brincadeira – ninguém poderia ser tão pretensioso. Enviei a mensagem a Emma para uma segunda opinião. Ela me telefonou.

– Emma – cochichei –, que diabos significa isso? Ben realmente quer que eu vá até os corredores de filosofia da livraria para encontrá-lo?

– Ah, meu Deus, você está se escondendo no banheiro no trabalho outra vez, Ellie? Você pode conversar com as pessoas sentada à sua mesa, sabia?

– Talvez na sua empresa de RP tranquila, legal, mas não aqui. Em todo caso, a mensagem de Ben. Que merda é essa?

– Ele tem que estar brincando. Nenhum cara escreveria isso a sério.

– Mas as fotos dele eram bem alternativas. Ele usa óculos de lentes grossas e jeans skinny.

Emma zombou.

– Querida, os fãs de Justin Bieber usam óculos alternativos. Isso não significa mais nada.

– Talvez, mas, de qualquer forma, o que respondo?

Houve um longo intervalo e então um grito alto.

– Ah, meu Deus, agora entendi. Sou genial. Você tem que responder a mensagem de forma igualmente espirituosa.

– Certo. Isso é tudo muito bom na teoria, a não ser pelo pequeníssimo obstáculo que...

– Que você não é espirituosa? – interrompeu ela. – Não se preocupe, minha jovem amiga. Deixe comigo. – A linha ficou muda.

Suspirei e levantei do vaso sanitário fechado e saí do compartimento. Maxine estava parada ali de braços cruzados.

– Então, é aqui que você se encontra com os amigos no seu intervalo de almoço? – perguntou ela, arqueando as sobrancelhas recém-feitas.

– Hum, eu só precisava dar um telefonema pessoal rápido – resmunguei.

– É, eu deduzi – disse ela. – Então o seu próximo encontro é com um cara provavelmente alternativo que quer encontrar você na seção de filosofia de uma livraria?

Eu a encarei em silêncio. Ela arqueou ainda mais as sobrancelhas e tossiu.

– Hum, sim – consegui por fim responder.

– Isso, Ellie, é pura *London Mag* – declarou ela com um ligeiro sorriso. – Você vai escrever sobre isso para mim. Uma coluna. A vida de solteira. Quero os mínimos detalhes, quero fatos embaraçosos e quero honestidade. Honestidade brutal, dolorosa, do tipo "Ah, meu Deus, a vida dela é horrível". Entendeu? E você pode, por favor, fechar a boca? Você está parecendo um peixinho dourado.

Fechei obedientemente a boca. Em seguida, tornei a abri-la.

– Espere aí, eu... não entendi. Você quer que eu escreva uma coluna? Sobre ser solteira em Londres e estar marcando encontros?

Ela concordou com um movimento de cabeça.

– Exatamente. Agora, tenho que repetir ou estamos entendidas?

– Hum... quantas palavras? – perguntei.

Ela sorriu amplamente.

– Finalmente uma pergunta de verdade. Quatrocentas palavras para cada sexta-feira. Portanto, quero o texto na terça-feira, para que você tenha tempo de revisar. Quero uma coluna engraçada. Ela pode se chamar "Conteúdo Impróprio". Vai ser divertido. Você pode começar com esse encontro filosófico, ou com o do cara da hemorragia nasal na semana passada.

Engasguei de novo.

– Como... como você sabe disso?

– Faça-me o favor, Ellie, sei de cada coisinha que se passa neste escritório. E da próxima vez que quiser se queixar de mim, por favor, não use o sistema de e-mail do escritório. Acho que seu e-mail pessoal é mais que suficiente para essa finalidade, você não acha?

Concordei com um movimento de cabeça silencioso e ela virou-se de costas em seus sapatos Russell & Bromley.

Maxine havia acabado de me presentear com uma coluna? Para escrever a meu respeito? Eu me olhei no espelho e abri um sorriso enlouquecido. Eu era basicamente uma versão de vinte e dois anos de Carrie Bradshaw, sem os sapatos e os hábitos irritantes. Tudo estava começando a decolar – exceto por um detalhe... Maxine havia mencionado pagamento? Ah, droga. De qualquer forma, a experiência em escrita era provavelmente mais importante que um salário.

Aquilo era incrível. Eu poderia ter uma coluna anônima descolada, escrever sobre meus encontros com todos os detalhes e me tornar uma celebridade do Instagram com um portfólio de trabalhos anteriores. Com o tempo, Maxine teria de me pagar e eu não me sentiria mais culpada por gastar o dinheiro de minha mãe. Eu me olhei no espelho e sorri para o reflexo de cabelos cacheados. Quem diria que eu seria tão bem-sucedida?

Peguei o celular para enviar uma mensagem para minhas amigas. Também enviaria uma a minha mãe, mas concluí que era preferível esperar até que o salário fosse confirmado.

Soou um bipe no telefone com a resposta de Emma. Eu a abri com um sorriso, aguardando os inevitáveis emojis e pontos de exclamação.

Seis da tarde está ótimo. Você vai me encontrar entre *Crepúsculo* e *Jogos Vorazes*.

Eu ri alto. Isso era definitivamente mais útil que uma mensagem de felicitações. Talvez eu devesse enviá-la a Ben. Com sorte, ele entenderia que tudo era uma evidente brincadeira e, caso isso não acontecesse, seria um material incrível para minha nova coluna anônima.

Ele respondeu em poucos segundos.

Ha-ha. Vamos ver quem encontra quem primeiro...

Certo. Bem, isso ainda deixava dúvidas de onde nos encontraríamos. E se o *Crepúsculo* estivesse muito longe de *Jogos Vorazes*? Perto de qual deles eu ficaria? Por que diabos os encontros eram tão *complicados*?

Ah, que se danasse. Vivíamos na era moderna e se ele não conseguisse me encontrar perto de uma ficção popular adolescente, poderia muito bem telefonar. Além disso, eu seria uma verdadeira escritora, uma escritora publicada.

...

Eu estava na Waterstones e não fazia ideia de onde Ben estava. Esse era o encontro mais humilhante de todos. Eu estava tão estressada que nem a ideia de escrever minha própria coluna conseguia me animar. Meu traje diurno/noturno – um vestido preto até os joelhos com botas na altura dos tornozelos e jaqueta de couro – já não parecia sensual. Eu havia caminhado tantas vezes do corredor de filosofia ao de ficção adolescente, que rios de suor escorriam por meu decote.

Peguei o celular na esperança de que Ben tivesse enviado uma mensagem para dizer exatamente onde estava, mas... nada. Fui até a seção de filosofia outra vez e parei, de braços cruzados. Se ele fosse ao encontro, me encontraria bem ali.

Cinco minutos depois, eu estava de volta à seção adolescente à procura dele. Eram 6:15 e eu não estava nem perto de encontrá-lo. Então senti um toque no ombro. Eu me virei e finalmente fiquei cara a cara com Ben84.

– Ellie? – perguntou ele, que tinha cabelos castanhos desleixados e exatamente a minha altura (o que significava que o 1,80 m era uma clara mentira), usava um óculos de aro preto bonito e vestia jeans cinza com camisa xadrez. Ele parecia relativamente atraente, porém, mais importante, não tinha setenta anos.

– Oi – respondi com nervosismo. – Você me encontrou.

– Encontrei. Sinto muito por essa história da livraria. É que vi no seu perfil que você gosta de ler, então achei que seria legal. Realmente não pensei muito na logística e o tiro meio que saiu pela culatra.

Sorri para ele com uma nova onda de afeição, na esperança de que ele também me achasse exatamente igual às fotos que postei.

– Sabe – disse ele –, você não se parece com sua foto do perfil.

O sorriso desapareceu de meu rosto.

– Como é?

– Não, não se preocupe, você parece melhor do que nas fotos. É mais... o meu estilo, acho.

– Certo – respondi devagar. – Obrigada!

– Não se preocupe. Vamos para o tal bar, então?

– Sim, com certeza – respondi, resistindo ao impulso de enxugar o suor em meu decote. – Vamos.

– Olá. – Pete-o-garçom abriu um sorriso malicioso. – Você está de volta. E com outro.

– Outro o quê? – perguntou Ben.

Soltei uma risada alta.

— Ah, nada. Estive aqui na semana passada com alguns amigos e conheci Pete.

— Legal. Eu sou Ben. Prazer em conhecer você.

Pete estendeu a mão por cima do balcão do bar para cumprimentar Ben e deu uma piscadinha não muito sutil. Revirei os olhos e arrastei Ben para o outro lado.

— Vamos pedir — disse eu. — O que você vai beber?

— Só uma cerveja, acho. Você?

— Uma taça de vinho branco.

— Tudo bem — disse ele e debruçou-se no balcão para pedir nossas bebidas. Olhei ao redor do bar e percebi que encarava Pete. Não consegui descobrir se me sentia atraída por ele. Pete era claramente sedutor, mas era mesmo bonito? Suas tranças rastafári pareciam meio sujas.

— Tome — disse Ben.

— Ah, meu Deus, obrigada. Me desculpe, eu estava totalmente perdida em meu próprio mundo. Merda, você pagou? — perguntei.

— Paguei, não se preocupe — respondeu ele quando comecei a pegar minha bolsa.

— Desculpe, nem percebi. Vou pagar as próximas — prometi.

— Legal — disse ele. — Saúde. — Nossos copos se tocaram, em seguida ele olhou para mim com ar de expectativa. — Então, me fale de você.

— Hum, tudo bem. Esse é um pedido e tanto. Nem sei por onde começar.

— Que tal começar com o que você trabalha, o que gosta de fazer no seu tempo livre e todas as bobagens comuns? — sugeriu ele.

— Desculpe, Ben, mas você está dizendo que não leu nenhuma das "bobagens comuns" quando estava tudo lindamente exposto no meu perfil? — perguntei com horror fingido.

Ele sorriu.

— Certo, você me pegou. Só vi sua foto e percebi que era tudo que importava. Você já teve outros encontros, então?

Eu deveria contar que, em minha primeira tentativa, um cara havia sangrado em cima de mim bem perto de onde estávamos agora, ou deveria fingir ser uma iniciante? Honestidade. Sempre honestidade total.

– Só um, mas foi bastante monótono – respondi. – Nenhuma faísca. E você?

– Já tive alguns. Bem, não muitos, mas é um jeito legal de conhecer pessoas, sabe? E é tranquilo. Você não cria muitas expectativas e pode simplesmente deixar as coisas rolarem.

– É, estou entendendo – concordei com um movimento de cabeça. – Então, você trabalha como designer gráfico, certo? E quantos anos você tem?

– Ah, então agora é a sua vez de fazer as vinte perguntas, hein? Mas sim, sou designer gráfico. Já faz alguns anos. Estou com vinte e nove anos agora. Fiz filosofia na faculdade e, como você provavelmente pode perceber, ainda tenho muito interesse nessa área.

– Wittgenstein?

– E Jung, claro – disse ele com um sorriso, pronunciando o nome com um "I". Eu me felicitei por não ter tentado pronunciá-lo. – Que tal outra bebida?

– Certo. Pode pedir uma taça grande para mim?

Algumas horas e muitas taças de vinho depois, eu beijava Ben como se minha vida dependesse disso. Pelo canto do olho, vi que Pete nos observava, mas, depois de beijar Ben por quase quinze minutos, Pete havia desaparecido.

– Ellie, você... Você quer ir para o meu apartamento? – perguntou Ben com timidez.

Ah, meu Deus. Estava acontecendo. Eu estava prestes a ter minha primeira transa casual. Estava com roupas íntimas adequadas?

– Claro – respondi. – Táxi? Ônibus? O que você prefere?

Ele pareceu um tanto surpreso, então sorriu.

– Um táxi vai nos levar até lá mais rápido. Vamos sair e chamo um táxi para nós.

– Perfeito. Vou correndo ao banheiro primeiro, então subo e encontro você lá fora. Combinado?
– Ótimo – respondeu ele. – Desde que você não fuja!
Abri um sorriso fraco.
– Acha que eu faria alguma coisa assim?
Ele levantou-se e deixou o bar. Corri para o banheiro e avaliei meu reflexo. Eu havia feito uma maquiagem de olhos esfumados mais cedo, o que significava que, quanto mais borrava, mais ela adquiria o efeito desejado. Meu cabelo estava ficando um pouco armado, então eu o puxei em um coque apertado e retoquei o batom. Meus lábios estavam irritados de tanto roçarem a barba curta de Ben, mas não me importei. Porque estava prestes a fazer *sexo*. Com alguém parcialmente estranho. No apartamento dele em... Fiz uma anotação mental de perguntar onde ele morava, para enviar uma mensagem a Emma e Lara. Segurança em primeiro lugar.

Ao sair do banheiro, dei de cara com Pete.
– Ah, oi – disse eu.
– Estou vendo que esse encontro está indo bem melhor que o anterior – disse Pete. – Embora você esteja novamente no banheiro e ele não. Você tem o hábito de abandonar seus parceiros?
– Nunca! Que sugestão atrevida – falei alto, talvez mais bêbada do que havia percebido.
– Bem, fico feliz que seu amigo tenha ido embora – disse ele. – Porque eu queria ficar um momento sozinho com você.

Ah, meu Deus. Ele estava dando em cima de mim? Eu podia beijar dois homens em uma noite – especialmente com o cara que eu estava saindo no andar de cima, esperando para me levar para casa e trepar comigo até de manhã? Senti um sorriso espalhar-se de forma incontrolável por meu rosto. Claro que sim.

– Queria? – perguntei, tentando arregalar bem os olhos para torná-los atraentes.

— Sim — respondeu ele com nervosismo. Afastei ligeiramente os lábios e inclinei a cabeça para o lado, para que ele soubesse que eu estava disposta a permitir que ele me beijasse. Ele me olhou nos olhos e inclinou-se em minha direção. Era isso... Eu daria uns amassos no garçom enquanto Ben pedia um táxi. Que material incrível para a brincadeira do *Eu Nunca*! Pena não ter acontecido na época da faculdade.

Fechei os olhos enquanto Pete se aproximava, esperando que seus lábios tocassem os meus. Em vez disso, senti alguma coisa beliscar minha bochecha.

— AI — gritei, abrindo os olhos de repente. — Que diabos! Você acabou de... me morder?!

Ele recuou e deu uma risada estranha.

— Não, eu, hum... É, acho que sim — respondeu ele, olhando fixamente para o chão.

Eu o encarei.

— Mas... por quê?

— Eu só, hum, achei que seria divertido — disse ele dando de ombros com vergonha.

— Certo. O que foi? Eu... desculpe, mas tem algo que não estou entendendo aqui?

— Não, foi só uma mordidinha.

Eu o encarei, sem entender. Que diabos estava acontecendo? Ele continuava olhando para o chão. Balancei a cabeça. Eu lidaria com aquilo pela manhã.

— Certo — disse eu. — Bem, hum, é melhor eu ir. Então tchau?

— Espere, posso ficar com o número do seu telefone, Ellie? Por favor?

— Hum, tudo bem — respondi, pegando o celular que ele me estendia. Digitei meu número e devolvi o aparelho, jurando nunca mais voltar àquele bar. — É melhor eu ir. Boa noite.

Eu me apressei para sair do bar sem olhar para trás. Eu não fazia ideia do que havia acabado de acontecer, mas tudo que desejava era ligar para Lara. Em vez disso, precisava ir para a casa de um cara que havia conhecido pela internet e que gostava de Wittgenstein. Não era bom sinal.

– Ellie, ei – chamou Ben quando saí do bar.

Eu lembrei que ele era mais atraente que Pete, não tinha tranças rastafári e, mais importante, não havia me mordido. Então o saudei com um longo beijo.

– Bem, oi. – Ele sorriu. – O táxi está aqui.

– Ah, sim, para onde vamos?

– Hoxton.

– Ah, perfeito, perto da minha casa – informei, entrando no banco de trás do táxi, que era um Honda maltratado, com fita adesiva de lado a lado no vidro de uma das janelas. *Por favor, seja um táxi registrado*, rezei. *Está ouvindo, César? Ou mesmo você, Deus? Não quero morrer sem ter um orgasmo de verdade.*

CAPÍTULO 11

— É ESSE — OFEGOU BEN ENQUANTO NOS BEIJÁVAMOS NO CORREDOR. Ele me empurrou para dentro do quarto e direto para a cama de casal no meio do aposento. Havíamos nos beijado sem parar durante a corrida de táxi de quinze minutos até seu apartamento e, a essa altura, estávamos ambos prontos para trepar. — Meu Deus, eu quis você a noite inteira — arfou ele em meu pescoço.

Não consegui pensar em nada para dizer, então fiquei calada. Em vez disso, usei toda a minha energia para me concentrar em não vomitar enquanto o beijava.

Ben segurou meus braços acima da cabeça e arrancou meu vestido com um movimento rápido. Havia claramente feito isso antes. Tentei não pensar em minha barriga nua e me apressei em abrir o sutiã, para que ele se concentrasse em meus seios e não notasse as protuberâncias inferiores.

— Você é tão sensual — disse ele, roçando com o nariz no vão entre meus seios. Ri em resposta, perguntando-me o que fazer, enquanto sua cabeça estava longe de meu rosto. Decidi passar as mãos em suas costas, o que ele entendeu como um convite para descer até a cama, ainda mais distante de meu rosto. Ele tirou minha meia-calça e a calcinha.

Deitei na cama completamente nua, com os pelos pubianos aparados à mostra. E me forcei a respirar com calma. Não me importava que ele visse meus pelos pubianos. Eu era uma feminista. Não acreditava em arrancar todos os pelos. Havia tentado raspar, usar cremes removedores, cera e tudo havia acabado em dolorosa humilhação, então decidi pelas tesouras. Ficou ótimo, normal até.

Ele tirou os óculos e aproximou-se de minha vagina como se a avaliasse. Em seguida afastou os lábios e deslizou a língua suavemente pelo meu clitóris. Ofeguei. Não de prazer.

Eu nunca sabia o que fazer quando alguém me chupava – embora tivesse acontecido apenas uma vez – e só consegui pensar que ele estava lambendo os pelinhos aparados em meus grandes lábios. E se eu estivesse cheirando mal? Eu havia passado o dia inteiro no trabalho. Devia estar suada lá embaixo.

Eu o puxei para cima, em minha direção, e comecei a beijá-lo novamente.

– Espere, estou com alguma coisa na boca – disse ele.

Ah, meu Deus. Um pelo pubiano. Só podia ser. Eu devia ter deixado algum passar e ele estava com um longo fio na boca.

Sentei, paralisada, enquanto ele tirava algo da boca. Ele piscou sob a luz fraca. Não era um pelo pubiano. Era uma bolinha branca de... papel?

Ele havia encontrado papel higiênico em minha vagina.

Eu quis gritar, mas, em vez disso, entrei em ação. Peguei a bolinha, atirei-a longe com um peteleco e disse:

– Ah, parece uma felpa qualquer.

Ele deu de ombros.

– Estranho.

Respirei aliviada. Ele não havia descoberto o que era. Lancei os braços em volta do seu pescoço e o distraí com beijos. Ele fechou os olhos e correspondeu. A crise havia sido gerenciada. Com a graça de Deus, ele não percebeu que, enquanto lambia meu clitóris, lambeu também papel higiênico velho. Meu Deus, há quanto tempo aquilo estava ali?!

Pensar em papel higiênico sujo de urina não estava me ajudando a entrar no clima para fazer sexo. Eu precisava me concentrar. Isso era mais importante que um contratempo menor envolvendo papel. Eu tinha que tirar a roupa de Ben. Comecei a tentar desabotoar sua camisa, mas ele me livrou das tentativas desajeitadas e tirou-a sozinho. Fez o mesmo com a calça jeans e a desceu até ficar presa ao redor dos tornozelos.

— Você está bem? — perguntei.

— Ótimo — resmungou ele. — Pelo amor de Deus, às vezes esses jeans são tão apertados.

— É, acho que eles não se chamam jeans skinny à toa — brinquei.

Ele me ignorou e arrancou a calça com um puxão triunfante, tirando junto a cueca. Tentei dar uma olhada em seu pênis, mas ele estava virado para o outro lado e estava escuro.

Deitei na cama, nervosa. Ah, meu Deus. Por fim aquilo estava prestes a acontecer. Eu estava apavorada.

— Hum, você tem um... preservativo?

— Merda, não sei — respondeu ele. — Podemos fazer isso sem ele?

Sentei na cama, o corpo ereto. Sem?! Ele queria que eu lhe passasse o que restava da clamídia? Ou me passar a dele? Abri a boca para responder categoricamente que não, mas as palavras não saíram. *Recomponha-se, Elena*, gritei comigo mesma, empregando o nome que minha mãe usava sempre. Pensar em minha mãe me fez passar à ação. Ela me mataria se eu pegasse AIDS.

— Não — respondi com firmeza.

Ele suspirou e começou a olhar ao redor do quarto à procura de preservativo.

— Tenho um.

— Ótimo.

Sorri com nervosismo quando ele começou a colocá-lo. Ele aproximou-se no escuro e deitou o corpo sobre o meu. Nós nos beijamos com delicadeza e passei as mãos por seu corpo. Ele era definido e seus músculos ondulavam quando ele gemia. Baixei a mão até o pênis. Senti seu rastro de caracol e o segui. Que engraçado...

os pelos que desciam da barriga rumo ao pênis eram espetados. E formavam uma linha bem fina.

Estendi a outra mão e toquei a linha até o pênis, que prosseguia por todo o caminho. Mas onde estavam os pelos pubianos?! Eu o apalpei freneticamente na virilha, mas não consegui sentir nada. Era tudo liso, exceto pela fina linha descendente. Se ele fosse mulher, eu diria que tinha uma depilação íntima à brasileira.

Estremeci e o empurrei.

– Qual é o problema? – perguntou ele.

– Ah, nada – respondi. – É que, hum, podemos acender a luz por um segundo?

– Claro. – Ele sorriu. – Desculpe, pensei que você fosse como a maioria das garotas e preferisse trepar no escuro. – Ele apertou um interruptor e de repente me vi frente a frente com seu corpo nu. Seus pelos pubianos eram raspados e formavam uma linha fina de cerca de dois milímetros de largura, que descia do umbigo ao pênis.

Era uma depilação íntima. Evitei gritar em choque. Eu precisava manter a calma. Esse tipo de depilação era provavelmente um estilo da moda e eu não tinha visto pênis o suficiente para me deparar com uma antes. Tudo bem, ainda poderíamos transar. Eu estava muito perto de conseguir o que queria e finalmente estava fazendo tudo o que as outras pessoas faziam. Precisava continuar, ou nunca descobriria o porquê de tanto estardalhaço.

– Ben, sinto muito – suspirei. – Eu só... não tenho certeza de que consigo fazer isso.

– O quê? Por que não? – perguntou ele.

– Hum, só não estou me sentindo muito bem.

– Certo, tanto faz – disse ele, claramente irritado. – Você vai... hã, voltar de ônibus para casa então?

Eu o encarei, chocada. Ele queria que eu saísse do seu apartamento. Nas primeiras horas antes do amanhecer. Não me queria em sua cama e eu precisaria atravessar um conjunto habitacional para chegar em casa. Como isso estava acontecendo? Era *ele* que havia estragado tudo com seus pelos pubianos.

– De ônibus? – perguntei alto. – Com licença? São, tipo, três horas da manhã.

– Desculpe – pediu ele, parecendo culpado. – Eu não quis dizer isso. Só quis dizer que você não precisa ficar se não quiser.

– Acho melhor eu ficar e ir embora de manhã – anunciei devagar. Eu sabia que provavelmente deveria pegar um táxi até em casa, já que ele estava praticamente me expulsando, mas não queria pagar a tarifa e não pegaria o ônibus noturno sozinha de jeito nenhum. Por mais que fosse humilhante, eu iria continuar ali.

– Tudo bem – disse ele, apagando a luz e indo para a cama. Eu me deitei ao seu lado. Ele passou um braço por cima de mim e apertou meus seios. Fiquei tentada a empurrá-lo, mas, já que não iríamos transar, ele poderia segurar meus 36Ds como prêmio de consolação.

Quando Ben começou a roncar baixinho, retirei seu braço de cima de mim e procurei freneticamente meu telefone. Eu precisava contar às meninas o que havia acontecido. Entrei no WhatsApp.

Eu: O cara faz depilação íntima. Tipo, pelos pubianos depilados e aparados em uma linha fina. O jardim masculino dele é mais tratado que o meu.
Eu: Além disso. Ah meu Deus. Ele encontrou papel higiênico na minha vagina. Com a língua.

Enviei a mensagem a Emma e Lara, mas nenhuma das duas respondeu. Provavelmente estavam dormindo. Fechei os olhos e tentei fazer o mesmo, mas só consegui pensar nos pelos pubianos bem-tratados dele e na minha vagina imunda. Como, *como* eu havia conseguido encontrar o único homem em Londres que tinha pelos pubianos mais bem-cuidados que os meus?

Era muito constrangedor. Mas, ao mesmo tempo, eu estava um tanto aliviada por não termos dormido juntos. Por mais que eu quisesse começar a fazer sexo casual, eu não queria sentir repulsa pela pessoa com quem estava transando. Se desejava ter orgasmos, era provavelmente uma boa ideia gostar do cara. Não bastava ansiar por um relacionamento e um segundo encontro, mas realmente sentir algum tipo de... conexão.

Ben e eu não tivemos isso. Não era nem mesmo só a depilação íntima – ele era também meio entediante. E fantasticamente pálido. De forma estranha, me trazia recordações de Jack, o Desvirginador. Estremeci.

Não, aquela transa casual fracassada era definitivamente algo bom. Não fazia sentido eu transar com alguém de quem não gostava. Eu merecia mais.

CAPÍTULO 12

Acordei em pânico. Eu estava deitada em uma cama sem lençóis. Sentia os tecidos ásperos do colchão e do edredom roçando na minha pele exposta. Ah, meu Deus – minha pele exposta. Afastei o edredom e olhei para baixo. Eu estava completamente nua. Examinei a cama à procura de outros sinais de vida, mas não havia ninguém ao meu lado.

Senti algo úmido preso na minha perna. Estendi a mão para pegá-lo e encontrei o preservativo não utilizado da noite anterior grudado em mim. Eu o arranquei e o arremessei do outro lado do quarto, em seguida voltei a deitar na cama de olhos fechados enquanto todas as lembranças brotavam de repente. Ben. Sua depilação íntima. Papel higiênico. Hoxton. Pete mordendo minha bochecha. Ah, meu Deus.

Eu precisava cair fora dali.

Percorri o corredor na ponta dos pés com o vestido preto da noite anterior e a jaqueta jogada nos ombros. As paredes estavam cobertas de tinta descascada e pregos projetavam-se das tábuas do assoalho. Ouvi sons na cozinha e virei a cabeça. Ben estava ali, usando uma cueca branca apertada. Estava de costas para mim e vi os músculos definidos de sua bunda. Senti uma pontada de desejo, então me lembrei de seu jardim masculino.

– Ben? – chamei. – Preciso ir para casa.

Ele virou-se para me encarar, segurando duas canecas. Ah, meu Deus. Aquilo estava olhando para mim novamente. A depilação íntima. Sob a fria luz do dia, eu percebia o quanto os pelos eram escuros contra a pele branca leitosa. Senti ânsias de vômito.

– O quê, já? – perguntou ele. – Eu fiz um chá para nós. Lembro que seu perfil dizia que você adora Earl Grey.

– Hum, obrigada – disse eu, tentando desviar os olhos de sua depilação íntima. – Mas, honestamente, preciso ir.

– Ah, certo. – Ele pousou as canecas de chá, parecendo contrariado. – Acho que vou levar você até a porta então.

– Valeu!

Caminhamos em silêncio até a porta da frente.

– É só descer as escadas, depois virar à direita até o ponto de ônibus mais próximo.

– Legal, obrigada. – Ele me olhou nos olhos e inclinou-se para me beijar. Movi a cabeça para que seus lábios roçassem minha bochecha. Senti o cheiro da comida da noite anterior em seu hálito.

– Tchau, então!

– Vou ligar para você – gritou ele enquanto eu descia as escadas correndo.

Quem diria que eu me tornaria o tipo de garota para quem os caras querem ligar? Apesar de tudo, senti o orgulho vibrar em mim. Eu havia rejeitado um cara. Não havia exatamente alcançado meu objetivo sexual, mas tomara uma decisão sensata e agora tinha um homem nada tenebroso atrás de mim. Isso era tão *Sex and the City*...

...

– Me fode com mais força – gemeu uma voz masculina. Congelei prestes a entrar na sala de estar. Devia ser a TV. Alguém estaria assistindo a *Instinto selvagem*? Ou talvez a algum filme pornô às dez da manhã? Abri uma fresta da porta e bisbilhotei.

– Isso é força suficiente para você, seu filho da mãe imundo? – perguntou Will.

Gritei. Will estava parado atrás de um cara, enfiando o pênis nele e agitando um chicote preto no ar. O sujeito estava de quatro e gemia alto. Os dois se viraram para me olhar.

— Ellie, cai fora daqui — gritou Will enquanto continuava a penetrar seu parceiro. *Por que* ele continuava com aquilo, enquanto eu estava bem ali? Tentei me mexer, mas descobri que estava paralisada no lugar. — O que você está fazendo aqui? — perguntou ele. — Você devia estar no seu sexo casual.

— Vim embora — respondi. — Por que vocês estão, hum, transando na sala?

— Desculpe, pensamos que todos tivessem saído — disse o sujeito ajoelhado. — Sou Raj, aliás.

— Sou Ellie, prazer em conhecê-lo — respondi automaticamente. Raj gemeu em resposta e voltou à vida com um solavanco. Dei a volta, fugindo da sala e batendo a porta ao sair.

— Ah — gritei ao colidir com Ollie. — Ah, meu Deus, desculpe, não vi você. — Simplesmente... entrei lá...

— Will e Raj? Não se preocupe, fiz a mesma coisa há uns cinco minutos.

— O que há de errado com eles? Eles não podem transar no quarto de Will?

Ollie deu de ombros.

— Eu também queria saber. Chá?

— Por favor. — Eu o segui até a cozinha e sentei à mesa. — Estou tão chocada.

— Eu também. Saí com os caras e as coisas ficaram bastante agitadas. Acho que ainda posso estar bêbado.

Eu ri.

— Quem me dera ainda estar bêbada. Estou deprimentemente sóbria.

— Você acaba de chegar em casa? O que fez ontem à noite?

— Ah, não pergunte. Tive outro encontro pela internet. Fui para o apartamento dele e as coisas não correram muito bem.

Ele largou a chaleira e virou-se para me encarar.
– Sério?
– Não dormimos juntos. Eu meio que... decidi não fazer isso.
– Por que não? Mas você ficou no apartamento dele, certo?
– Fiquei, só achei que não gostava dele no final das contas. Chegamos muito perto de transar, mas então percebi que queria mais, entende? Ele era legal. Teria sido bom. Mas não me senti confortável e, por mais que eu queira transar, quero sentir prazer.
– Ei, legal da sua parte – disse ele, pousando uma caneca na minha frente. – Quem me dera pensar assim quando eu era solteiro.
– Você não pensava? – Eu não imaginava Ollie dormindo com alguém sem atrativos ou arrependido por ter feito sexo. Ele certamente havia transado com as garotas mais sensuais da faculdade.
– Não sei. Tive alguns encontros sexuais lastimáveis, mas não passei realmente por toda essa coisa dos encontros. Conheci Yomi muito cedo e, sim, acho que pensava.
– Você tem sorte. Marcar encontros é uma merda.
Ele riu.
– Não sei. Você parece estar no comando. Dispensando caras que estão a fim de você e arranjando constantemente novos encontros.
– Você faz a coisa parecer muito melhor do que é – disse eu, sorrindo. Ele podia não ter dormido nada, mas continuava sensual sem o mínimo de esforço. Se Ben se parecesse com Ollie, eu certamente teria transado com ele... com ou sem a depilação íntima.
– Ei, é o seu celular? – perguntou Ollie.
Afastei o olhar de sua barba clara e curta e peguei meu telefone.
– Ah, meu Deus. Por favor, que a mensagem não seja de Ben. Não posso lidar com isso agora.

Número desconhecido: Ei, sinto muito pela esquisitice de ontem à noite. Eu adoraria levar você para jantar e me desculpar. Acho você muito legal e talvez tenha uma quedinha por você... Pete.

Desatei a rir.

— Sem chance.

— Quem é? — perguntou Ollie. — É Ben?

— Hum, deixei de fora um pedacinho da minha história de ontem à noite... Voltei ao bar onde fui com JT. E o mesmo garçom estava lá. Tivemos um momento estranho em que acho que ele me mordeu. E agora quer me levar para jantar "para se desculpar".

Ollie balançou a cabeça, rindo.

— Está vendo? Você ganha todos os caras.

— Não é verdade — respondi.

Mas ele tinha razão. Pete era o segundo cara a me desejar em menos de vinte e quatro horas. Quer dizer, eu não sabia ao certo se gostava dele e continuava a estranhar o momento *Crepúsculo*, mas era uma sensação agradável.

— Então, você vai aceitar?

— Hum, realmente não sei. Quer dizer, ele é atraente e muito legal. Acho que seria um cara muito divertido. Mas...

— Tem tendências vampirescas?

— Bem, sim. Mas, além disso, não sei se estou a fim. Quer dizer, existem vários homens na internet. Não preciso dizer sim a Pete só porque ele tem algumas qualidades. Provavelmente, posso encontrar alguém melhor na internet. Não quero me acomodar, sabe?

— Sei — respondeu ele, olhando para mim. Por que caras com a aparência de Ollie não me convidavam para sair? — Então, o que você vai responder?

— Ah, meu Deus. Nunca escrevi uma mensagem de recusa. Não posso simplesmente ignorar o cara?

— O quê? E deixar passar sua primeira mensagem de recusa? Sem chance. E você sabe o que significa ser o cara que convida e ficar sem resposta? É uma merda.

— O quê? Isso já aconteceu com você? — zombei.

— Já, claro que já. Eu sou homem. Convido garotas para sair. Às vezes, elas não respondem. E sempre desejo que tenham a gentileza de dizer não, em vez de me deixar imaginando se perderam o telefone ou coisa do gênero.
— Espere, você realmente pensa assim? Achei que isso fosse coisa de mulher.
— Não. Os homens também sentem isso. Então, faça-me o favor de deixar esse cara na mão da forma correta.
Eu ri.
— Tudo bem. Que tal... isso? — Digitei uma resposta e a mostrei a Ollie.

Oi, Pete, obrigada, mas não sinto da mesma forma... Desculpe. E quem sabe, da próxima vez, você não morda a garota de quem você gosta.

— Ai. Estou começando a sentir pena desse Pete. — Ollie deu um sorriso. — Eu detestaria ser rejeitado por você, Ellie.
— Bem, quer saber... — Eu ri sem jeito. Mal sabia Ollie que eu não o rejeitaria nem no quinto dos infernos. Ainda que ele me mordesse e tivesse feito depilação íntima.

CAPÍTULO 13

Conteúdo Impróprio

NAMORAR EM LONDRES É DIFÍCIL. MUITO, MUITO DIFÍCIL. NÃO FAZ diferença que você não esteja à procura de um relacionamento longo – já é bastante difícil conseguir um pouco de diversão ocasional. Sei disso porque é exatamente o que estou tentando fazer.

Ora, antes que vocês comecem a me imaginar como uma mulher de meia-idade cheia de verrugas e carente de sexo, deixem-me informar que tenho vinte e dois anos e não tenho verrugas. Estou na idade em que todos presumem que eu deveria vivenciar experiências ousadas e marcar encontros diferentes todo sábado à noite.

Não é o caso.

Mas não por falta de tentativa. Agora que terminei a faculdade, não conheço gente nova com frequência. Em vez disso, passo a maior parte dos dias no trabalho e vejo meus amigos mais próximos nos finais de semana. É raro eu conhecer caras novos, solteiros e interessados.

Por isso comecei a marcar encontros pela internet. Achei que, para mim, seria a forma perfeita de conhecer novos caras, sem precisar nem mesmo tirar o roupão ou depilar as pernas. Até agora, fui a dois desses encontros.

Primeiro encontro: Homem alto, atraente e agradável. Nós nos encontramos no centro de Londres e optamos por um jantar chinês. Infelizmente, eu já havia jantado, portanto é provável que ele tenha *me considerado uma daquelas mulheres que fazem dieta e nunca perdem peso. Mas as coisas correram melhor em seguida. Fomos a um bar, ficamos bêbados juntos e acabamos nos beijando. Até que ele teve uma hemorragia nasal em cima de mim. Então me escondi no banheiro até ele ir embora e escapei pela saída de emergência.*

Segundo encontro: Um alternativo bonitinho, que sugeriu nosso encontro em uma livraria. Isso foi estressante. Não consegui encontrá-lo nos corredores de filosofia e ele não conseguiu me encontrar perto de Jogos Vorazes. *Jurei que, dali em diante, encontraria meus parceiros em locais mais concretos.*

Eu o levei àquele bar onde escapei pela saída de emergência. Eu devia tê-la usado. Em vez disso, terminei a noite em seu apartamento e fiquei frente a frente com seus pelos pubianos bem-tratados. Ele tinha feito depilação íntima e eu não. Tratei de fugir.

São essas minhas experiências com encontros até o momento. Mas não perderei as esperanças, caros leitores. Continuarei na batalha, em meio ao sangue e às depilações íntimas, para encontrar o par de meus sonhos. E, mais importante, contarei a vocês todos os detalhes de minhas aventuras...

– Bom – disse Maxine.

– Só... bom? – perguntei.

– Não force a barra, Ellie – repreendeu ela. – Está bom e não precisa de muita correção. Mas vou enviar minhas alterações mais tarde. Vou liberar o texto no site na sexta-feira.

– Fantástico. – Abri um sorriso. – Eu gostaria de saber se as pessoas vão adivinhar quem é.

– Bem, elas não vão ter que adivinhar muito porque a coluna vai sair com seu nome no final e uma fotografia – disse ela, digitando em seu teclado.

– O quê? – gritei. – Pensei que a coluna seria anônima.

Maxine bufou.

– Por favor, Ellie. Ninguém quer ouvir as confissões de uma desconhecida de vinte e dois anos. As pessoas querem um nome para pesquisar no Google e uma foto para avaliar.

– Mas... mas mencionei os *pelos pubianos* dele. E disse que não sou carente de sexo. Mas meio que insinuei o contrário. Ah, meu Deus, minha MÃE – gritei.

Maxine afastou os olhos do Mac com um suspiro.

– Você pode levar esse colapso existencial para outro lugar, por favor? Estou fazendo um favor a você ao publicar isso em seu nome. No longo prazo, vai ser bom para sua carreira.

– Vai, se eu quiser ser a próxima Belle de Jour.

– Acho que ainda falta muito para você chegar lá, Ellie – disse ela, dispensando-me com um aceno de mão.

Eu a encarei, chocada, antes de me virar devagar e deixar o escritório de paredes envidraçadas. Isso não era nada bom. Eu havia basicamente dado carta branca a Maxine para publicar meus segredos mais íntimos. De graça.

Peguei meu casaco e a carteira. A situação justificava um café não instantâneo. Liguei para Lara ao clicar na discagem rápida enquanto descia correndo as escadas do escritório e entrava direto no Pret.

– Você não está no trabalho então? – perguntou ela.

– Crise, pequena crise – disse eu, em meio a respirações profundas, tentando praticar ioga no meio da fila. Omm. Omm.

– Mordida? Hemorragia?

– Tem mais a ver com o que acabei de escrever sobre tudo isso na coluna para Maxine.

– Ah, sim. Como foi?

– Bem, pensei que eu fosse fazer isso no anonimato. Mas não – expliquei. Se eu parecesse calma, talvez me sentisse assim.

– Puta merda – gritou Lara. – Vai sair tudo na internet com o seu nome?!

– E uma fotografia – respondi, trêmula. Sua reação não favorecia minhas tentativas de atingir o estado iogue.

– Então, todo mundo, literalmente cada pessoa que conhecemos, inclusive sua mãe e minha avó, vai tomar conhecimento dos encontros. E da sua vida amorosa malsucedida – disse ela.

– Isso.

– Só para reiterar, é...

– Sim! – gritei.

Respirei fundo.

– Desculpe. Só estou um pouco estressada com isso e tentando manter a calma.

– Mas, Ellie, isso não pode ser muito prejudicial para sua carreira? Tipo, não só desastroso para seus amigos e família, mas impedir que você algum dia arranje um emprego realmente sério? Como você vai ser correspondente de guerra se tiver escrito sobre depilações íntimas em homens? – perguntou ela.

– Eu sei – respondi baixinho. – Secretamente, sempre achei que seria muito legal fazer reportagens na Síria ou coisa do gênero. E quem sabe salvar a vida de uma criança enquanto estivesse por lá.

– Você precisa dizer a Maxine que publicar não é uma opção – declarou ela.

– Bem que tentei, mas você sabe como ela é. Recusou sem rodeios.

– Ellie, estou estudando Direito. Isso é ilegal. Ela está fazendo você trabalhar tanto quanto um funcionário remunerado com carga horária integral, e agora está explorando os seus direitos. Você pode levar essa mulher ao tribunal. Pode processá-la.

– Ah, sim, vou processar uma revista que ganha milhões de libras por ano. Na prática, você acha que eu ganharia milhões se a processasse?

– Bem, provavelmente não – disse ela. – Mas, de qualquer forma, você deveria enfrentar Maxine.

– Mas ela vai simplesmente pedir que eu me demita. E vou ficar sem nada. Além disso, talvez seja bom que isso aconteça. Se minha coluna for bem-sucedida, eu poderia ser a nova Carrie Bradshaw. Só que uma versão menos irritante, mais jovem, mais pobre.

– Imagino que sim – disse Lara com desconfiança. – Mas é esse o tipo de jornalismo que você quer fazer?

– Não sei. Acho que sou melhor nisso que em reportagens judiciais. Mas, se soubesse que ela ia mencionar meu nome, eu teria omitido o material mais explícito.

– Acho que é esse o material que vai tornar a coluna popular, Ellie. Caso contrário, seriam só opiniões vagas de uma garota de vinte e poucos anos.

– Ai, por que nossa sociedade é tão obcecada por *sexo*?

– Você está realmente tentando me enganar? – perguntou ela. – De todas as pessoas que conheço, você é de longe a mais obcecada por qualquer coisa relacionada a sexo.

– Mas eu mal transo.

– E com que frequência você pensa a respeito?

– A cada dez minutos. Mas isso é normal, certo?

– Para um adolescente na puberdade – respondeu ela.

– Ah, pare – disse eu. – É melhor eu tomar meu café antes que Maxine comece a se perguntar onde me meti.

– Boa sorte.

Desliguei e comprei um espresso com leite. Estava tudo ótimo. Absolutamente ótimo. Eu me tornaria uma colunista famosa. Não podia ser assim tão difícil. Eu precisava apenas ser divertida, honesta e surpreendente.

Ah, meu Deus. Eu estava fodida. Minha coluna seria um desastre e eu seria para sempre a garota repugnante que havia tentado escrever com humor sobre depilações íntimas em homens e fracassado. Sorvi a bebida e queimei a língua. Mau presságio número um, confere.

CAPÍTULO 14

Entrei na sala e desabei sobre o sofá. Então me lembrei de Will e Raj transando no meio do aposento e, em vez disso, fui para o quarto. Eu estava exausta. Maxine havia me obrigado a revisar a coluna umas quatro vezes e meus olhos ardiam de tanto ler as palavras que logo seriam publicadas em todo o mundo. Tudo que eu desejava era me enroscar assistindo a um programa de TV ruim e desligar o cérebro.

"Sou uma sobrevivente e não vou desistir..." Era o toque de chamada que Emma havia escolhido para tocar em meu aparelho quando ela telefonasse.

– E aí? – suspirei.

– Tudo bem, por favor não me odeie e vou amar você pelo resto da vida se fizer isso, você é incrível e...

– Vá direto ao assunto, por favor – interrompi. – Tenho vários capítulos da novela *Hollyoaks* e uma barra grande de chocolate Aero à minha espera.

– Ah, não – gemeu ela. – A questão, Ellie, é que eu normalmente não pediria isso, mas você sabe que esta noite é meu aniversário de namoro com Sergio?

– Vocês estão juntos há um ano? – perguntei, franzindo a testa. Como funcionava isso? Eu podia jurar que ainda não fazia um ano inteiro que eles se conheciam.

– É o nosso oitavo mês oficial – disse ela. – De qualquer forma, vim à casa dele para organizar um jantar surpresa. Já preparei tudo e está tudo aqui comigo, mas deixei as chaves no meu quarto. Ele vai chegar daqui a pouco e não tenho tempo de ir até aí e voltar, então...

Deixei escapar um suspiro alto. Meus planos noturnos estavam lentamente se dissipando.

– Tudo bem, vou fazer isso. Ele mora em Islington, certo?

– Certo, ah, meu Deus, eu a amo tanto, você é incrível – gritou ela. – As chaves estão no meu quarto, na cômoda, na gaveta com o lubrificante.

– Claro que sim. Tudo bem, vou pegar o ônibus e logo encontro você.

– Hum, você se importaria de pegar o trem de superfície em vez disso? Acho que vai ser mais rápido.

– Tudo bem – suspirei, tentando calcular mentalmente o quanto ia pagar a mais pela viagem de trem. – Vejo você daqui a pouco.

– Muito obrigada. Estou em dívida com você.

Atravessei Highbury Fields rumo ao apartamento de Sergio. Não demorei a avistar Emma diante do prédio. Ela vestia o casaco de pele com estampa de leopardo que era sua marca registrada e estava rodeada por duas imensas sacolas. Não pude deixar de sorrir ao me aproximar. Emma mergulhava por completo em tudo que fazia. Era o que eu mais gostava nela.

– Ellie – gritou Emma. – Muito, muito, muito obrigada por isso. Amo você.

– Sem problema – retruquei, balançando as chaves diante dela. – Então, qual é o grande plano?

– Bem, tenho um banquete espanhol cozido à perfeição dentro dessas duas sacolas. – Ela fez um gesto em direção às duas sacolas da Ikea a seus pés. – Gaspacho, depois tortilha e pudim de sobremesa.

– Pare! – disse eu, genuinamente impressionada. – Quando você encontrou tempo para preparar tudo isso?

– Ah, no fim de semana – respondeu ela com um aceno de mão. – Congelei tudo. Sei que, no momento, Serge trabalha até tarde às quartas-feiras, então só chega em casa depois das oito da noite. O que é perfeito para mim porque posso arrumar o jantar e, quando ele chegar, vai ter uma completa surpresa.

Abri um sorriso involuntário. Seu entusiasmo era contagiante.

– Muito simpático – comentei. – Agora, você pode abrir a porta para eu fazer xixi?

– Ah, certo, claro. Você pega uma sacola? – Ela abriu a porta e subimos as escadas que conduziam ao conjugado de Sergio. – Aqui está – disse ela, atrapalhando-se com a chave. – Pegue!

O conjugado era bem grande. Tinha um quarto/sala e uma pequena copa/cozinha lateral com uma mesinha. O piso era de madeira e havia uma cama grande e branca bem no meio do aposento. A cama estava se movendo.

Eu me virei para encarar Emma. Seu rosto estava pálido e ela contemplava o monte que gemia e movia-se ritmicamente sobre a cama. Tentei segurar sua mão, mas ela a afastou.

– Sergio? – chamou ela.

O monte parou de se mexer.

– Merda – ouvimos. O lençol branco foi afastado devagar, revelando Sergio deitado sobre um par de pernas. Ele virou-se para encarar Emma enquanto a mulher, embaixo, cobria o corpo com o lençol.

– Emma... estou tão... O que... o que você está fazendo aqui? – gaguejou ele.

– É o nosso aniversário de oito meses – respondeu Emma com lágrimas nos olhos. – Estou aqui para preparar um jantar surpresa.

– Oito meses? – gritou a voz por baixo de Sergio. – Você disse que estava terminando com ela. Não comemorando um maldito aniversário.

– Desculpe – disse ele, dando um suspiro. Seu rosto normalmente azeitonado estava pálido. – Emma, estou me sentindo horrível. – Ele levantou-se, tateando à procura das roupas e vestiu seu jeans. – Eu não queria que você descobrisse desse jeito.

– Descobrisse o quê? – perguntou Emma em tom corajoso. Engoli em seco. Eu não devia estar ali. Aquilo era horrível. Horrível. A pior coisa do mundo e eu ali assistindo. Recuei para a sombra do corredor e olhei para Emma com lágrimas nos olhos. Ela era tão valente. Ergueu o queixo no ar e encarou o namorado com determinação. – O que *significa* exatamente essa situação sórdida? Imagino que não seja só uma única trepada. Então, há quanto tempo isso vem acontecendo?

– Acho que... talvez há algumas semanas – murmurou Sergio. – Sinto muito, Emma.

– Por quê? Simplesmente... por que você faria isso?

– Não sei – respondeu Sergio, passando a mão pelos cabelos. – Só achei que as coisas estavam ficando um pouco... desgastadas. Então conheci Hannah no trabalho. E... me apaixonei por ela.

– Você ama essa mulher? – A essa altura, a voz de Emma soava cada vez mais estrangulada.

– Acho que sim – respondeu ele, olhando para o chão.

– Certo – disse ela. Houve um instante de hesitação, em que Sergio tentou novamente falar, mas Emma ergueu a mão. – Sergio, cale essa maldita boca – disse ela. Ele obedeceu. Emma virou-se para a mulher, uma morena com seios enormes e um monte de maquiagem. Parecia mais velha que nós. – Então você sabia a meu respeito? – perguntou.

A mulher franziu o cenho.

– Ele me contou que estava terminando o namoro.

– Mas por que você não esperou que ele terminasse? Por que ajudou Sergio a me trair? Por amor? – perguntou Emma.

– Achei que, se começássemos a transar, ele veria como é bom e terminaria tudo com você – respondeu a mulher. Estremeci em nome de Emma, mas ela não se moveu.

– Sergio, você é um completo babaca e nunca vou lhe perdoar por não ter sido honesto comigo. Quando deixar de gostar de alguém, diga. Não traia a pessoa. Porque... – Sua voz começou a falhar. – Hoje você me magoou muito mais do que jamais vai poder imaginar.

Sergio teve a decência de parecer arrasado.

– Emma, eu realmente gostei de você – disse ele. Vi o rosto de Emma empalidecer ante o emprego do tempo passado.

– Vou esquecer e vou ficar bem – disse ela. – E, um dia, vou me tornar milhões de vezes mais forte por causa disso. Tudo que você fez foi me mostrar quão patético você realmente é. Tenho... tenho zero respeito por você.

Emma deu meia-volta e passou por mim para descer as escadas. Agarrei as sacolas e encarei o casal seminu, paralisado no meio do quarto.

– Eu só gostaria de concordar que você é um completo babaca e acho você uma vadia perversa – disse eu antes de bater a porta.

Nós duas sentamos na grama, cercadas pelas sacolas de comida.

– Que sorte temos de poder comer comida espanhola fria – disse Emma, enfiando a tortilha na boca. Ela havia parado de chorar e agora estava decidida a comer tudo que havia preparado para Sergio. – Me passe o Rioja. – Estendi a garrafa de vinho e ela entornou metade de seu conteúdo na boca. – Muito melhor, obrigada – disse ela.

– Emma, você foi incrível lá dentro – comentei baixinho. – Estou muito orgulhosa de você por ter ficado tão calma e não ter perdido a cabeça. Tenho a sensação de que foi o melhor que você poderia ter feito... nessa situação terrível.

– O que mais eu podia fazer, El? – retrucou ela com voz cansada. – Se ficasse furiosa e atacasse Sergio, ele só iria pensar que eu sou a típica louca. Se gritasse com ela, teria dado a ele a chance de proteger a mulher.

Concordei com um movimento de cabeça e apertei seu ombro.

– Você é maravilhosa. Só para deixar isso totalmente claro. Ele é um babaca patético e inútil e você é a melhor pessoa que conheço.

Ela começou novamente a chorar e eu a abracei.

– Ellie, está doendo tanto – soluçou ela.

– Eu sei, Emma, mas você vai ficar bem. Como você mesma disse, vai ficar mais forte por causa disso. Sua vida vai ser fantástica e a de Sergio vai encolher como fez o pênis dele quando entramos.

Ela riu através das lágrimas.

– Acho que esse é um dos jeitos de se perder uma ereção, hein? Sua namorada entrar e pegar você trepando com outra.

– Com certeza e, meu Deus, aquela mulher com quem ele está. Completamente brega – gritei. – Juro que ela estava usando sombra azul. Quem faz uma coisa dessa?

Emma balançou a cabeça em concordância.

– Sei que ela era horrível e velha, mas isso só faz com que eu me sinta ainda mais merda. Ele deve gostar realmente dela. Não é só sexo divertido.

– Se gosta, então ele não era, não é nem nunca vai ser o cara certo para você – retruquei. – Você merece alguém tão fantástico que coloque você em primeiro lugar em todas as oportunidades e nem sequer olhe para outra pessoa. Porque ele seria muito idiota de fazer isso tendo você à espera dele ao chegar em casa à noite.

– Obrigada, querida. – Ela fungou. – Sei que vai ficar mais fácil. Só que... que é uma *merda*. Quero ficar doidona. Ficar totalmente, completamente fora de mim, sair e foder com todos os meus problemas para longe.

– Vamos fazer tudo que for necessário – prometi.

– Mesmo que tenhamos que sair todas as noites durante um mês?

– Hum, isso talvez não funcione muito bem no trabalho, mas quem se importa? Eles nem sequer estão me pagando. Claro que vou junto para ver você, hum, foder com todos os seus problemas.

– Obrigada, querida. Realmente preciso passar algum tempo com você e minhas amigas. Vocês nunca me deixam na mão. Eu nunca devia ter confiado naquele canalha europeu nojento.

– Não vamos dar uma de racistas agora – comentei, mas o olhar furioso de Emma obrigou-me a mudar de rumo. – Você está certa. O espanhol sujo, usuário de sombreiros, amante de tortilhas.

– Sombreiros são mexicanos, Ellie. – Ela fungou. – Mas obrigada pela sensibilidade.

– Sem problema. – Abri um sorriso quando ela estendeu uma fatia de tortilha. – Às vadias acima dos amigos.

Brindamos com nossas fatias de tortilha e as enfiamos direto na boca.

– Às irmãs acima dos caras – disse ela com a boca cheia.

– Às minas acima das... bolas?

– Às garotas acima dos paus.

– Às tetas acima dos... merdas? – sugeri. Emma voltou a chorar. – Querida, qual é o problema? Eu disse alguma coisa? Você não é uma teta, você é maravilhosa.

– Não, é que... as *patatas bravas* me fazem lembrar dele – gritou ela. – Sinto tanta falta dele, Ellie. Está doendo tanto.

Coloquei os braços ao seu redor e a abracei com força. Eu gostaria de arrebentar aquele corpinho nojento de Sergio pelo que ele havia feito a minha amiga normalmente alegre, com um enorme coração. O canalha traidor merecia uma vida de absoluto sofrimento. Eu esperava que ele engasgasse com uma maldita *patata brava*.

CAPÍTULO 15

Era noite de quinta-feira e, em vez de finalmente ter minha noite de programas ruins na TV e *junk food*, eu estava usando batom e saltos de treze centímetros.

— Hum, não consigo andar com isso — disse eu, cambaleando pelo quarto. Lara, Emma e Amelia me ignoraram. Todas contemplavam o próprio reflexo em diferentes espelhos espalhados pelo quarto de Emma e aplicavam camadas de maquiagem.

— Então, que festa é essa a que estamos indo? — perguntou Lara ao terminar de retocar o rímel.

— Se chama Passar e Pegar — respondeu Amelia, uma das amigas mais próximas de Emma e muito mais descolada que o restante de nós. Seus cabelos exibiam um corte curto com luzes verde-escuras e ela calçava botas Doc Martens de veludo com saltos. — Minha amiga promove essa festa toda semana na Storm. É muito divertida.

— O que é a Storm? — perguntei.

Amelia virou-se para me encarar com a testa franzida.

— Ellie, é uma das melhores boates de East London no momento. Juro que não faço ideia de como você deixa passar essas informações.

Lara arqueou as sobrancelhas em minha direção.

— Até eu já ouvi falar e não moro em Londres.

— Bem, você passa bastante tempo aqui, não passa? — rosnei.

— Em grande parte ajudando você com algum tipo de crise — rebateu ela.

– Tudo bem, meninas, podemos nos concentrar no motivo por que estamos todas aqui, por favor, e deixar de lado os bate-bocas? – interveio Emma, afastando-se do espelho para nos olhar, e a encaramos em resposta. Ela usava legging preta em cirrê, uma camiseta cinza folgada e batom vermelho. Era o conjunto mais anti-Emma que eu já havia visto, mas parecia incrivelmente sensual.

– Hum, você está super sexy – comentou Amelia.

Concordei com movimentos assertivos de cabeça.

– Você definitivamente tem que repetir esse novo visual.

– Sério? – perguntou Emma em tom preocupado. – Não é tão apertado nem tão cintilante quanto minhas roupas habituais. Não ando me sentindo muito cintilante no momento. Quero parecer um pouco mais... não sei, mais obscura, acho.

– Não venha dar uma de gótica para cima da gente agora – disse Lara. – Mas estou com Ellie. Isso ficou *muito* bem em você.

– Obrigada. – Emma abriu um sorriso. – E agora, pessoal, por favor, tornem a encher minha taça. Tenho que esquecer Sergio esta noite e para isso preciso estar total e absolutamente *chapada*.

– Tenho uma surpresinha que vai ajudar – disse Amelia com uma piscadela. Emma sorriu e elas deslizaram rumo ao banheiro.

Lara e eu ficamos sozinhas no quarto.

– Fico feliz por você não usar drogas – comentei. – É estranho nós duas não usarmos, não é? Talvez por termos estudado na mesma escola e não termos conhecido muita gente que usasse.

– É, acho que sim. – Lara deu de ombros enquanto continuava a aplicar rímel. – Embora eu às vezes use ecstasy, ou *Mandy*.

Olhei para ela.

– O quê? Sério? Por que você nunca me contou?

– Não sei. Realmente não pensei que fosse importante. Era só de vez em quando na faculdade, se eu sentisse vontade.

– Mas por que você nunca mencionou isso? – perguntei alto.

– Ellie, relaxe. Por que você se importa tanto?

Por que eu me importava? Em primeiro lugar, era algo mais sobre Lara que eu não sabia e tinha acabado de descobrir. E o fato de Lara usar drogas significava que eu era a única a não fazer isso. Eu nem mesmo tinha um motivo decente para não usar. Apenas ficava bêbada rápido demais e era meio intolerante a glúten, assim sempre pensei que seria o tipo de pessoa que reagiria muito mal a drogas. Além disso, *Trainspotting – Sem limites* havia praticamente me dissuadido pelo resto da vida.

– Tudo bem. Eu não me importo – respondi, tentando ignorar a sensação de pânico no estômago. – É óbvio. Só fiquei surpresa. Você vai usar alguma coisa hoje?

– Pode ser – disse ela. – Você não se incomoda, não é?

SIM, EU ME INCOMODAVA. Agora seria a única a não ter usado drogas. E se todas ficassem altas – usar drogas deixava as pessoas altas? Chapadas? De cara cheia? – e eu ficasse completamente sóbria sozinha? Eu me sentiria muito excluída. Quem sabe eu não devesse embarcar nessa com elas? Não que eu fosse particularmente antidrogas, mas sentia apenas um pouco de medo.

Emma e Amelia saíram do banheiro dando risadas.

– Ah, primeiro passo para ficar doidona – disse Emma. – Quer um pouco, Lar? Não consegui lembrar se você gosta ou não de *Mandy*.

– Não, talvez mais tarde – respondeu Lara. Como ela podia parecer tão despreocupada?!

Eu me remexi, sem jeito, constrangida por ninguém ter me perguntado se eu queria e aliviada por não ter sido forçada a recusar. Muitas vezes, parecia que estava atrasada não só quando se tratava de sexo, pois isso ocorria em todos os aspectos da minha vida. Não raro, eu me sentia a própria Pollyanna.

Bem, que se danasse, eu também era capaz de ser ousada e não precisava usar ecstasy para isso. Apenas seguiria com meu plano de sexo casual e poderia me sentir uma pessoa normal.

...

– Hum, esse lugar é da pesada – comentei quando entramos no bar. O local era dividido em várias salas e cada uma delas tinha uma temática de "amor" distinto. Havia pessoas usando peles, lantejoulas, pinturas no rosto e biquínis de couro. Minha combinação de jeans com camiseta de repente me pareceu pouco apropriada.

– Não é? – gritou Amelia alegremente, já beijando sua namorada de idas e vindas na cabine do DJ. – Vocês vão em frente. Vou ajudar Lou com a aparelhagem.

Emma revirou os olhos e nos puxou rumo ao bar.

– Adoro Meely, mas ela é a pior pessoa para se sair em uma noite de recuperação.

– Ao contrário de Lara e de mim. – Abri um sorriso, colocando os braços ao redor do pescoço das duas.

– Fale por si mesma – retrucou Lara. – No segundo em que um DJ gostoso vier me procurar, abandono as duas mais rápido do que vocês conseguem dizer "tequila". – E depositou com força três doses de tequila a nossa frente. – Vamos lá, meninas.

Pegamos obedientemente o limão, colocamos sal na mão e agarramos a dose.

– Vou me arrepender seriamente disso amanhã – suspirei.

– Ah, sem essa, só somos jovens uma vez – disse Lara. – *Carpe diem?*

Revirei os olhos.

– Você não tem que estar no trabalho amanhã às nove com uma chefe psicopata.

– Desculpem, mas chega de papo sobre trabalho – disse Emma. – Aqui é um lugar para sermos jovens, divertidas e incrivelmente gostosas.

Brindamos, lambemos o sal e liquidamos a tequila.

– Gahh – gemi ao chupar meu limão até secar. – Isso foi horrível. A próxima rodada é por minha conta.

— Deixem comigo — disse uma voz masculina.

Nós três viramos para encará-lo, rezando para que ele não fosse gordo nem velho. O homem era jovem, de aparência normal e tinha dois amigos. Todos os três altos, bonitos e bem-vestidos. Troquei olhares com Emma e Lara e percebi o que elas estavam pensando: *Bingo*.

— Oi, sou Myles — disse ele. — E esses são Cosmo e Nick.

Myles olhava atentamente para Emma. Era alto, tinha cabelos castanhos e dentes perfeitos. Cosmo tinha pele escura e o rosto mais simétrico que eu já havia visto. Estava sorrindo para Lara, que agitava tanto os cílios postiços que me preocupei se eles cairiam dentro da bebida. Nick, o último, era alto e magro, com cabelos louros cacheados. Vestia uma camisa que parecia cara, com jeans pretos e mocassins de camurça. Não era o tipo de cara que eu normalmente escolheria, mas era atraente.

O único problema era que ele não estava olhando para mim. De modo algum. Fitava uma loura que se mexia na pista de dança. Típico.

Cada uma de nós pegou uma das doses de tequila que Myles segurava e bebeu. Emma e Lara viraram-se separadamente para bater papo com seus potenciais parceiros e fui deixada com Nick, que ainda não havia notado minha presença.

— Oi, sou Ellie — disse eu, sorrindo.

— Oi, sou Nick. — Ele virou-se para me olhar, então tornou a olhar para a pista. Eu o encarei, surpresa. Aquilo era uma grosseria desnecessária. Por outro lado, ele usava um pequeno anel de ouro no mindinho. Na realidade, eu não poderia esperar muito mais de um cara pretensioso assim.

— Bem, você é amistoso, não é? — observei. — Eu também não estava a fim de ficar aqui empatada, conversando com você.

— O quê? — perguntou ele, erguendo os olhos em minha direção.

— Sabe, pode se virar de frente para mim — disse eu. — Ela não vai desaparecer no instante em que você deixar de encará-la. Além disso, é meio assustador o jeito evidente com que você presta atenção nessa garota.

As laterais de sua boca ergueram-se de leve. Ele era bonito quando dava um meio sorriso, que lhe destacava o bronzeado, os olhos castanho-claros e o perfil bem definido. Notei que ele era muito mais bonito do que os caras com quem eu saio.

– Desculpe. É minha ex. É, hum, muito recente.

– Claro que fui sobrar justo com o cara que está procurando um estepe – murmurei comigo mesma.

– Você acaba de dizer o que eu acho que disse? – perguntou ele, olhando para mim de forma esquisita.

Merda. Pensei que ele não fosse ouvir com a música alta. Dei de ombros, fingindo que era essa a minha intenção.

– Bem, você nunca mais vai me ver de novo. Posso muito bem ser honesta.

Ele me olhou por um segundo e então mudou de assunto.

– Ei, e se eles acabarem juntos? – perguntou, indicando um ponto atrás de mim.

Emma estava beijando Myles. Não consegui enxergar Lara, pois Cosmo a envolvia.

– Merda. Foi rápido – comentei.

– Os dois são muito eficientes – disse ele.

– Como você os conheceu? – perguntei.

– Ah, somos amigos de infância. Fizemos faculdade juntos, então decidimos nos mudar para cá.

– De onde vocês são?

– Auckland.

– Como?

– Nova Zelândia – disse ele, arqueando as sobrancelhas. – Auckland é...

– A capital, eu sei. Só não ouvi quando você disse – retruquei. Ele riu.

– A capital é Wellington. Mas Auckland é a maior cidade, se foi isso o que você quis dizer.

Corei. Graças a Deus ele não conseguia enxergar as manchas vermelhas em minhas bochechas sob a luz negra.

– Foi. Então, há quanto tempo você mora aqui? Tempo suficiente para ter um namoro longo, imagino.

– Bem, há um ano, mas ela veio comigo da Nova Zelândia. Passamos dois anos juntos, mas nos separamos há uns seis meses.

– O quê?! Já faz seis meses e você ainda não a esqueceu? – gritei.

– Não é tanto tempo assim – respondeu ele, parecendo irritado. – Além disso, ela me traiu.

– Bem, ela foi traída ontem e já superou – disse eu, indicando Emma com um gesto.

– Merda – disse ele. – Acho que estou um pouco atrasado então.

– Um pouco? Ei, você provavelmente deveria estar em um novo relacionamento agora. – Abri um sorriso malicioso.

– Isso é uma proposta?

– Não, estou só oferecendo um conselho amigável. Por que eu me envolveria com alguém que está apaixonado e persegue a ex--namorada, além de ser grosseiro com as garotas nos bares?

– Porque você está muito bêbada?

Peguei a bebida e puxei-a em minha direção.

– Você percebe que está soando meio pervertido? Você colocou alguma coisa na minha cerveja?

– A sua Peroni é segura – respondeu ele. – Desculpe, eu estava tentando paquerar. Não sabia que estava tão fora de forma.

Sorri amplamente. Ele *estava* tentando me paquerar. Era um progresso. Agora eu poderia beijar o terceiro neozelandês de nome menos interessante enquanto Emma e Lara se agarravam com os seus.

– Então você não esteve com ninguém desde a... Loura?

Ele arqueou as sobrancelhas. Droga, talvez continuar a discutir a ex não fosse o melhor lance de paquera.

– Sara – disse ele. – E não... ninguém foi especial o bastante para me seduzir.
– Até...?
– Até o quê?
– Ah, nada – respondi. – Enfim, hum, o que você quer fazer?
– Estamos em uma boate. Acho que precisamos de mais bebida, ou podemos dançar?

Dançar? Ele não poderia simplesmente me beijar?
– Podemos fazer isso ou... podemos seguir o exemplo dos nossos amigos?

Ele me olhou com surpresa e depois sorriu.
– Bem, certo. – Então me puxou e começou a me beijar. Correspondi com entusiasmo. Eu mal conseguia acreditar que tivesse sido tão diferente e ousada, mas, honestamente, não podia me dar o luxo de esperar mais. Além disso, estava mais que na hora de eu abandonar meu complexo de Pollyana. Pelo canto do olho, vi Emma piscar para mim enquanto Lara gesticulava em direção a seu celular.

– Desculpe, um segundo – pedi a Nick ao pegar meu telefone. Meu WhatsApp estava emitindo sinais.

Emma: Vou para casa com ele! Quem diria que eu ia superar tão rápido?!
Lara: Bom para você! Estou tentada a ir embora com o meu... mas me sinto um pouco mal por causa de Jez.
Emma: Foda-se Jez!! Vá para casa com o seu gato.
Lara: Talvez mais tarde!

Revirei os olhos. Estávamos na boate havia quase meia hora e Emma estava de partida. Lara provavelmente iria embora a qualquer momento.

– Você está bem? – perguntou Nick.

– Estou ótima – respondi. – Ainda que, ao que tudo indica, minhas amigas estejam me abandonando para ficar com seus amigos.
– Ah, sério? Bem, você sabe que pode fazer o mesmo.
Franzi os olhos em sua direção.
– Não gosto de sexo a três nem a cinco se é isso o que você está querendo dizer.
– Ei, eu estava querendo dizer que você pode vir comigo se quiser.
Ah, meu Deus. Uma transa casual espontânea. Com um estrangeiro atraente que usava sapatos elegantes. Olhei para ele. Eu conseguiria fazer isso? Realmente consumar o ato? Ele sorriu com timidez, e uma covinha surgiu em sua bochecha direita. Senti minha vagina latejar de desejo e percebi que estava ficando molhada. Meu corpo desejava isso e... eu também.
– Tudo bem – retruquei baixinho. – Espere um instante.
Digitei uma mensagem para as meninas no grupo. Em poucos segundos, o celular vibrava com as respostas.

Eu: Talvez eu também vá para casa com o meu.
Emma: Ahhh!!! Bom para você!!!!
Lara: Ah, meu Deus.
Emma: Não seria muito legal se eles morassem juntos??
Eu: Não moram. ☹ Já verifiquei. Meu Deus, não acredito que vá ter minha primeira experiência real de sexo casual.
Emma: Estou emocionada por você.
Eu: Pare de ficar emocionada por mim. Essa é a SUA noite de "esquecer o babaca".
Lara: É verdade. Já esqueceu?
Emma: Só depois que eu estiver embaixo de Myles...
Eu: Ha-ha. Divirta-se.
Lara: El, você ainda não vai embora, vai??
Eu: Porra não. Estou muito sóbria. Vejo você no bar, gata!

– Tudo bem? – perguntou Nick.
Olhei para ele, surpresa.
– Desculpe, me distraí um pouco. Mas sim, está tudo bem.
– Bom – disse ele e sorriu. – Você quer sair daqui?
– Já?
– Se você quiser. Ou podemos tomar mais uma bebida.
– Acho que ainda não estou bêbada o suficiente – deixei escapar. Ele riu.
– Obrigado. Não percebi que você precisava se embebedar para conseguir ir para casa comigo.
– Eu não quis dizer isso. – Sorri. – Eu só... Mais uma rodada?
– Vamos nessa – disse ele. – Não sou o tipo de cara que recuse mais cerveja.

CAPÍTULO 16

– SE1, Lighthouse Road, cinco – disse Nick ao motorista de táxi antes de virar-se para mim e agarrar meu rosto. Então me puxou em sua direção e começou a me beijar. Fechei os olhos e me deixei resvalar para o redemoinho bêbado de minha mente. A primeira cerveja havia se transformado em várias; agora passava de meia--noite e estávamos em um táxi, rumo à casa de Nick. A transa casual espontânea que eu vinha tentando orquestrar em meus encontros pela internet estava prestes a acontecer, mas eu parecia bêbada demais para apreciá-la. Merda.

– Onde você mora? – perguntei a Nick, interrompendo o beijo.

– Waterloo – informou ele. – Não é muito longe daqui. E, bônus, eu moro sozinho.

– Sério? Mais uma vez, o que você faz? – perguntei. Havia passado as últimas cinco horas bebendo com ele, mas não conhecia absolutamente nenhum detalhe de sua vida. Era praticamente o oposto de meus encontros pela internet, em que eu tinha conhecimento das informações básicas antes mesmo que nos conhecêssemos.

– Sou banqueiro – respondeu ele.

Engoli em seco. Eu estava indo para a casa de um banqueiro. Ele nem sequer morava em East London. Morava na Zona 1. Eu não conhecia ninguém que morasse na Zona 1, a região mais cara da cidade.

– Chegamos – disse o motorista de táxi. Ergui os olhos, surpresa. Estávamos em frente a um prédio de apartamentos envidraçado. Dava para ver a London Eye e, bem ao nosso lado, o rio Tâmisa.

Nick estendeu duas notas para o motorista e abriu a porta. Desci do táxi atrás dele, embriagada. A essa altura, estava oficialmente apavorada. Talvez ele levasse garotas até lá todas as noites e eu seria apenas a sexualmente inexperiente que nunca se compararia às outras. Nick conduziu-me ao elevador e abri a boca, surpresa.

– Qual é o problema? – perguntou ele.

– Seu elevador tem paredes espelhadas – falei alto. – Parece... um hotel.

Ele riu.

– É, sei que é muito sofisticado. Meu trabalho pagou para que eu viesse da Nova Zelândia para cá, então eles me instalaram nesse apartamento agradável.

– Quantos anos você tem?

– Humm, vinte e nove, por quê?

– É que... por nada – respondi com nervosismo. Nick estava muito fora de meu alcance. Era um homem adulto com um emprego bacana, que lhe permitia ter um apartamento com o qual eu podia apenas sonhar.

– Por favor, diga que você tem mais de dezoito anos – pediu ele.

Olhei para seus quatro reflexos nos espelhos e segurei a cabeça.

– Ui, os espelhos machucam. E sim, claro que tenho.

– Quantos anos?

– Adivinhe.

– Vinte e dois?

– Não – respondi, irritada por mostrar minha idade. – Tenho vinte e três. – Eu acabava de mentir. Por que havia mentido? Um ano nem sequer fazia diferença. Se era para mentir, eu devia, no mínimo, ter dito vinte e cinco.

– Ah – disse ele. – Pelo menos você vai envelhecer bem, não é? De qualquer forma, é aqui. Lar doce lar.

Ele abriu a porta, e meu queixo caiu de espanto. A área da sala de estar/sala de jantar tinha uma imensa janela de vidro com vista para o Tâmisa. Era possível ver toda a linha do horizonte de Londres iluminada. Muito lindo.

– Ah, meu Deus – ofeguei. – Isso é uma loucura.

– Não é? Mas a melhor parte... é o quarto.

Impaciente, eu o segui até o quarto, esperando uma cama giratória e teto espelhado. Mas era um quarto de casal comum, com alguns guarda-roupas e uma TV. Eu me virei com as sobrancelhas arqueadas e Nick puxou-me em sua direção com um beijo. Era isso: eu estava enfim vivenciando minha transa casual. Puxei minha camiseta por sobre os ombros e soltei às pressas o sutiã. Os jeans e a calcinha seguiram o mesmo caminho.

– Ah, oi – disse ele. Reparei que ele não havia tirado nem mesmo o casaco e eu estava parada diante dele completamente nua. Ele contemplava meu corpo com ar avaliador. Endireitei as costas e percebi que me sentia muito sexy por estar na cobertura envidraçada de um estrangeiro atraente. Tudo bem, na realidade, o apartamento não ficava no último andar; ainda assim, era bem alto.

Chutei para longe os saltos e recuei, afastando-me de Nick. Eu me sentia a própria garota francesa confiante em um filme noir.

– Hum, aonde você vai, Ellie? – perguntou ele.

Eu o ignorei e caminhei até a sala. Parei diante da janela, imaginando quão atraente minha silhueta deveria parecer em contraste com o horizonte londrino. Virei devagar a cabeça por cima do ombro para encará-lo, inclinando-a para o lado.

Mas ele não estava ali. Eu me virei, aborrecida. Qual o sentido de agir de forma sensual se ele não estava ali para apreciar?

– Nick? – chamei. Silêncio. – Nick??

– Aqui – respondeu ele ao sair do quarto. – O que você está fazendo?

– Ah, só contemplando a cidade – respondi com voz arquejante, leve. Imaginei que Brigitte Bardot falasse desse jeito ao tentar seduzir alguém.

– Bom – disse ele, passando as mãos por meu corpo nu. Joguei a cabeça para trás, na esperança de parecer tão sexy quanto me sentia. Separei os lábios, desejando que ele me beijasse. Ele afastou as mãos de mim e olhou pela janela.
– É realmente muito alto, não é?
Seu sotaque começava a me irritar e por que ele estava contemplando a paisagem e não meu corpo nu?
– Você está de brincadeira – explodi.
– Tive uma ideia – disse ele, virando para me encarar com um sorriso. – Vamos atirar ovos pela janela.
– O quê? – gritei. Como minha performance sensual havia resultado naquele desejo de atirar ovos em Londres?
– Vai ser divertido. Podemos tentar acertar coisas.
– Nick. É muito perigoso. Podemos machucar alguém que esteja andando na rua.
– Acho que sim – disse ele. – Mas é muito tarde. As ruas estão meio vazias.
– Talvez seja melhor irmos para o quarto. – Suspirei. Meu filme *noir* estava lentamente se transformando em um filme americano adolescente.
– Legal. – Ele sorriu. Caminhamos até o quarto e deitei na cama. Dessa vez, ele também tirou a roupa e deitou-se em cima de mim de cueca. Começamos a nos beijar devagar, depois mais rápido e por fim ele tirou a roupa íntima.
Senti seu pênis endurecer de encontro à minha vagina. Seu membro começou a friccioná-la e gemi de prazer.
– Ai! – gritou ele.
– O que foi? – perguntei surpresa.
– Nada, só está espetando um pouco – respondeu ele e continuou a me beijar.
– Como? – perguntei com voz estrangulada. Ele achava que meus pelos pubianos espetavam. Machucavam seu pênis. Meus *malditos* pelos pubianos estavam arruinando minha vida outra vez.

— Eles são só um pouco ásperos. Não me importo. Acho sexy ter um pouco de pelo. — Nick sorriu para mim e fiquei aliviada. Ao menos, ele não gostava de vaginas lisinhas.

Nick passou a mão em meus pelos pubianos ásperos, e seu pênis chegou mais perto de minha vagina. Perguntei-me se aquele seria o momento. Se minha vagina seria penetrada pela segunda vez. Ah, *merda*, e se ele tivesse uma depilação íntima?!

Eu o empurrei e contemplei sua virilha. Nick tinha os pelos pubianos aparados como os meus e nenhum sinal de depilação. Respirei aliviada, então sorri comigo mesma. Éramos espíritos afins em termos púbicos.

— Me come — pedi. Ah, meu Deus, de onde estava saindo isso? Talvez eu tivesse sido uma *femme fatale* na vida passada. — Agora — exigi.

— Hum, primeiro preciso de um preservativo — disse ele.

Ah, merda. Eu havia esquecido o preservativo. Devia estar mais bêbada do que imaginava, o que significava que esse seria o momento perfeito para revelar, de forma descarada, que eu tinha levado um.

— Ah, sim. Tenho um se você quiser — informei do modo mais casual possível.

— Legal — disse ele. Eu me aproximei de minha bolsa com um sorriso e vasculhei-a até encontrar o preservativo de Emma.

— Tome — disse eu com nervosismo, estendendo o contraceptivo.

Nick olhou de relance para a embalagem e a rasgou. Fez o preservativo deslizar sobre seu pênis. Dei um suspiro de alívio por ele não esperar que eu o fizesse. Minha última tentativa havia sido durante as aulas de Cidadania no colégio e a ponta da banana no treinamento havia atravessado a parte superior da camisinha.

— Agora eu vou comer você — disse ele. — Fique de joelhos.

Ah, dominador. Excitante. Obedeci e fiquei de quatro sobre a cama. Nick ajoelhou-se por trás e agarrou meus quadris. Senti seu pênis roçar meus lábios à procura da vagina. Ele tirou a mão esquerda de meu seio direito e guiou o pênis para dentro de mim. Ofeguei quando a borracha começou a atritar com minha vagina pouco usada.

Nick movia-se para frente e para trás, enfiando seu pênis em mim. Gritei de excitação.

– Você é tão apertada – gritou ele. – É incrível.

Enrubesci de orgulho enquanto seus testículos golpeavam minha vagina. Eu esperava que não coçassem por causa dos meus pelos pubianos espetados.

Nick começou a me penetrar mais rápido. Ofeguei alto. Podia senti-lo agora. Imaginei alguém nos observando. Provavelmente parecíamos estar em uma cena de filme pornô. Eu de quatro na cama, ele me comendo por trás, com as mãos em meus peitos. Gemi alto. Eu me empenhei em meu único papel como atriz pornô e comecei a mover o corpo junto com o dele.

Nick ofegou alto, deu uma palmada em minha bunda, então fez silêncio e parou de se mexer.

– Hum... – disse eu. – Você, hum...
– O quê?
– Gozou?
– Isso – disse ele. – Desculpe. Acabei de me gozar.
– Gozar.
– Você se gozou?
– Não – respondi devagar. – Você gozou. Você não "se gozou".
– O quê?
– É "gozar" não "se gozar" – gritei, exasperada. – A sua gramática está errada.
– Ah, tudo bem – disse ele, saindo de dentro de mim. Uma massa escapou de meu corpo e caiu sobre a cama. Virei o pescoço, alarmada, e percebi que era apenas o preservativo, carregado de sêmen.

Desabei sobre a cama, exausta. Tinha a sensação de ter acabado de fazer quatro minutos de flexões. Nick caiu por cima de mim e acariciou meus seios.

— Isso foi muito bom — disse ele, aninhando a cabeça em meu corpo. As ficadas deveriam ser tão... aconchegantes?
— Foi — retruquei em tom ambivalente. E então me dei conta: eu havia conseguido. Acabava de ter uma transa casual. Precisava enviar uma mensagem de texto a Emma e Lara. — Um segundo. — Sorri. Inclinei-me por cima dele e encontrei meu telefone no chão. Havia novas mensagens.

Emma: Meu Deus, o pênis dele era enorme. Transei três vezes. Estou exausta.
Lara: Inveja. Cosmo era tão chato que o abandonei. Estou bebendo com Meely e sua amiga.
Emma: Uuuuu!
Eu: Bem, acabo de ter minha primeira transa casual.
Eu: Temos a mesma condição púbica. Nenhuma depilação à vista.
Eu: Não gozei, mas ainda assim estou bastante eufórica.

CAPÍTULO 17

Acordei com um bocejo. A luz do sol derramava-se em meu rosto e eu via o Big Ben pela janela. Espere. O Big Ben. Eu não morava perto do Big Ben. Sentei-me de forma repentina e olhei ao redor. Nick estava deitado ao meu lado, roncando. Fechei os olhos devagar à medida que tudo voltava à minha mente. A desvantagem de levar uma vida imoral era que eu agora passava muito tempo acordando em locais estranhos. Mas essa era a primeira vez que despertava ao lado de alguém tão atraente.

Mesmo desmaiado e de ressaca, Nick parecia bonito. Os cachos louro-escuros estavam desalinhados, a pele exibia o tipo de bronzeado que eu não encontraria em nenhuma embalagem e ele tinha covinhas. Simétricas. Eu mal conseguia acreditar que ele tivesse me desejado.

Pensei em tirar uma selfie enquanto ele dormia para mostrar às meninas, mas achei muito arriscado. Como explicar o fato de ser pega com uma câmera em seu rosto? Em vez disso, tornei a bocejar e me levantei. Minha cabeça latejava. Repetidamente. Senti meus mamilos endurecerem e olhei para baixo. Eu estava completamente nua.

Eu me aproximei de uma cômoda e comecei a fuçar as gavetas. Encontrei uma camiseta branca e a vesti, então, distraída, peguei o celular e entrei no cômodo seguinte, com a imensa janela agigantando-se à minha frente. Com um estremecimento, lembrei minhas travessuras de filme noir. Felizmente, Nick estava bêbado demais para recordá-las. Desabei no sofá e peguei o aparelho.

Havia um monte de novas mensagens. E algumas chamadas perdidas. Verifiquei as chamadas, e meu coração parou. Cinco chamadas perdidas de Maxine. Por que ela estaria me telefonando no sábado?

Em seguida, entendi. Não era sábado. Era sexta-feira. E eram... 10h25 da manhã. O que significava que eu estava uma hora e vinte e cinco... ah, agora vinte e seis minutos atrasada para o trabalho.

Ah, que se danasse.

Liguei de volta de imediato. Certo, eu precisava inventar uma desculpa. Alguma coisa plausível tipo diarreia ou...

– Ellie, que gentil da sua parte telefonar... – atendeu Maxine.

– Peço mil desculpas – disparei. – Acordei ainda há pouco me sentindo absolutamente horrível. Vomitei a manhã inteira.

– Ficou até tarde da noite na Passar e Pegar?

– O quê? – perguntei, chocada.

– Sua amiga postou a noitada no Twitter e mencionou você.

– Ah, merda – soltei.

– Sem dúvida uma merda – disse ela. – É melhor você me trazer material novo para uma coluna.

– Vou levar – falei alto, sabendo que não poderia, de jeito nenhum, escrever sobre minha transa na internet. – Bastante.

– Ótimo – disse ela. – Bem, como a última já tem cinco mil acessos, vou deixar você faltar. Tire uma folga hoje e venha na segunda com a próxima coluna pronta.

– Ah, meu Deus... Sério?

– Sério. Mas não vou fazer disso um hábito.

– Muito obrigada, Maxine – comecei a dizer antes de perceber que ela já havia desligado. Quem diria que minha chefe tinha coração? Eu me aconcheguei no sofá, decidindo que lidaria com a questão da próxima coluna mais tarde, no final de semana. MERDA – MINHA COLUNA.

Entrei na home page da *London Mag*. Estava bem ali, no topo da página. *Conteúdo Impróprio. Por Ellie Kolstakis.* Soltei o ar que eu não havia percebido que estava prendendo. Parecia incrível. Involuntariamente, sorri. Eu era, de fato, uma verdadeira colunista. Cliquei no link. Minhas palavras surgiram na página e havia uma foto minha na parte inferior. Ah, meu Deus, havia comentários também. Cliquei neles com nervosismo.

Quem é essa idiota? Não é de admirar que esteja sozinha.

Uma depilação íntima para homens? Isso parece invencionice. E não tem nada de errado com uma hemorragia nasal. Abandonar alguém é meio drástico.

Ah! Talvez houvesse comentários mais gentis em meu Twitter? Verifiquei a conta, e meu sangue gelou.

Muito legal você escrever sobre nosso encontro. Matéria de primeira. Não percebi que você tinha achado meus pelos pubianos tão repulsivos.

Era de um tal de Benjy84. Levei a mão à boca. Ele havia lido a coluna. Por que não me ocorreu que ele a leria?! Por favor, que JT não tivesse lido. O fato de tê-lo abandonado pós-hemorragia nasal era muito pior. Percorri as mensagens, mas havia apenas comentários gerais de ódio. Aparentemente, eu não era a Carrie Bradshaw dos dias atuais. A única Carrie com quem rivalizava era a garota psicopata do baile no filme de terror.
Saí do Twitter e entrei no WhatsApp.

Emma: Estranho, mas parabéns. Fico feliz que você tenha gostado, querida.
Lara: Sim. Meu Deus, estou tão exausta, não sinto a menor inveja de vocês duas no trabalho.

Emma: Ui, eu sei, estou exausta em minha mesa.
Lara: Você conseguiu ir trabalhar, Ellie?
Emma: Ah, meu Deus, El, minha colega acaba de me mostrar sua coluna!! Parabéns, garota, é incrível.
Lara: Estou orgulhosa de você. Ignore os comentários. São todos uns filhos da puta.
Lara: Ellie? Por que você não viu essas mensagens?

Elas haviam enviado as mensagens às 9h30 da manhã, pois, ao contrário de mim, haviam programado o despertador. Eu era uma idiota.

Eu: Então, não fui trabalhar... Mas Maxine me deu o dia de folga por ter ficado impressionada com a coluna. Infelizmente, ninguém mais ficou.
Lara: ?
Eu: Ben84 manifestou sua indignação com a coluna pelo Twitter.
Emma: Ha-ha. Você me fez ganhar o dia. Não acredito que não tenha ido trabalhar.
Eu: Eu sei. Estou de bobeira no sofá no apartamento de Nick.
Emma: Uau. Quanta proximidade.
Eu: Não, estou sozinha.
Lara: Que estranho. Vá para o quarto.
Emma: Segundo. Acorde o cara com um boquete.

Revirei os olhos e enfiei o celular sob uma almofada. Liguei a TV e vi Kate Winslet em pé na frente do convés do *Titanic*, com os braços de Leo por trás. "Estou voando", ofegou ela. Eu me enrosquei em um cobertor para assistir. Benjy84 era irrelevante – eu estava no apartamento do cara com quem transei, com Leo na TV.

Já era quase meio-dia e Nick ainda não havia acordado. *Titanic* chegara ao fim, e eu tinha refeito a maquiagem depois de chorar e detonar grande parte dela e agora estava morrendo de fome. Cogitei cozinhar os ovos que ele sugeriu atirar pela janela, mas decidi que era ir longe demais.

Entrei no quarto e olhei para a cama. Nick respirava profundamente. O edredom cobria-lhe a maior parte do corpo, mas vi seu tronco bronzeado projetar-se. Não era tão definido quanto o de Ben84, mas não vinha com uma depilação íntima. Graças a Deus.

Eu não sabia bem o que fazer. Ir embora? Não deveria esperar que ele acordasse para tomarmos café juntos e eu então fazer minha PRIMEIRÍSSIMA ida para casa com a roupa da noite anterior? Sabia que nunca mais o veria, pois aquilo era apenas uma aventura de uma noite, e por isso eu queria muito que passássemos juntos a manhã.

Tossi alto. Ele não se moveu. Sentei na cama e o cutuquei.

– Hum – gemeu ele. Cutuquei-o com mais força. – Ai! – gritou ele, esfregando os olhos.

Eu me apressei em fazer uma pose sedutora na cama e despenteei os cabelos.

– Ah, oi – sorri. – Como vai você?

– Oi. – Ele bocejou. – Que horas são?

– Meio-dia.

– Merda – gritou ele e saltou da cama. Não era esse o beijo matinal que eu esperava. – Por que você não me acordou mais cedo? Preciso ir trabalhar.

– Ah, desculpe – retruquei. – Eu... pensei que fosse sábado. Então minha chefe me deu o dia de folga e acho que presumi que você também estivesse de folga.

– Não – disse ele com raiva, pegando o celular. – Por sorte, não tenho nenhuma reunião hoje, então ninguém importante vai notar que perdi metade da manhã. Vou pular para dentro do chuveiro. Quer entrar depois de mim?

– Hum, não, tudo bem. Tomo banho em casa – respondi.

– Legal, vejo você em um segundo. – Ele passou por mim com uma toalha sobre o ombro. Sentei na cama e suspirei. Era evidente que meu *brunch* matinal não aconteceria. Eu teria de passar o dia de folga sozinha. Não tinha nem mesmo dinheiro para gastar com compras que exercessem o papel de uma terapia.

Comecei a recolher minhas roupas largadas em várias partes do quarto. A calcinha estava no corredor e uma das meias desapareceu por completo. Enfiei os pés descalços nos sapatos de salto e estremeci de dor quando eles friccionaram minhas bolhas. Levantei. Por que não havia calçado sapatos baixos?

Completamente vestida e sem ter para onde ir, perambulei pelo quarto de Nick. Ele não tinha fotos nas paredes, nenhuma foto de amigos, nem um único objeto pessoal. Era um apartamento típico de solteiro. O único item pessoal que encontrei foi um conjunto de fotografias reveladas na cômoda. Eu poderia...? O chuveiro continuava aberto, então abri rapidamente o envelope e peguei as fotos. Eram de Nick com um monte de amigos. Um tédio.

Continuei a percorrer a pilha até encontrar uma fotografia da ex-namorada loura. Sara. Ela estava totalmente nua, sentada em uma cadeira, com as pernas arreganhadas. Não havia um único pelo pubiano. O corpo era digno da *Playboy*.

Devagar, guardei tudo como havia encontrado. Eu não devia ter bisbilhotado. E já me sentia muito, muito inadequada. Claro que minha vagina apertada não estava à altura do incrível corpo sem espetos de Sara. Nick dormiu comigo apenas para esquecer Sara. Era um fato, ele havia dito. Peguei a bolsa e fui para o banheiro. Tinha de me despedir e cair fora de imediato. Minhas bochechas ardiam de vergonha e eu não queria continuar no apartamento.

– Nick? – bati de leve na porta do banheiro.

Ele a abriu e vi Nick parado ali de toalha, sorrindo para mim com os cabelos molhados.

– Ei. Desculpe por ter demorado tanto.

— Não se preocupe — disse eu. — De qualquer forma, é melhor eu ir. Então... pensei em me despedir. — Comecei a mexer com nervosismo na alça da bolsa enfeitada de Emma.

— Ah, tudo bem — disse ele. — Se quiser esperar cinco minutos, vou com você até o metrô.

— Não, está tudo certo, de verdade. Não estou me sentindo muito bem. Ressaca.

— É, eu também. De qualquer forma, foi ótimo, Ellie. Devíamos fazer isso novamente um dia desses.

— Hum, claro — disse eu. Ele inclinou-se em minha direção e me deu um beijo rápido nos lábios. — Tchau, então.

— Espere, me dê seu telefone — pediu Nick. Suspirei. Ele não iria me ligar, então por que precisava do número do meu celular? A quantidade de homens em Londres que tinha meu número e nunca telefonaria era deprimentemente grande. Eu o digitei em seu aparelho. Julguei que não faria mal acrescentar mais um à lista. — Liguei para você para que você também tenha meu número — acrescentou ele.

— Certo, ótimo! Bem, até mais — disse eu e saí do apartamento. Soltei um suspiro profundo. Havia sobrevivido à minha primeira transa casual e, melhor ainda, havia descoberto que não era uma daquelas garotas que se apaixonavam logo depois pelo cara. Eu não queria mais saber de Nick, nunca mais. Tudo bem ter sido estepe dele por uma noite, porque eu também o havia usado, mas um relacionamento frequente? Nem pensar. Eu não seria uma puta, tampouco aumentaria minha lista de ficantes se só transasse com o mesmo cara.

Saí do elevador e tropecei rua abaixo com as roupas da noite anterior. Percebi que os turistas me olhavam e sorri comigo mesma. O provável é que estivessem batendo fotos discretas da típica garota londrina que saía ao meio-dia do apartamento de algum sujeito com quem transou. Eu esperava que meu rosto estivesse corado dos hormônios pós-coito. Só que havia saído sem orgasmos. O rosto de uma pessoa corava mesmo que ela não tivesse gozado na noite anterior?

Era frustrante. Tudo que eu queria era o orgasmo da penetração, mas meu sonho continuava distante. Por mais que fosse excitante ter conseguido um sexo casual, era um orgasmo com penetração o que eu realmente desejava. Talvez existisse algum motivo para isso não ter acontecido. Quem sabe algo errado comigo. Senti uma onda de ansiedade ao pensar nisso. Era definitivamente possível que eu fizesse parte da pequena porcentagem de mulheres que não atingiam o orgasmo com penetração. Talvez fosse até mesmo frígida.

CAPÍTULO 18

Conteúdo Impróprio

Pensei que não existisse nada pior que ser um estepe. Mas existe: ser informada *de que você é um estepe. De repente, você já não pode atribuir tal sentimento à sua paranoia ou falta de autoestima. Seu status de rebaixamento, como alguém que nunca estará à altura da pessoa que o cara realmente ama, é confirmado... pelo próprio cara.*

Essa foi minha noite de quinta-feira. Fui para casa de alguém que necessitava de um estepe. Não importava que o apartamento fosse exatamente do tipo que o herói de um romance feminino moraria, pois eu não era a heroína de um romance água com açúcar. Minha comédia romântica estava mais para American Pie – A primeira vez é inesquecível *do que para* Simplesmente amor. *E o sujeito me levou para casa apenas por ser mais agradável do que perseguir sua ex.*

Permiti que ele agisse assim. Agora sou forçada a encarar a realidade de que talvez eu seja mentalmente perturbada. Por que outro motivo eu convenceria – mais ainda, exigiria – que o cara que estava vendo sua ex dançar com outros homens me levasse para sua casa?

Creio que eu também me aproveitei dele. Eu desejava uma noite selvagem com um homem sexy enquanto minhas amigas iam para casa com os amigos dele. A oportunidade me pareceu perfeita demais para ser perdida. Não me arrependo. Tive uma noite selvagem. Mas agora, enquanto volto para casa com o dia claro, usando a mesma roupa da noite anterior, eu me pergunto se fiz a escolha certa.

Tomei uma decisão empoderada ao decidir transar com um cara que desejava que eu fosse outra pessoa, ou estava apenas tão desesperada para ser empoderada e divertida que me contentei com alguém que não me respeitava?

Engoli em seco em alto e bom som. A versão final e editada da coluna semanal nada tinha a ver com a versão leve, livre para todas as idades, que eu havia enviado a Maxine. Ela me chamou ao seu escritório e quis saber dos detalhes, até que percebi que havia contado que o pênis de Nick parecia uma abobrinha. Maxine ficou tão horrorizada com o nível de detalhes, que concluiu que era demais, até mesmo para a *London Mag*.

Mas isso não a impediu de incluir que eu desejava sexo selvagem em minha transa casual. Meus pais nunca mais falariam comigo, de jeito nenhum. Graças a Deus, eu mal tinha um relacionamento com meu pai. Com sorte, ele estaria preocupado demais com os enteados para perceber que sua própria carne e sangue estava contando ao mundo historinhas obscenas sobre sua noite de quinta-feira. Era um milagre que minha mãe ainda não tivesse lido minha primeira coluna.

Eu estava apavorada com a possibilidade de que Nick a lesse, como Ben tinha feito. Deveria arriscar e esperar que ele não visse, ou deveria de alguma forma mencionar o assunto e convencê-lo a nunca, jamais, pesquisar meu nome no Google? Talvez... talvez pudesse mentir sobre meu sobrenome e ele nunca me encontraria na internet. Ah, a quem eu estava enganando – não havia muitas Ellies trabalhando para a *London Mag*. Até mesmo minha mãe logo descobriria.

Senti uma contração no intestino e ofeguei. Minhas pontadas de culpa estavam se tornando cada vez mais fortes e profundas. Era segunda-feira. Fazia quatro dias que minha primeira coluna havia sido publicada e, a cada dia de silêncio da minha mãe, a culpa triplicava. No fundo, eu queria apenas arrancar o curativo e contar a ela. Acabar com aquilo e nunca mais ter de pensar no assunto.

Enrosquei meus cabelos cacheados no mindinho e soltei-os com desagrado. Fazia anos que havia abandonado esse hábito de infância. O que estava fazendo ao regredir?! Precisava me decidir e contar à minha mãe.

Antes de pensar duas vezes no que estava fazendo, peguei o celular e o casaco. Agora que Maxine estava publicando para o mundo detalhes explícitos de minha vida, eu estava ousando em deixar minha mesa durante intervalos prolongados. Maxine precisava de mim. A coluna era a mais lida do site e ela não me descartaria apenas por eu ir com muita frequência ao Pret.

Perguntei se alguém desejava uma bebida, mas fui acolhida pelo silêncio familiar. Perfeito, eu gastaria menos dinheiro. Minhas mãos tremiam quando saí do prédio e digitei o número de minha mãe. Nada era mais difícil do que isso. Pior que o misto de perder a virgindade e raspar os pelos pubianos.

– Elena? – perguntou minha mãe. – Por que você não está no trabalho?

Suspirei.

– Estou, mãe. Só estou fazendo um intervalo rápido. Como você está?

– Hum, você não devia fazer muitos intervalos ou eles nunca vão pagar você.

– É... acho que sim.

– Estou enfrentando um completo desastre.

– Sério? – perguntei, surpresa.

— É a rede de banda larga. A TalkTalk não me deixa encerrar o plano e agora estou pagando por ela e pela Sky. Mas a Sky está me oferecendo Sky-Plus e OnDemand muito mais barato, então quero ficar com eles, que vão me dar todos os canais de filmes gregos, portanto...

Ah, meu Deus. Minha mãe classificava como desastroso o drama com provedores de planos de TV a cabo. Como ela lidaria com o fato de sua única filha estar contando ao mundo detalhes explícitos de sua vida amorosa?

— Mãe — interrompi. — Isso parece muito estressante, mas como estou em um intervalo rápido, posso contar uma coisa?

— Você não brigou com seus colegas de casa, brigou?

— O quê? Por que... O quê?

— Só me preocupo que eles achem difícil conviver com você — explicou ela.

Suspirei de frustração.

— Meus colegas de casa me adoram. De qualquer forma, o que eu queria dizer é que... comecei a escrever uma coluna. Para o site em que trabalho.

— Escrever? Já estava na hora de você fazer alguma coisa por aí, em vez de só ficar preparando chás.

— Mãe, nunca preparei chá para ninguém... elas nem bebem chá. Mas sim, é muito legal que eu esteja escrevendo. O único problema é que... estou escrevendo sobre coisas que você pode não gostar.

Ouvi, literalmente, sua testa franzir.

— Que tipo de coisas?

— Hum... minha coluna se chama "Conteúdo Impróprio", então... suponho que... tópicos obscenos?

Houve uma pausa sugestiva do outro lado da linha. Em seguida, minha mãe começou a berrar em grego:

— Eu sempre soube que você era amaldiçoada — gritou. — Desde que saímos da aldeia para vir para cá. Os outros me avisaram que você seria uma leviana. Mas não pensei que isso tivesse acontecido até você mencionar essa coluna. E você está escrevendo sobre... SEXO.

– Mãe, mãe, fique calma – gritei. – Não sou leviana! Eu mal... quer dizer... só escrevi sobre encontros. E, às vezes, acho que a coisa fica mais explícita. – Eu já não entendia o significado do grego agudo de minha mãe. Sobretudo quando entremeado pelo choro ocasional. – Mãe, sinto muito.

Ela suspirou alto e voltou a falar em inglês.

– Ellie, por que você faria isso? Como pode escrever sobre sexo para o mundo inteiro? Você não tem vergonha?

Senti meu estômago se contrair. Eu me sentia realmente mal pelo que estava fazendo, mas, ao mesmo tempo, isso era normal nos dias atuais. A internet estava repleta desse tipo de conteúdo.

– Sei que é meio... estranho, mas mãe, é o que gosto de fazer. Sou boa nisso. É a coluna mais popular do site.

– Claro, porque sexo vende – gritou ela. – É explícito, nojento e... vulgar. Você não pode escrever sobre algum assunto inteligente?

Tentei contestar, mas nada tinha a dizer. Minha mãe tinha razão. Eu estava apenas me vendendo por ambição?

– Mãe, a coluna é meio engraçada. Para fazer as pessoas rirem, mas também para ajudá-las a não se sentirem sozinhas. Quero que as mulheres percebam que todas as outras pessoas também estão tendo experiências sexuais estranhas.

– Mas você pode fazer tantas outras coisas e escolhe *isso*?

Suspirei.

– Desculpe, mãe. Não sei mais o que dizer. É nisso que sou boa e é do que gosto. Lamento que você se sinta tão ofendida. Eu não queria aborrecer você.

– É claro que isso me ofende – gritou ela. – E quando toda nossa família ler a coluna? Ou minhas amigas? Todo mundo vai falar. Ah, meu Deus... a *vergonha*.

Eu me sentei em um muro de tijolos e pousei a cabeça nas mãos. Eu não havia pensado no quanto aquilo afetaria minha mãe. Mas não precisava seguir meu próprio caminho? O que faria Júlio César? Ele definitivamente trairia a família e iria em frente. Mas eu conseguiria fazer o mesmo?

– Mãe, desculpe – disse eu, respirando fundo. – Mas é meu sonho e preciso fazer isso. A primeira coluna já está on-line.

– Por que esse é o seu sonho? Você não consegue pensar grande, Elena?

– Não sei, mãe. Simplesmente percebi que é nisso que sou boa e é o que gosto de escrever. É o que quero.

– Bem, então você não podia escrever anonimamente?

– Minha editora não deixou – respondi em tom patético. – Eu tentei, realmente tentei, mas então me dei conta de que é uma vantagem usar meu nome. Vai me ajudar a ficar famosa.

– Fama? Fama?! Você quer ser igual àquelas garotas liberais nas revistas, que se vendem por...

– Mãe, relaxe – interrompi. – Eu não estava me referindo à fama em si. Só estava querendo dizer que... posso ficar conhecida. Na indústria da escrita. Vai ser muito bom para minha carreira.

– Hum, carreira. Não sei que carreira é essa – resmungou ela. – Você ao menos está ganhando um bom dinheiro agora?

– Hum...

– Ah, Elena, qual é o seu problema? – gritou ela.

– Desculpe – murmurei, contemplando as rachaduras na calçada. – E... mãe, realmente detesto fazer isso, mas você pode transferir um pouquinho de dinheiro para minha conta? Para o aluguel?

Ela suspirou alto e lamentou-se.

– O que fiz para merecer uma filha assim?

– Mãe, ainda estou aqui. E não precisa ser tão dramática. Só preciso de um pouco de dinheiro. Tipo, cem libras? Quero fazer comida grega – sugeri, recordando que isso havia funcionado da última vez. – Falafel e coisas do gênero.

– Falafel? – choramingou ela. – É um prato egípcio.

– Moussaka. Eu quis dizer moussaka – apressei-me em acrescentar. – Por favor?

O choro foi tão alto que desliguei o telefone em silêncio. O dinheiro da moussaka teria de esperar.

CAPÍTULO 19

Emma e eu estávamos deitadas na cama dela, contemplando o pôster de Ryan Gosling no teto. Nosso cabelo estava espalhado no travesseiro e ouvíamos sua "*Playlist* Feminista". Pela primeira vez desde que Emma conheceu Sergio, percebi o quanto havia sentido falta de passar algum tempo sozinha com ela. Era muito bom estar deitada em sua cama sem um espanhol peludo entre nós.

– E então, ajudou? – perguntei. – Dormir com Myles? Você tem a sensação de ter esquecido Serge um pouquinho?

– Sergio – disse ela. – Ele não merece mais ser chamado por nomes carinhosos. E sim, acho que sim... Foi bom me sentir desejada outra vez e saber que sempre posso ter um encontro e transar com um cara. Mas não ajudou muito a fazer doer menos. Nesse sentido, só o tempo vai ajudar.

Apertei sua mão.

– Sinto muito, Em. Você não merece isso. Sergio é realmente um idiota inútil e patético.

– Eu sei. Só detesto que ele tenha me feito sentir patética também.

– Você é a pessoa menos patética que conheço – contestei. – Tem um emprego incrível em relações públicas, as melhores amigas do mundo e, ainda que eu esteja falando por mim, é bonita, inteligente e divertida. Sejamos honestas, todos sabíamos que você era muita areia para o caminhão do Sergio.

Ela sorriu.

– Acho que sim. Acabei me convencendo de que ele era ambicioso e motivado por estar fazendo doutorado e trabalhando no bar, mas acho que ele vai largar os estudos para ficar só no bar. E por mais que eu goste de beber, a vida de dona de bar não serve para mim.

– Exatamente – disse eu. – E o inglês dele era meio ruim às vezes. Ele não entendia nenhuma das nossas abreviações.

– El, ninguém entende nossas abreviações. Devíamos carregar glossários na parte de trás das nossas roupas.

– Ou legendas. – Sorri. – Áudio?

– Definitivamente. – Ela riu. – Ah, graças a Deus tenho você. Não me venha arrumar um namorado agora, certo?

– Ah, faça-me o favor. Passei vinte e dois anos solteira. Você acha que isso vai mudar agora?

– Não sei... Você passou vinte e um anos virgem, mas isso mudou bem recentemente. E acaba de ter sua primeira transa casual. As coisas estão mudando para você.

– Hum, acho que sim. Mas não se preocupe, continuo pobre e incomunicável. Nick disse que me mandaria uma mensagem e não fez isso.

– Ah, não – advertiu Emma.

– O quê?

– Você não deve se apaixonar pelo seu ficante, Ellie. Não ensinei nada a você? Eles pegam o número do seu telefone por três motivos, mas nenhum desses motivos é querer que você seja a namorada deles.

– Relaxe. Não me apaixonei por ele. E por acaso eu deveria saber quais são esses três motivos? – perguntei.

– Não, mas aí vão. Um, para o caso de eles precisarem contar que têm uma DST. – Soltei um grito, mas Emma me ignorou e prosseguiu. – Dois, uma espécie de conquista masculina. Para colocar você no livrinho preto deles etc. Três, para torturar você. Simples assim.

– Com certeza deve haver um quarto motivo de repente, caso eles se apaixonem por você?

Emma bufou em alto e bom som.

— Você anda assistindo a comédias românticas demais. Isso não acontece na vida real. A única outra opção que vou aceitar é, quatro, você foi uma transa tão boa que eles querem convidá-la para uma rapidinha via discagem rápida. Mas nunca para namorar.

— Tudo bem, entendi — disse eu, com uma continência zombeteira. — Nick não vai me telefonar, a menos que descubra que me passou uma doença ou queira um segundo encontro... sem compromisso.

— Exatamente. Mas, ei, se você não se apaixonou por ele, por que quer que ele telefone?

— Não sei. — Suspirei. — Eu estava tão orgulhosa de mim mesma por não ser o tipo de garota que se deixa levar pelos hormônios sexuais... Como eles se chamam?

— Oxitocina.

— Isso. Bem, não sinto nenhum desejo de que ele professe amor eterno por mim... Eu estava feliz em deixar nosso encontro como uma transa casual. Mas ele pediu meu telefone e isso me confundiu. Tipo, por que pedir se você não vai usar? Se ele não tivesse pedido, eu não criaria expectativas e estaria bem. Agora, tenho a sensação de que pode haver algo mais aí.

— A clássica tortura — disse Emma em tom sombrio. — Eles adoram fazer isso. Os filhos da puta.

— Sem ressentimentos em relação aos homens então, hein?

— Cale a boca — disse ela, rolando para longe de mim. — E por que você não para de dizer "hein"?

— Ah, meu Deus. Nick já me influenciou. Acho que é uma coisa meio neozelandesa.

— Isso nem é uma palavra. Em todo caso, como chamamos os caras? De neozelandeses?

— Acho que sim. Ah, espere, *kiwis*?

— Isso é racista?

– Vou pesquisar no Google – respondi. Alguns segundos mais tarde, anunciei: – Não. Eles também se chamam assim.

Ela suspirou alto.

– Ellie. O que estamos fazendo? Estamos deitadas na minha cama e procurando besteiras no Google sobre linguística da Nova Zelândia. Não foi assim que imaginei meus vinte anos.

– Sério? – perguntei. – Acho que eu sempre soube que era como os meus seriam. Além disso, hoje é só uma noite de segunda-feira.

Ela revirou os olhos.

– Exatamente. Ainda devíamos estar de ressaca do sábado.

...

Deitei na cama, olhando para o laptop. Estava passando o novo drama criminal dinamarquês, mas eu não prestava atenção. Estava pensando em Nick. Eu havia dito a Emma a verdade – realmente não esperava ouvir falar dele nunca mais, mas o fato de ele ter pedido meu telefone me confundiu. Fiquei com a impressão de que ele queria me ver de novo e, bem, eu não me oporia.

Nick era divertido e havia sido legal comigo – e, mais importante, era incrivelmente gostoso. Mesmo que a lembrança de ver Sara nua me deixasse mal, eu me diverti com ele. Consegui flertar sem dar a impressão de ser uma Bridget Jones com diarreia verbal e me senti sensual com ele. O sexo também foi bom. Era evidente que eu não tinha alcançado meu objetivo final, mas foi mais divertido que fazer sexo com Jack Brown e bem mais agradável que ser lambida pelo cara da depilação íntima. Quem sabe eu não teria até mesmo um orgasmo num segundo encontro?

Droga. Talvez Emma tivesse razão e eu estivesse caminhando para território perigoso. Como um sinal, a porta se abriu e ela entrou, agitando meu celular.

– Ah, obrigada – disse eu. – Esqueci que tinha deixado o telefone no seu quarto. Alguma mensagem?

– ELE LIGOU – gritou ela. – Deve ser uma situação de número quatro. Ele quer outra vez. Uma rapidinha.

– Ah, meu Deus. – O macacão que eu estava vestindo escorregou de meus ombros quando me sentei. – Sério? O que ele disse?

– Hum, eu não atendi. Seria estranho, Ellie.

– Ah, certo, claro. Merda. O que devo fazer?

– Ligue de volta, sua idiota.

Gelei. Eu queria muito fazer isso, mas e se estivesse começando a interpretar o papel clássico das comédias românticas, o da que se sentia garota? Eu já estava em casa, imaginando se deveríamos paquerar um pouco mais e transar de novo. Todos sabiam que eu acabaria com o coração despedaçado. Eu deveria terminar tudo naquele instante, antes que me machucasse.

– Emma, ele só está me usando como estepe – comentei. – Talvez eu não deva dormir com ele novamente. Não tive nem mesmo um orgasmo.

– Mas você também está usando o cara, querida. E, lembre-se, ele é um banqueiro idiota e pretensioso com um anel de sinete. É uma situação ideal. Você sabe que vocês não vão se apaixonar. Vai ser estritamente profissional.

– Isso não é uma espécie de... putaria?

Emma sentou-se em minha cama e me olhou nos olhos.

– Ellie – disse ela em tom sério. – Já conversamos sobre isso. Não vamos usar "puta" no sentido negativo. Pegue a palavra e resgate seu sentido para o significado que você quiser. Foda-se o que o mundo diz.

– Você está certa. Só que é difícil saber o que fazer.

– Olhe. Posso dizer a você o que fazer. Mas só faça o que realmente quiser, independentemente de rótulos e de ter medo do que as pessoas vão pensar. Certo?

– Tudo bem, vou ligar para ele. Sabe, ainda não consigo acreditar que ele tenha realmente telefonado. – Sorri. De qualquer forma, magoar-se fazia parte da vida aos vinte e poucos anos. Se eu desejasse viver, teria de lidar com as partes ruins também. Além disso, talvez tivesse um orgasmo no final.

– Claro que ele telefonou, você deve ter sido a melhor trepada do mundo com seu hímen mal rompido. Foi provavelmente a mais apertada que ele já teve – disse ela, saindo porta afora.

– Espere, aonde você vai? – gritei, apavorada.

– Hum, dar um pouco de privacidade?

– O quê? E por que eu ia querer isso? Você pode sentar outra vez para eu colocar o celular no viva-voz?

Emma revirou os olhos e se sentou. Coloquei o telefone sobre uma almofada e cuidadosamente pressionei "chamar".

Poucos segundos depois, Nick atendeu.

– Oi. Como vão as coisas?

Entrei em pânico. Não pensei que ele fosse atender, quanto mais com tanta rapidez. Nem que ele soaria tão masculino e sensual ao telefone. Que diabos eu iria dizer? Emma cutucou minha perna.

– Ah, hum, oi – cumprimentei.

– Sou eu, Nick.

– É, eu sei. Salvei o seu número.

– Legal. Então, como vão as coisas?

– Bem, obrigada – respondi. – Sobrevivi ao primeiro dia de trabalho pós-fim de semana. E você?

– Também. Tive um fim de semana muito tranquilo depois de quinta-feira à noite. Acho que precisava me recuperar. – Senti a paranoia crescer dentro de mim. Ele precisava recuperar-se de ter dormido comigo? Havia sido tão ruim assim? – Mas me diverti muito com você.

Ah.

– Eu também – consegui dizer.

– Você quer sair de novo comigo? Em breve?

– Quero, eu... Isso seria bom.

– Legal. Que tal quarta-feira?
– Certo, claro.
– Ótimo. Vou enviar uma mensagem com alguma ideia, mas o encontro provavelmente vai incluir jantar e bebidas. Que tal?
– Muito... agradável.
– Fantástico. Falamos depois.
– Tchau.

Desliguei o telefone e virei para encarar Emma.

– Ah, meu Deus, você está certa, minha vagina deve ser minúscula. Ele quer sair para beber!

– Vou matar você. – Emma riu. – Um encontro de verdade com o seu ficante. Talvez seja hora de eu começar a aprender com você.

– Mas esse foi o telefonema mais estranho de todos os tempos – comentei. – Por que ele não me enviou uma mensagem como uma pessoa normal?

– Acho simpático ele ter telefonado. Percebi o que você quis dizer sobre o sotaque. É forte, mas meio sexy. Ou eu devia dizer *six-y*? Hein?

Atirei meu travesseiro nela.

– Você nunca ouviu um sotaque estrangeiro antes? Agora, saia do meu quarto, *chica*.

– É muito cedo para fazer piadas sobre Sergio – advertiu ela, saindo do quarto.

– Espere, Em, pode me emprestar aquele seu aparelho de aparar os pelos pubianos? – gritei. – Preciso me preparar para o encontro.

– Ellie, você não pode comprar o seu? Custa, tipo, dez libras na Boots.

– Eu sei, desculpe, sempre esqueço e não posso usar tesoura, para não cortar outra vez o clitóris. Você sabe que sou paranoica com isso.

Ela revirou os olhos.

– Tudo bem. Está na prateleira de cima no banheiro.

– *Gracias, guapa*.

...

Corri pelo quarto de toalha, enfiando coisas em uma bolsa. Eram oito horas da manhã de quarta-feira. Eu precisava sair para o trabalho em meia hora e tinha um encontro em menos de doze horas. O que significava que estava em um dilema: deveria levar roupas limpas para o dia seguinte?

Se fosse um final de semana, isso não teria importância. Mas se eu ficasse no apartamento de Nick, precisaria de roupas para trocar ou Maxine saberia que eu havia passado a noite fora. Só que, se Nick reparasse no novo traje pela manhã, perceberia que eu havia planejado ir para a casa dele, o que seria muito constrangedor.

Ah, que se danasse. Seguro morreu de velho. Na pior das hipóteses, eu sempre poderia me trocar no banheiro do trabalho ou em algum café nas proximidades. Peguei um vestido preto de algodão, uma meia-calça, roupas de baixo e enfiei tudo na bolsa. Seria excesso de premeditação levar também a solução das lentes de contato? E creme hidratante? Eu os atirei na bolsa antes que me arrependesse. Precisava apenas escondê-los de Nick.

A toalha escorregou quando peguei a bolsa e vi meu corpo nu no espelho. Estava repleto de protuberâncias e branco como sempre, exceto pela floresta negra entre as pernas. Ah, merda – eu tinha esquecido de aparar minha multidão de pelos pubianos. Gemi alto e corri ao banheiro para uma poda rápida.

Sentei no vaso sanitário com as pernas bem abertas, brandindo o depilador rosa-choque. Uma das extremidades era uma lâmina comum e a outra, um depilador movido a pilhas. Era revolucionário. Eu já não precisava percorrer a região pubiana com uma tesoura de unha e mão trêmula, na expectativa de cortar os pelos em um comprimento normal. Agora podia simplesmente selecionar um dos três comprimentos e pressionar "ligar".

Selecionei o comprimento mais curto e liguei o aparelho. Ele começou a zumbir e guiei-o em todas as direções sobre minha vagina.

Puxei os lábios para cima para que o aparelho cortasse bem curto os pelos mais grossos e então o desloquei até o topo. Mas ainda me sentia insegura sobre como depilar a abertura da vagina. Quão profundamente deveria cortar? Deveria percorrer todo o caminho até o ânus – e não seria estranho ter pelos curtos ali? Deveria simplesmente deixá-los ou raspá-los?

Gemi ao pensar em raspá-los. Eu detestava os pelos quando começavam a crescer, espetados e irritantes. Eu mal podia esperar até começar a ganhar salário e depilar o ânus com cera por cinco libras em Peckham. Talvez doesse muito mais e encerrava ainda o potencial para uma completa catástrofe, mas ao menos outra pessoa seria a responsável.

Merda, eu estava me atrasando para o trabalho. Abri as nádegas e corri o depilador ao longo das bordas. Isso teria de servir até Maxine remunerar. Com sorte, Nick não se importaria com a superfície espinhosa. Nem mesmo a veria, a menos que me chupasse. Meu Deus, eu esperava que ele não me chupasse. Eu não conseguiria lidar com o estresse de tentar relaxar, ou fingir um orgasmo, obviamente tensa com a possibilidade de que meu odor vaginal o fizesse desmaiar. Eu já estava até preocupada que ele pudesse engasgar com algum pedaço de papel higiênico escondido em meus lábios.

Gritei de dor. O depilador havia acabado de puxar um dos pelos mais longos. Ofeguei durante o desconforto e estiquei a pele para não repetir, e me lembrei da excruciante agonia da depilação completa que eu já fizera. Graça a Deus eu havia desistido de sumir com meus pelos pubianos e aceitei meu pequeno montinho aparado e áspero. Contemplei os pelos com carinho, afaguei-os de leve. Oito e quinze não era tão tarde assim. Eu definitivamente tinha tempo para me masturbar rapidamente.

CAPÍTULO 20

Eu estava com borboletas na barriga que mais pareciam um enxame de traças cavando buracos no revestimento interno de meu estômago. Eu estava diante do número 99 da Kensington High e me sentia totalmente fora de minha zona de conforto. Não sabia se encontraria Nick lá em cima ou na entrada do prédio. Não sabia ao certo se estava no lugar correto – tudo que enxergava era uma porta comum em frente às instalações do jornal *Daily Mail*, onde havia ido uma vez cumprir uma tarefa para Maxine.

Peguei o celular para ver se Nick havia me enviado alguma mensagem. Sim.

Estou aqui em cima.

Ah, meu Deus. Eu teria de entrar sozinha. Ergui o olhar e vi várias garotas passarem por mim. Elas usavam vestidos justos e saltos altos. Eu vestia outro clássico traje diurno/noturno composto por sapatilhas, jeans preto e blusa de chiffon. Eu parecia alguém que deveria estar servindo as bebidas.

Elas passaram direto pela porta e sopraram beijinhos no ar, destinados à mulher que estava do outro lado. Ela ticou alguma coisa em uma prancheta e as garotas desapareceram no interior do prédio. Percorri com nervosismo o mesmo caminho e abri a porta.

– Sim? – perguntou a mulher em tom frio. Portanto, sem beijinhos no ar para mim.

— Oi, hum, vou encontrar uma pessoa nos jardins do terraço – expliquei.

— Em que bar?

— Como?

— Você está se referindo ao bar Babylon? – perguntou ela em tom entediado.

— Hum, acho que sim. – Quantos bares havia no prédio? Tudo que eu enxergava era um corredor estéril e um elevador.

— Tudo bem, sétimo andar.

Passei por ela, rumei para o elevador e entrei hesitante, apertando o "sete". O elevador acelerou até o topo e fiquei cara a cara com outra mulher atraente, que me olhou de cima a baixo.

— Sim? – perguntou ela.

— Vou encontrar uma pessoa no bar.

— Tudo bem, por ali – disse ela, indicando o bar dois metros adiante.

— Obrigada – respondi, perguntando-me por que exatamente seu trabalho era necessário. Caminhei, tentando manter a cabeça erguida mesmo que sentisse vontade de vomitar pelo nervosismo. Aquele não era o tipo de lugar que eu frequentava em encontros. Merda, era o tipo de lugar que eu nem sequer sabia que existia.

— Ellie, você chegou – disse Nick, sentado no bar com duas bebidas. – Pedi um Long Island Iced Tea para você. Espero que esteja tudo bem.

— Ótimo, obrigada – agradeci, pegando a bebida com cuidado e recordando o conselho de minha mãe sobre aceitar bebidas em bares. Ele não colocaria nada dentro dela, certo? Eu já não era uma transa garantida naquela noite?

— Você já esteve aqui? – perguntou Nick.

— Não, nunca. Mas parece legal.

— Ah, espere até ver a parte externa. – Ele riu. – Venha, vamos até lá agora.

– Hum, tudo bem – concordei, agarrando a bebida enquanto o seguia pelo bar lotado. Eu não imaginava que tantas pessoas saíssem para beber na quarta-feira.

Cruzamos a soleira da porta e entramos nos jardins. Havia grama por todo o terraço e flores e arbustos surgiam a cada canto.

– Ah, meu Deus – falei. – Como nunca estive aqui antes? É fantástico.

– Você só precisava que chegasse um *kiwi* para apresentar as partes mais legais de Londres.

– Parece que sim – concordei. – Isso significa que preciso mostrar alguma coisa igualmente legal no próximo encontro? – Ah, meu Deus. Eu acabava de mencionar outro encontro. E se aquilo não fosse um encontro de verdade e eu tivesse apenas sido muito pretensiosa ao supor que haveria outro e...

– Fechado. – Ele sorriu. Eu realmente tinha que deixar de ser boba e reconhecer que estávamos saindo.

– Você está com frio – disse ele. – Aqui, pegue isso.

Eu o encarei, surpresa. Ele estava me oferecendo seu paletó.

– Sério? – perguntei. – É, tipo, a coisa mais cavalheiresca que alguém já fez por mim.

– Ah, não é nada importante.

– Certo, desculpe. Obrigada – disse eu, retirando o paletó de seu braço estendido e colocando-o ao meu redor. Eu tinha que manter em mente que aquilo não era um encontro típico. Era uma recuperação emocional, uma situação de utilização mútua. – E então, o que você anda aprontando?

– Ah, nada de mais – respondeu ele. – Estou trabalhando muito e tentando colocar o sono em dia.

– O que você fez no resto do fim de semana que foi tão cansativo?

– Acima de tudo, fiquei me recuperando da noite de quinta. – Ele sorriu. Involuntariamente, corei. Ele talvez estivesse recordando minha encenação de Brigitte Bardot. Por que o álcool, de maneira equivocada, sempre fazia com que me sentisse sensual?

– Certo, aquilo foi... hum, divertido – comentei.

– Muito. Fiquei sabendo que suas amigas também se divertiram com meus amigos.

– É verdade. – Tentei pensar em outra coisa para dizer, mas continuava tão nervosa que mal conseguia falar. Nick já havia me visto nua, fingindo ser sexualmente experiente, e achou meus pelos pubianos espetados. Diabos, talvez tivesse visto até mesmo os pelos do meu ânus quando fiquei de quatro. Eu estava muito sóbria para olhá-lo nos olhos.

– Mas somos o único casal que está tendo um encontro de verdade – acrescentou ele. – Mesmo que eu tenha sido grosseiro com você no bar.

– Você não foi grosseiro.

– Fui sim – retrucou ele. – Você deixou claro na ocasião.

Ah, meu Deus.

– Deixei claro?

– Com certeza. Eu estava sendo idiota, olhando para minha ex e ignorando você completamente.

Droga. Ele recordava cada detalhe da noite. Isso não era bom sinal. Empurrei para o lado o canudo de meu coquetel e entornei-o garganta abaixo.

– Como vai a situação com a ex? Você continua perseguindo a garota?

Ele riu.

– Você é direta, não é? Não, já parei com isso. Acho que é exatamente o que diz o velho ditado... Você só esquece uma pessoa quando fica por cima de outra.

– Que classe, Nick. Obrigada por enfatizar que sou seu estepe.

– Merda, desculpe – disse ele, parecendo envergonhado. – Falei sem pensar.

– Ei, sem problema – respondi, pousando a mão em seu braço. Não pensei que ele fosse se sentir mesmo culpado. – Eu só estava brincando. Realmente não me importo.

– Tudo bem, fico feliz em ouvir isso – disse ele, parecendo mais aliviado.

– Na verdade – continuei –, há uma coisa que eu provavelmente deveria contar antes que você veja e me envie mensagens desaforadas pelo Twitter.

– O quê?

– Desculpe. É que... hum... – Por que eu estava gaguejando tanto? *Concentre-se, Ellie, concentre-se. Apenas conte a verdade, para que ele não possa dizer que você mentiu. Você não se importa realmente com o que ele pensa... ele é só uma transa casual. É melhor ele ficar sabendo agora do que descobrir tudo pela internet como Ben.* – Você sabe que trabalho para a *London Mag*?

– Sei, você é estagiária lá, certo?

– Exatamente. E comecei a escrever uma coluna para eles. Chamada "Conteúdo Impróprio". É sobre os meus, hum... É sobre questões femininas – expliquei.

– Merda, não brinca! – gritou ele. – Isso é muito legal.

– É, acho que sim. Mas a questão é que, às vezes, é muito pessoal. Diz respeito, principalmente, a coisas de garotas, menstruação e tal, e acho... acho que só estou tentando dizer quer seria maravilhoso se você prometesse nunca pesquisar meu nome no Google, nem ler a coluna. Por favor?

– Ei, não tenho a menor vontade de ler sobre sua menstruação nem coisa do gênero... não se preocupe, não vou pesquisar – prometeu ele.

Suspirei aliviada.

– Tudo bem, obrigada. É que um cara com quem saí recentemente pesquisou meu nome, leu a coluna e ficou meio puto. Escrevo sobre coisas realmente nojentas... pelos pubianos, sangue... Ele não conseguiu lidar com isso.

Ele riu.

— Acredite em mim... Sou o típico homem. Não consigo lidar com coisas assim. Juro que nunca vou pesquisar sua coluna.

Abri um sorriso. Minha meia mentira havia funcionado.

— Obrigada.

— Não se preocupe. Acho muito legal você ser uma jornalista com sua própria coluna. Respeito isso. Afinal, quem é esse babaca com quem você andou saindo? Quer que eu dê uma surra no cara?

Eu ri.

— Não, ele foi só um erro que cometi no OKCupid. Só saímos uma vez.

— Você marca encontros pela internet? — perguntou ele, curioso.

Suspirei, preparando-me para justificar o fato de uma garota de vinte e dois anos — vinte e três para ele — estar em um site de encontros.

— Sim, mas todas as minhas amigas fazem isso, todos no site são pessoas normais e não levo a coisa muito a sério — respondi.

— Não, é só que... estou no mesmo site.

— Não pode ser — gritei.

— Pois é, tive algumas reservas no início, mas meus amigos me recomendaram e pensei, por que não? Sou novo no país, posso muito bem fazer isso.

— E você marcou algum encontro pelo site? Ah, meu Deus, é esse o bar onde você traz todas elas?!

— Ah, claro, e também recebo todas com um Long Island Iced Tea. Depois saímos para o terraço e conversamos sobre colunas na internet e sites de encontro.

Abri um sorriso inseguro.

— Estou brincando — disse ele, arqueando uma das sobrancelhas. — Marquei alguns encontros on-line. Não senti muito entusiasmo, nem nenhuma conexão verdadeira com elas, mas saí algumas vezes com uma das garotas. Até ela ficar meio carente.

Não esquecer: não ficar carente.

– Em que sentido? – perguntei.

– Ah, ela queria me encontrar o tempo inteiro e me chamava de namorado. Então comecei a dizer que estava muito doente para sair, mas ela não aceitava não como resposta. Disse que ia ao meu apartamento com brownies para me animar.

– Ah, meu Deus. Ela se ofereceu para assar brownies para você?! Em que encontro?

– Acho que devia ser a quarta vez que eu saía com ela.

– Isso não é legal – comentei, aliviada por sua versão de carência não ter nada a ver com algo que eu acidentalmente faria; eu nem mesmo sabia cozinhar. – Assar brownies está no nível, tipo, de três meses de namoro. Talvez até seis.

– Que bom que você está na mesma página que eu. – Ele sorriu.

– Você, hum, quer sair daqui?

Olhei decepcionada para os jardins. Mal fazia uma hora que estávamos ali e eu havia tomado apenas um coquetel. Era meu encontro mais rápido, contando com o fato de um deles ter sangrado em cima de mim. Então me dei conta de que aquilo não era um encontro tipo "vamos nos conhecer com a possibilidade de acabar em um relacionamento". Era um pré-drinque tipo "vamos trepar esta noite".

– Claro – respondi. – Vamos para o seu apartamento?

– Ah, eu estava pensando em ir a um bar diferente ou coisa do gênero. Sei que é uma noite no meio da semana, então não espero que você vá para casa comigo. Quer dizer, você pode ir trabalhar com as mesmas roupas?

Por que ele estava pensando em minhas roupas?! Achei que ele não pensaria nisso e eu pudesse colocar o novo vestido sem que ele percebesse. Meu Deus, isso era constrangedor. Nick queria mesmo que eu fosse para casa com ele?

– Hum, eles não vão nem notar – respondi.
– Sério? Não posso fazer isso no meu trabalho.
– Na verdade – eu disse de repente –, tenho roupas de reserva no trabalho. Na minha bolsa de ginástica. Então posso me trocar de manhã. Vai ficar tudo bem.
– Ah, nesse caso... – Ele sorriu. – Quem precisa de mais bebida? Vamos procurar um táxi.

O táxi parou diante do apartamento de Nick e percebi que estava completa e absolutamente sóbria.

– Vamos – disse ele, abrindo a porta para mim.

Sorri fracamente e obriguei minhas pernas a se moverem. Tudo correria bem. Ele já havia visto meu corpo nu e desejava mais. Havia me convidado para um encontro de verdade e se dado o trabalho de escolher um lugar legal. Ele gostava de mim... certo?

Passei pela entrada do prédio. Um homem de uniforme retirou o quepe e inclinou a cabeça para mim.

– Boa noite – cumprimentou ele.

Eu o encarei, chocada. Nick tinha um porteiro. Quão rico ele era e, mais importante, como eu não havia reparado nisso na outra noite? Enrubesci ao pensar que o porteiro talvez se lembrasse de mim e mantive a cabeça baixa ao seguir Nick.

Tudo era muito mais elegante do que eu recordava e me senti completamente deslocada. Experimentei uma pontada de nostalgia pelo apartamento ferrado de Ben em Hackney. Ele podia ter uma depilação íntima, mas pelo menos morava em um lugar normal.

– Chegamos – disse Nick. – Você quer uma bebida? – Concordei logo com um aceno de cabeça. Eu necessitava de várias. – Legal. Vinho? Uísque?

– Você tem cerveja de gengibre? – perguntei. – Adoro junto com uísque.

– Uma garota que gosta de uísque. Não é coisa que se vê todos os dias – comentou ele, parecendo visivelmente impressionado. – Mas não tenho mixer. Tudo bem se for puro?

Hum, não, uísque puro não era legal. Mas ele ficou tão impressionado quando declarei que gostava de uísque...
– Tudo bem.
– Aqui está – disse ele. Fechei os olhos e derramei a bebida na garganta. O líquido queimou ao descer, mas talvez me proporcionasse um pouco de coragem.
– Eu não esperava que você entornasse tudo.
O uísque não era para ser tomado de um só gole? Aquilo estava ficando complicado. Talvez devêssemos passar direto à parte do sexo.
– Acho que não sou uma garota comum – anunciei, esperando que o comentário parecesse sedutor. Eu me aproximei dele e o beijei. Ele deixou de lado a bebida, passou os braços por mim e retribuiu o beijo. Ao que parecia, estávamos prestes a fazer sexo ali mesmo, no chão da cozinha.
– Vamos para o quarto – sussurrou ele, e eu o segui até lá. Ele tirou a roupa e depois a minha. Arrisquei uma olhada rápida em seus pelos pubianos. Ainda aparados. – Qual é sua posição preferida?
Merda, qual era minha posição preferida? Eu havia tentado apenas duas.
– Hum, acho que... de quatro – respondi, encolhendo-me ao dizer aquilo em voz alta. – A sua?
– Indecente. – Ele sorriu. – Também gosto... mas prefiro que a garota fique por cima.
Merda. Aquilo era um convite? Eu nunca havia ficado por cima.
– Hum, tudo bem – disse eu.
Ele pareceu tomar aquilo como um convite e deitou-se na cama, olhando para mim com expectativa. Tentei me acalmar. *Vai dar tudo certo. As garotas fazem isso o tempo todo no cinema e em filmes pornôs e nem mesmo cursaram uma universidade. Você é formada, Ellie – pode se tornar mestre nisso.*

Montei nele e coloquei uma perna de cada lado de seu corpo. Sentei em seus pelos pubianos e recuei. Eles faziam minha bunda comichar. Imaginei que havia sido o que sentiu ao comentar que pelos pubianos podiam espetar...

Nick me puxou em sua direção e começou a me beijar. Senti seu pênis cutucar ao redor da minha vagina. Como ele iria entrar? Eu deveria guiar o membro ou ele faria isso? Nesse exato momento, Nick arremeteu e senti o órgão deslizar para dentro de mim como um tampão.

– Ahhh – arfou ele e fechou os olhos. Certo, agora eu só precisava me mover para cima e para baixo e tudo correria bem. Impulsionei o corpo para o alto com as pernas e estremeci de dor. Era o mesmo que fazer flexões e eu não tinha músculos. Como pretendia fazer aquilo várias vezes?

Tive um flashback de *Segundas intenções*, da cena em que Sarah Michelle Gellar ensinava a garota virgem a transar. As duas estavam praticando em um cavalo. Havia alguma coisa a respeito de mover-se para cima e para baixo, para frente e para trás. Devagar, comecei a mover o corpo para cima e para baixo, estremecendo, então tentei me deslocar para frente e para trás. Aquilo me pareceu desajeitado e muito, muito errado.

Nick colocou as mãos no meu quadril e começou a me movimentar. Deslocou-me ritmicamente na diagonal, para cima e para baixo. Ofeguei. Era esse o verdadeiro sexo. Eu o estava cavalgando como uma vaqueira pornô. Parecia uma prostituta feminista montando o homem indefeso sob meu corpo. Suas mãos afastaram-se e lancei o corpo para trás.

Tentei continuar como antes, mas sem suas mãos para ajudar, logo percebi que não tinha o menor ritmo sexual. Era constrangedor. Senti minhas bochechas corarem e quis parar. Fazia cerca de cinco minutos que estávamos ali – não era hora de Nick gozar? Ou eu era tão ruim que ele não estava nem mais duro?

Apertei os olhos e tentei senti-lo dentro de mim, mas ele me pareceu mole. *Merda, ele havia realmente perdido a ereção?* Fiquei tão estressada que perdi completamente o ritmo e comecei a sacolejar de forma descuidada em cima dele. Eu provavelmente parecia uma boneca de molas acelerada.

– Mais devagar – pediu ele e segurou novamente meu quadril. Suspirei aliviada. Ele estava ajudando e isso era bom. Nick me guiou para um ritmo mais lento e relaxei. Inclinei meu corpo em sua direção para que meus seios roçassem seu tronco e o beijei.

Ele gemeu e enfiou a língua na minha boca. Então me afastei para respirar e meus seios caíram sobre seu rosto. Ele emitiu alguns murmúrios e sorri. Eu, Ellie Kolstakis, estava fazendo um verdadeiro homem, de vinte e nove anos, gemer de prazer.

Percebi que os gemidos estavam se tornando um pouco mais agudos. Coloquei os braços ao lado de seu corpo como se fosse fazer flexões e ergui os seios. Ele ofegou.

– Ah, ah, meu Deus, desculpe, eu só... não estava conseguindo respirar.

Corei de humilhação. Achei que ele estivesse gostando de ter meus seios em seu rosto, não sendo sufocado pelo peso deles.

– Desculpe – resmunguei. Não era a primeira vez que isso acontecia.

– Não, não se desculpe – disse ele e me afastou, rolando para cima de mim e me penetrando de novo. Fechei os olhos no mais completo alívio quando ele assumiu o controle e começou a se mexer dentro de mim. Eu sabia que papai e mamãe era um tédio e não desejava ser o tipo de garota que ficava apenas ali deitada durante o sexo – diabos, eu queria experimentar as dramatizações e os chicotes –, mas era muito mais fácil não ter de me preocupar com o ritmo.

Nick apertou meus seios e gritei. Aquilo doía, mas era também meio... bom. Ele acariciou os mamilos e ofeguei. Ah, meu Deus, a sensação era a de ter dois pequenos clitóris em meus seios. Como só agora eu havia descoberto o quanto aquilo era bom? Nick afastou uma das mãos e meu coração doeu. Eu precisava informá-lo de que ele deveria manter a mão ali.

Comecei a produzir ruídos de atriz pornô. Ele colocou novamente a mão em meu seio e o acariciou. Fechei os olhos, aliviada, e me permiti desfrutar as verdadeiras sensações do sexo, em vez de me satisfazer apenas pelo fato de estar acontecendo. Se quisesse ter um orgasmo com um cara, teria de relaxar totalmente e entrar no clima. Ommmmm. Ommmmm.

Tentei meditar enquanto ele acariciava meus mamilos e enfiava o pênis em mim, mas minha mente estava dispersa. Eu só pensava em quase tê-lo esmagado com meus peitos, de não ter ritmo sexual e de ser uma merda no sexo. Sim, a sensação agora era boa, mas como eu poderia ter um orgasmo com ele bem ali, em cima de mim?

Nick parou de se mexer e desabou. Esperei alguns segundos, mas ele não se moveu.

– Hum... você está bem? – perguntei.

– Estou, isso foi bom – respondeu ele. Foi? Então havia... acabado?

– Você gozou?

– Gozei – disse ele. Suspirei, decepcionada. Eu mal tinha tido tempo de entrar no clima. Meu orgasmo teria de esperar.

CAPÍTULO 21

– Sabe o que seria divertido? – murmurou Nick algumas horas mais tarde.

– O quê?

– Bem – disse ele, passando a mão por meu corpo –, a gente podia fazer um sessenta e nove.

Sentei repentinamente na cama, com o corpo bem ereto.

– Sessenta e nove tipo... a posição sexual?

– Isso. Você está a fim?

Estava?! Eu vinha esperando por isso desde que Lara havia desenhado uma versão animada da posição na página sessenta e nove de meu livro de História.

– Estou – respondi em tom casual. – Vamos fazer.

– Tudo bem. – Ele sorriu. – Você quer ficar por cima ou fico eu?

Hesitei. Se eu ficasse por cima, minha vagina ficaria em seu rosto, mas seria mais fácil fazer sexo oral nele. Se ele ficasse por cima, talvez me espremesse e minha vagina continuaria em seu rosto.

– Eu fico em cima – respondi em tom corajoso.

– O que a senhorita desejar – disse ele, deitando-se de costas. Ainda estávamos nus da transa anterior, então respirei fundo e montei em cima dele. O uísque nada havia provocado, apenas espasmos de calor, e eu me sentia muito sóbria ao abrir as pernas acima de seu rosto. Eu estava bastante ciente de que ele enxergava minha vagina com mais detalhes do que eu jamais o faria, não importava quantas fotos tirasse com minha câmera digital SLR.

— Assim está bom? – perguntei em tom inseguro. Eu estava fazendo a posição tampo de mesa do pilates acima dele. Minha cabeça pairava sobre seu pênis e minhas partes íntimas estavam a centímetros de sua boca e de seu nariz. Ah, meu Deus, o nariz. Ele farejaria tudo e eu havia feito cocô pouco antes do nosso encontro. Comecei a imaginar se aquilo era uma boa ideia.

— Muito bom – respondeu ele ao aventurar-se em minha vagina, lambendo e puxando minha bunda em sua direção. Aquilo estava realmente acontecendo. Eu me curvei em direção ao pênis ereto e abri a boca. O membro entrou direto e tentei lembrar as dicas de sexo oral que havia pesquisado no Google no ano anterior.

Usei a língua, os lábios e tentei apertar mais a boca – mas sem permitir que meus dentes se aproximassem do pau. Estava tão concentrada em tentar segurar as pernas dele e proporcionar um boquete decente, que quase esqueci que seu rosto estava aninhado em meus lábios vaginais.

Continuamos a lamber e chupar. Tudo estava estranhamente silencioso, exceto pelos sons da saliva que saía dos genitais. Imaginei se deveria ser tão quieto assim. Mas como nossas bocas estavam bastante ocupadas, não tínhamos como produzir outros sons.

Comecei a acelerar, movendo a cabeça para cima e para baixo mais rápido que antes. Senti seu pênis latejar dentro de mim e sorri. Estava fazendo um sessenta e nove. Como poderia ser mais adulta? Nem lembrava que meus pelos pubianos estavam próximos ao rosto de Nick e que ele podia sentir o cheiro de minha vagina pós-sexo. Ah, meu Deus, ela devia estar tão suada e pegajosa...

Meus braços estavam apoiados na cama, ao lado das pernas de Nick, e começavam a doer. Tanto sexo apenas me fazia perceber o quanto eu estava fora de forma. Eu me ajeitei e tentei erguer os braços para me apoiar em suas coxas, mas mal consegui segurá-las. A posição não me pareceu estável. Talvez eu devesse apoiar o braço direito na cama e então...

– Uiii! – gritei quando meus braços cederam e caí. Eu escorreguei das pernas dele, e metade do meu corpo agora se debatia descontroladamente no chão, enquanto minha bunda acenava na direção de Nick.

Ele sentou-se.

– Você está bem?

– Você pode... pode me puxar para cima da cama? – ofeguei.

Ele segurou meu tronco com delicadeza e me puxou. Fiquei ali deitada, respirando pesadamente. Eu sabia que meu rosto estava roxo do esforço e meus cabelos suados grudavam. Também sabia que acabava de cair de um sessenta e nove.

– O que aconteceu? – perguntou ele.

– Desculpe, minha, hum... minha mão escorregou – consegui dizer.

– Certo – disse ele. – Posso afirmar com segurança que isso nunca me aconteceu, mas desde que você esteja bem, está tudo certo.

Tudo certo? Sério? EU ACABAVA DE DESPENCAR DE UM SESSENTA E NOVE.

Rolei e afundei o rosto no edredom. Por que aquilo estava acontecendo comigo? Eu não tinha ritmo sexual nem força suficiente no braço para suportar a porra de um sessenta e nove. Eu era uma piada.

– Ellie, você está bem?

– Mffmhm, cansada – resmunguei.

– Certo, talvez seja melhor irmos dormir – sugeriu ele.

Concordei com um aceno e puxei o restante do edredom sobre a cabeça. Não conseguia nem mesmo fazer um sessenta e nove – eu era um fracasso sexual.

...

– Oi, um café com leite light e um comum com umas duas doses de espresso, por favor. – Eu estava no Caffè Nero, vizinho ao escritório, tentando dissimular meus bocejos ininterruptos. Nick e eu acordamos às sete da manhã. Ele correu direto para o chuveiro e passamos a hora seguinte nos aprontando. Eu não tive muito tempo para pensar no sexo estranho e agora não era a hora de começar. – Obrigada – disse eu, estendendo as mãos para pegar os cafés.

Ingeri a bebida antes mesmo de entrar no prédio e fui ao escritório de Maxine para entregar seu CLL.

– Ah, obrigada, Ellie – disse ela, parecendo surpresa.

Esfreguei os olhos, perguntando-me se havia apenas imaginado o "obrigada". Talvez Maxine estivesse amolecendo, agora que minhas colunas estavam arrasando.

– Sem problema. Há alguma coisa específica que você queira que eu faça hoje?

– Você tem mais material para outra coluna? – perguntou ela. – A última foi publicada e está indo bem.

Fechei os olhos rapidamente. Essa era a deixa para um violento ataque de telefonemas de minha furiosa mãe.

– Sim, acho que tenho sim – confessei.

– Ótimo, bem, por que você não tira o dia para escrever a coluna e vai embora quando acabar? – sugeriu ela.

Eu a encarei, surpresa. Essa não era a Maxine que eu conhecia e detestava. Eu não levaria mais que algumas horas para escrever a coluna, então provavelmente poderia sair na hora do almoço.

– Ótimo, obrigada – apressei-me em responder antes que ela mudasse de ideia e saí às pressas de seu escritório. Entrei no grupo que mantinha com Lara e Emma do WhatsApp.

Eu: Maxine mudou de personalidade. Posso sair do escritório na hora do almoço.
Lara: Ah meu Deus. Incrível. Estou em Hertfordshire, na casa de minha mãe. Encontro você depois do trabalho?
Eu: SIM.
Emma: Que inveja. Vejo as duas à noite.
Lara: Quero saber detalhes sobre o encontro com Nick.

Eu: Vai valer a pena esperar.

Emma: Mal posso esperar, sua farrista indecente. Bjos.

Ri sozinha ao imaginar Emma percebendo que eu não havia voltado para casa na noite anterior. Uma de minhas falsas colegas de trabalho lançou-me um olhar glacial, mas, em vez de baixar os olhos em direção à minha mesa, eu a encarei.

– Só estou fazendo pesquisa – anunciei, balançando o celular em sua direção. – Para minha coluna.

Jenna deixou escapar um pequeno suspiro, como se cuspisse em mim, e retornou a seu laptop. Reprimi um sorriso vitorioso e abri um documento do Word. Se desejava exaltar o sucesso de minhas colunas na cara das minhas colegas de trabalho (remuneradas), eu precisava continuar a escrevê-las.

...

Percorri a rua Mare rumo à nossa casa. Eu tinha saído há menos de quarenta e oito horas, mas a impressão era a de que havia sido há mais tempo. Eu ansiava por minha cama, um longo banho e alguns programas de TV. Porém, ao dobrar a esquina, vi Lara sentada no muro de tijolos na frente de casa. Ela tinha chegado cedo.

– Sei que estou adiantada – disse ela ao descer do muro quando me aproximei. – Mas estava enlouquecendo em casa com minha mãe.

Eu a abracei e deitei a cabeça em seu ombro.

– Não se preocupe. Estou exausta, mas podemos nos aconchegar juntas no sofá. Na verdade, o sofá está fora de questão.

– Posso saber por quê?

– Will. Raj. Eu os flagrei.

– Tudo bem. Direto para o seu quarto? – sugeriu ela.

– Claro – respondi quando cruzamos a porta da frente. – Então, como foram as coisas na casa da sua mãe? – A mãe advogada perfeita de Lara havia se separado do marido advogado perfeito no ano anterior, depois que veio à tona que ele não era tão perfeito assim e estava transando com a secretária. Agora Stephanie estava morando em Hertfordshire, perto da irmã. Era a região oposta ao lugar onde cresci em Londres, então eu não conhecia a nova casa de Lara.

– Nossa, cansativas. Tipo, o lugar é ótimo. É uma casa de três quartos com um jardim muito bonito, mas nunca vai se comparar a nossa antiga casa. E minha mãe anda muito estranha no momento – confessou Lara ao desabar sobre minha cama.

– Estranha como?

– Bem, está obcecada em deixar a casa perfeita e imaculada. Quando não está no trabalho, está na Laura Ashley comprando móveis e cortinas. Mesmo que a casa esteja absolutamente linda.

– Mas sua mãe sempre sentiu orgulho de ter uma casa bonita, não é?

– Agora é diferente. Acho que ela está se sentindo sozinha, então tenta se manter ocupada, mas é muito cansativo ficar perto dela.

– Posso imaginar – disse eu, caindo na cama ao seu lado. – Você acha que ela está preparada para sair e conhecer outra pessoa?

Lara debochou.

– Por favor. Ela tem pavor de trepar. Vivo dizendo a ela para entrar na internet, mas ela se recusa. Diz que é difícil estar solteira depois de tanto tempo e que mesmo que gostasse da ideia de encontrar alguém novo, não se sente à vontade para sair. O que é ridículo porque está todo mundo na internet. Cheguei a falar de você e ela leu suas colunas, mas acho que, mais que qualquer outra coisa, isso talvez tenha feito com que desistisse.

– Lar! Não acredito que você tenha feito isso. Sua mãe vai pensar que sou uma vadia.

– Exato, como o resto do mundo e você devia se sentir orgulhosa, está lembrada?

– Desculpe – respondi. – Sempre esqueço que isso não quer dizer "puta obscena".

– Vamos resgatar isso também. Puta equivale a incrível.
– Tipo... "Ah, meu Deus, Lara, adorei esse seu cabelo de puta". Ela riu.
– É isso aí. Vamos transformar isso em um hábito.
– Não tenho certeza que vá pegar, mas, enfim, voltando a sua mãe. Por que ela sente tanto medo? Ela é linda, bem-sucedida, um delícia de mãe com quem os caras gostariam de transar. Ela encontraria alguém dez minutos depois de entrar na internet.

Lara concordou com um movimento de cabeça.

– Eu sei. Mas está convencida de que vai ser rejeitada e que não vai conseguir lidar com isso. Acho que esse processo todo de "marido traindo" acabou com ela. Mas sua mãe também está sozinha desde que seu pai foi embora, certo?

– Certo. – Suspirei. Fazia uns dez anos que minha mãe estava sozinha e, enquanto meu pai (um completo babaca que só telefonava para me mandar trabalhar mais) tinha uma nova família, ela não saíra com ninguém desde antes da virada do milênio. – Já perdi as esperanças. Acho que ela é muito tradicional para entrar na internet. E todos os seus amigos gregos são casados, então ela se sente muito sozinha, mas acho que quer estar com alguém que seja grego e nenhum deles é divorciado. Portanto, é um completo impasse.

– Ela já entrou alguma vez na internet?

– Quem me dera. Já tentei convencer minha mãe. Merda, cheguei a fazer seu perfil no Match.com e paguei sessenta libras. Mas ela se recusou a ir aos encontros. Acho que enfiou na cabeça que só mulheres mais velhas que se parecem com Demi Moore podem marcar encontros. Sei que ela quer conhecer alguém, mas não acho que isso vá acontecer, a não ser que alguém a conheça magicamente e a convide para sair. Ela se recusa a batalhar por isso.

– Ah, meu Deus, igual a minha mãe – suspirou Lara. – Quem sabe não é uma questão geracional? Tipo, elas tiveram que dar duro para conseguir emprego e outras coisas, mas não precisavam se esforçar pelos relacionamentos. Os homens faziam todo o trabalho e as mulheres só esperavam. No nosso caso, estamos acostumadas a ralar muito para conseguir um emprego, quanto mais uma promoção, e então batalhar para conseguir encontros, sexo, namorados... Nada mais é fácil.

Concordei com movimentos fervorosos de cabeça.

– Exatamente, é por isso que adoro os encontros pela internet, porque é um jeito de realmente sair e conseguir um parceiro. Se isso não existisse, eu jamais estaria no quarto encontro. Sei que conheci Nick na vida real, mas não teria tido confiança para paquerar ou ir para o apartamento dele se não fossem os caras que conheci na internet e com quem saí antes.

– Merda, não acredito que eu tenha esquecido de perguntar sobre Nick – disse ela de repente. – Como foi o encontro de verdade, de gente adulta? Mais sexo?

– Bem, ele me levou a um bar em um terraço, onde me senti muito deselegante e desajeitada, mas depois fomos direto para o apartamento dele e transamos. Duas vezes.

– Legal – disse Lara. – Então você já transou três vezes até agora. É praticamente uma profissional.

– Certo, só que essa é a parte ruim... não sei como dizer isso, mas, bem, acho que não sou muito boa em sexo.

– El, ninguém se acha bom em sexo. Principalmente quando só fez algumas vezes. Vai melhorar, confie em mim.

Senti minhas bochechas corarem e olhei direto para ela. Os cabelos louros caíam-lhe sobre o rosto enquanto ela abria um sorriso encorajador. Eu queria confiar, mas ela era muito diferente de mim nesse aspecto. Seu corpo não tinha pelos e, de forma geral, ela era deslumbrante. Claro que, com a prática, ela havia melhorado no sexo. Provavelmente, havia nascido com ritmo sexual. Ao contrário de mim.

Ah, que inferno! Se eu não conseguia revelar a verdade à minha amiga mais antiga, a quem poderia contar?

– Lar, fui péssima quando fiquei por cima. Não consegui acertar o ritmo.

Ela franziu o rosto.

– Sério? Acho que isso nunca aconteceu comigo. Você não entrou no clima?

– Não, não entrei – gemi. – Veja, eu sabia que isso ia acontecer. Sou a única que tem questões sexuais estranhas. Tão típico... Cheguei a cair de um sessenta e nove.

Ela olhou para mim.

– Como?

– Estávamos em uma posição estranha na cama e meus braços cederam, então escorreguei do corpo dele para o chão. Foi tão... ugh... humilhante.

– El – disse ela, reprimindo um sorriso. – Está tudo bem. O sexo é estranho. Essa é a questão. É por isso que as pessoas gostam de ter relações sexuais com quem se sentem à vontade... assim podem rir dos sons embaraçosos e dos pelos pubianos presos nos dentes.

Eu a encarei, horrorizada.

– Isso acontece?

– Claro – respondeu ela. – E coisa pior, tenho certeza.

– Certo, tudo bem, mas como vou conseguir ter um orgasmo durante o sexo? – perguntei.

Ela suspirou.

– Não sei. Não quero parecer convencida, mas consigo gozar com a penetração. Sei que outras pessoas acham mais difícil. Talvez você possa pedir a ele que use os dedos ao mesmo tempo. Ou você mesma possa fazer isso.

– Talvez, mas não é porque ele não tenha habilidades. Tipo, ele foi bom no sexo oral. Mas fiquei tão estressada com a situação que não consegui relaxar e simplesmente... gozar.

– Você tentou espairecer?

– Lara... tentei até meditar. Cheguei a entoar ommms.

– Em voz alta?

– Não, na minha cabeça – respondi, batendo em seu braço. – Você precisa ter mais fé em mim. Mas não deu certo, por isso estou me sentindo ainda mais perdida do que antes.

– Talvez você só precise parar de tentar – sugeriu Lara. – Você consegue gozar sozinha, então é evidente que é capaz disso. Se ele estiver fazendo a coisa errada, você pode explicar do que gosta, se ele estiver fazendo o certo, então simplesmente pare de pensar.

– Não é só uma questão de pensar, é como se fosse um meta--pensamento. Começo a pensar em como estou pensando demais, então tudo fica... excessivo.

– Fala sério – disse ela, revirando os olhos. – Mande seu cérebro calar a boca enquanto você trepa e então você talvez goze.

– Talvez. – Suspirei. – Espero que ele me ligue e eu tenha outra chance de tentar.

CAPÍTULO 22

Conteúdo Impróprio

Meu último encontro não foi via internet. Eu o conheci na vida real, acredita? Estávamos em uma boate em Shoreditch e, em vez de outro hipster, quem acabou me levando para casa foi um banqueiro.

Foi meu melhor encontro até agora, o que faz com que eu me pergunte se conhecer alguém pessoalmente sempre será melhor que os encontros via internet. Na vida real, você sente a atração, tem noção da proporção malandro/hipster e adquire a sensação de... realidade.

Na internet, você nunca sabe o que vai encontrar. Não faz ideia se surgirá alguma centelha e assim arrisca-se a desperdiçar uma noite de sábado ou a ter que limpar sangue do rosto no banheiro.

Sei que estou me referindo aqui apenas à boa e antiquada transa casual, mas – por favor, certifique-se de estar sentada – tivemos um segundo encontro. Um encontro genuíno em um bar elegante com grama crescendo no terraço.

Ele ainda não me mordeu nem sangrou em meu rosto, o que é um progresso se comparado a meus encontros on-line. Em vez disso, impressionou-me com seu apartamento (porteiro e vista do Shard), ao cumprir sua promessa (disse que telefonaria e realmente o fez) e pelo fato de saber que estou escrevendo esta coluna e não dar a mínima.

Portanto, cara leitora, será que vou mudar o foco desta coluna em breve? Deixarei de ser solteira?

Hum, claro que não.

Esta é uma aventura casual, que é exatamente o que eu estava procurando. O que significa que nós dois estamos na mesma página. Não preciso ficar me perguntando se ele é A Pessoa Certa porque nós dois sabemos que não, e, embora ele esteja me usando para esquecer alguém, também o estou usando como entretenimento e material para a Conteúdo Impróprio. Quem necessita de exclusividade quando os dois podem obter benefícios mútuos?

Acordei transpirando, como ocorria todas as sextas-feiras. Agora minha mãe sabia que eu tinha encontros para sexo casual e era o estepe de alguém. Ela me ligaria em um pânico louco ou pediria à sua terrível irmã mais velha que o fizesse? Estendi a mão para meu telefone e olhei para a tela com relutância.

Havia duas notificações no Facebook. Meu estômago deu um nó quando vi que as duas eram de amigas da escola. Provavelmente elas ainda não haviam visto a coluna, já que ainda eram oito da manhã.

Cass: Ah meu Deus Ellie a coluna é o máximo. Você é muito corajosa. Puta merda.

Megan: Hum, estou orgulhosa por você ter sua própria coluna!! Vou enviar para todas as meninas agora mesmo! Espere mensagens de parabéns a manhã inteira... Ah, e semana que vem é meu aniversário. O convite chega em breve.

Eu ri alto. Elas gostaram, e agora desejavam que eu comparecesse aos seus aniversários. Não só como acompanhante de Lara, mas como Ellie Kolstakis. Quer dizer, ainda era apavorante pensar em todas as garotas lendo minha coluna e dizendo o que pensavam, mas que se danasse. Elas me consideravam divertida e desejavam sair comigo. Talvez ter uma coluna assinada não fosse uma ideia assim tão ruim.

Meu telefone vibrou. O nome de Nick brilhou na tela e hesitei. E se ele tivesse lido a coluna?!

– Hum, alô?

– Bom dia para você. Fico satisfeito em saber que está acordada. Estou me sentindo meio mal por ligar tão cedo.

– Sem problema, estou, hum, sim, acabei de acordar. – Ele estava sendo gentil. Por que ele estava sendo gentil? Por que não ia direto ao assunto e dizia que estava horrorizado com minha coluna?

– Legal. Então, eu queria saber se você está livre hoje à noite. Sei que é de última hora e você provavelmente tem planos maravilhosos para a noite de sexta, mas você não quer vir até aqui?

Ele não havia lido a coluna. Graças a Deus. Respirei aliviada.

– Hum, claro – respondi. Lara e Emma não se importariam se eu as abandonasse por uma transa. O Código das Garotas mencionava isso em alguma parte... certo?

– Ah, legal, bem, então me envie uma mensagem quando sair do trabalho e marcamos a hora. Talvez eu consiga até buscar você no trabalho.

– Isso funciona? Pegamos juntos o metrô até seu apartamento?

– Bem, eu ia provavelmente pegar um táxi para casa, então...

– Ah! Sim, quer dizer, seria incrível, obrigada.

– Ei, posso não ser inglês, mas sou um cavalheiro. Não precisa ficar tão surpresa.

– A próxima coisa que você vai dizer é que quer me preparar um jantar.

– O que há de errado nisso? Parece que os namorados anteriores não sabiam tratar você bem.

Eu ri sem jeito. "Namorados anteriores" de fato não se aplicavam à minha vida. Mas se Nick desejava me proporcionar táxis e comida em troca de sexo, quem era eu para me queixar?

– Para mim está ótimo. Vejo você mais tarde.

...

– Você chegou cedo, Ellie – disse Hattie ao deslizar para dentro do escritório meia hora depois que eu havia chegado. Arqueei as sobrancelhas. Aquilo era o mais amigável que ela já havia me tratado.

– Sim, pensei em começar logo o que tenho para fazer. – Abri um sorriso falso, gesticulando em direção à pilha de papéis sobre minha mesa.

Ela balançou a cabeça em aprovação.

– Eu fazia o mesmo quando era estagiária há alguns anos. A única maneira de conseguir que eles empreguem você é provar que você está disposta a subir e ir além.

Eu a encarei, surpresa. Hattie foi estagiária? Eu presumi que seu querido pai lhe havia conseguido o emprego.

– Eu não sabia que você tinha estagiado aqui – comentei.

Ela bufou.

– Não seja ridícula. Eu fazia estágio na *Tatler*, então eles me ofereceram emprego e, alguns anos depois, Maxine me pescou para trabalhar aqui.

– Ah! – exclamei. – Como você conseguiu o estágio na *Tatler*?

– Mandei um e-mail para a editora. Ela ficou muito impressionada por eu ter tomado a iniciativa e me chamou.

Olhei para Hattie, surpresa. Por que a havia julgado tão mal? Ela não havia entrado por nepotismo. Havia batalhado por isso, assim como eu tentava fazer.

– Isso foi... muito legal, Hattie – disse eu.

– É, funcionou. Ei, gostei da sua coluna.

– Sério? Hum, obrigada. – Aquele era o único elogio que eu havia recebido no escritório. O que exatamente estava acontecendo naquele instante?

– Então, seu ficante levou você ao JCK na semana passada. Acho que algumas das garotas estavam lá naquela noite.

Eu a encarei, sem entender.

– Onde?

Ela suspirou.

– Os Jardins de Cobertura em Kensington? A sua coluna?

– Ah, claro – respondi. Não esquecer: começar a abreviar os bares chiques. – O lugar é lindo.

– Hum, nunca pensei em você como o tipo de garota que frequentaria aquele lugar – disse ela, examinando minhas roupas confortáveis. Olhei para sua calça imaculadamente confeccionada, para o tailleur bege e as pesadas joias de ouro e desejei ter lavado o cabelo naquela manhã.

– Você desconhece muitas coisas a meu respeito – retruquei, erguendo o queixo.

– É verdade, você vai sair com o cara então? – perguntou ela.

– Ah, não, foi só casual – respondi com um ligeiro encolher de ombros. Hattie pareceu impressionada. – E você, está saindo com alguém?

– Ah, meu Deus, não – respondeu ela. – Acabo de terminar com meu ex porque ele estava ficando, tipo, muito carente. Agora só estou saindo.

– Com alguém em especial? – perguntei.

– Dois caras em Chelsea – respondeu ela.

– Claro – comentei com sarcasmo.

– Exatamente – disse ela em tom sério. – Ei, você devia sair para beber com a gente. Talvez na próxima semana?

Ah, meu Deus. Minhas colegas de trabalho estavam finalmente me aceitando. Quem iria adivinhar que ter uma vida sexual ativa significava que tantos grupos sociais distintos gostariam de sair comigo?!

– Combinado! – disse eu. – Hum, seria legal. De qualquer forma, é melhor eu continuar com isso antes que Maxine chegue.

– Eu que o diga – retrucou Hattie, revirando os olhos. – Espero que hoje ela não esteja em pé de guerra.

Eu me virei para a tela do computador com um lento sorriso que se espalhou pelo meu rosto. Ser puta tinha claramente suas vantagens. Na realidade, como Maxine ainda não havia chegado, talvez eu devesse trabalhar na mencionada putaria.

Abri furtivamente uma nova janela e comecei a pesquisar no Google: "como transar por cima". Surgiu um artigo da *Cosmopolitan*. Era o questionário de uma garota cujo namorado desejava que ela se "especializasse" na posição. Li o sábio conselho da *Cosmo*: "Para assumir a posição da mulher-por-cima, faça o cara deitar de costas e monte-o com as pernas abertas e os joelhos dos dois lados dos quadris dele. Ou, se preferir, agache acima dele, com os pés bem apoiados no colchão."

Agachar?? Como se eu estivesse tentando fazer xixi sem encostar no assento sujo de um vaso em um banheiro público? Eu não tinha músculos na coxa para tanto. Como isso podia ser um conselho válido? Eu teria de descobrir como montá-lo com os joelhos apoiados na cama.

"Comece a mover-se para cima e para baixo para ganhar velocidade. Ou você pode descansar o tronco sobre o dele e moê-lo sensualmente de um lado a outro ou em círculos. Mas estar no comando não significa que você precisa fazer todo o trabalho. Para não se cansar, faça-o colocar as mãos no seu quadril para ajudá-la a se mexer."

"Moê-lo sensualmente"? O que significava isso? Por que eles não escreviam com termos normais e, além disso, por que presumiam que o leitor comum sabia moer – sensualmente ou não?

Suspirei. As dicas pelo menos reconheciam que aquilo era trabalho difícil e o truque de Nick de segurar meus quadris era claramente uma dica clássica.

E... o sessenta e nove? Verifiquei se não havia ninguém atrás da tela do computador e apressei-me em digitar: "cair de um sessenta e nove".

A primeira entrada era "Homem de sessenta e nove anos cai de um penhasco". Fantástico. Era evidente que ninguém, além de mim, havia caído de um sessenta e nove. Que se danasse, era óbvio que sessenta e nove não era para mim e eu deveria tentar outra coisa. Que tal... "as melhores posições para gozar"?

Centenas de páginas surgiram e respirei aliviada. Esse, ao menos, era um tópico popular de pesquisa. Um site apresentava uma lista das principais posições:

Papai e mamãe. Feito. Ainda que, a julgar pelas fotos, aparentemente minhas pernas não ficaram altas o bastante por sobre os ombros de Nick. Como aquelas garotas colocavam as pernas em tais posições? Eu precisava me matricular em uma academia o mais rápido possível. Tomei nota, mentalmente, para telefonar a minha mãe e pedir o dinheiro da ginástica.

Mulher por cima. Ui! Sim, eu sabia que era uma boa posição se conseguisse administrá-la. Havia também a sugestão de fazê-la por trás. Isso me pareceu ainda pior. Senti o pânico sexual familiar crescer dentro de mim e tentei reprimi-lo. Na realidade, não importava que eu precisasse praticar a "cavalgada invertida" com ele, certo? Esse era provavelmente o tipo de posição no qual não se esperava que as garotas fossem qualificadas.

Os dois sentados. Eu tinha de me sentar em cima dele, mover o corpo para frente, para trás, para cima e para baixo, enquanto o abraçava. Isso parecia bastante agradável. Lembrei-me dos rolamentos da ginástica na escola. Talvez estivessem tentando nos preparar para isso.

De lado. Certo, então nos deitamos lado a lado, ele me penetra e giro as pernas por sobre as coxas dele. As duas pernas? Estendi o pescoço para examinar o diagrama, mas não consegui descobrir onde estava a segunda perna da boneca palito.

Cachorrinho deitado. Era exatamente igual ao cachorrinho normal, só que eu me deitava na cama para poder esfregar nela o clitóris. Tudo bem, eu poderia fazer isso, mas não seria melhor friccioná-lo com a mão? Talvez isso fosse administrável.

Cliquei em uma aba diferente e fui direcionada a uma página do YouTube. Era Conteúdo Impróprio no mais alto grau, mas eu não estava nem mesmo sendo paga para trabalhar ali. A estagiária provavelmente poderia escapar impune com um pouco de pesquisa extracurricular. Peguei os fones de ouvido com segurança e conectei-os.

Um negro atraente usando cueca *slip* justa surgiu na tela. Deitou-se no chão e uma espanhola sensual aproximou-se. Senti a garganta apertar – aquilo era um pornô de verdade? O YouTube não podia fazer isso, podia?

A mulher vestia roupas de baixo. Graças a Deus. Montou o cara. "Certo, essa é uma boa maneira de fazer sexo por cima", explicou, deitando-se em cima dele, com as pernas sobre as dele, as mãos deles unidas. Eles estavam estendidos como se fossem Jesus. Em seguida, ela ergueu ligeiramente o corpo e começou a se esfregar-se no sujeito.

Minha boca se escancarou. A mulher parecia um coelho em disparada. Devíamos trepar nessa velocidade? Recordei minha tentativa com Nick, que havia começado devagar. Talvez não houvesse sido o que ele desejava.

Ela mudou de posição e o abraçou. Relaxei enquanto o casal se afagava. Ao que parecia, essa seria uma posição mais calma. E então ela começou a balançar o corpo à velocidade da luz. Que merda... o sexo era para ser assim tão... acelerado? Como ela conseguia fazer aquilo com o corpo? Parecia tão espontâneo e natural, mas o ritmo da mulher era impecável.

Ergui os olhos e vi Maxine caminhando em minha direção. Droga. Arranquei os fones de ouvido e fechei a tela. Quando ela alcançou minha mesa, eu estava corada e exibia uma camada de suor sobre o lábio superior.

– Ellie – disse ela. – Você pode encaixar algumas chamadas para entrevistas, por favor?

– Hum, claro, mas espere – chamei quando ela começou a voltar para sua mesa. – Que entrevistas?

Ela suspirou alto.

– Precisamos de entrevistas importantes este mês. Então, pense em algumas celebridades que você gostaria de entrevistar e entre em contato com elas. Você sabe o tipo de pessoa no qual estamos interessados.

– Espere, sou eu quem vai entrevistar essas pessoas? – gritei.

– Não, claro que não. Seria Carla, a entrevistadora-chefe. Eu só quis dizer que você é jovem e pertence ao nosso público-alvo. Então tente pensar em quem gostaria de ler a respeito e faça contato. Isso é administrável?

– Hum, sim, claro – respondi.

Hattie e companhia desejavam sair comigo agora, mas eu não conseguia pensar em nada que fizesse Maxine ser legal comigo – ou mesmo me pagar.

Graças a Deus Nick não esperava que eu comprasse meus próprios drinques.

...

Um táxi preto parou diante do escritório e levantei empolgada do banco de madeira. A porta abriu e Nick desceu.

– Oi – cumprimentou ele.

Nick vestia um terno e parecia tão bonito que chegava a doer. E estava sorrindo para mim como os caras faziam nas comédias românticas. Era surreal. Desde quando eu, Ellie Kolstakis, saía com caras gostosos que pagavam táxis e olhavam para mim como se eu fosse Julia Roberts? Retribuí o sorriso. Se eu era sua Julia, então o melhor seria representar meu papel. Eu o beijei nos lábios e entrei no táxi.

– Você fica muito bem de terno – comentei em tom sedutor.

– Obrigado, você também não está nada mal.

– É o que todos dizem.

– Ah, sim, quem? Preciso assumir a postura de macho e marcar meu território?

– Você não acaba de me chamar de seu território – gemi.

– Ah, meu Deus, lá vem o discurso feminista – disse ele, sorrindo para mim.

Eu ri e bati em seu braço.

– Se eu não estivesse convencida de que você está brincando, então sim, você ouviria o discurso completo. Mas tenho um pouco mais de confiança em você.

– Tem, hein?

Ele inclinou-se e me beijou. Mordi o lábio para me impedir de sorrir como uma lunática. Aquilo era *divertido*. O tipo exato de diversão que achei que teria três anos atrás, mas ei, antes tarde do que nunca, certo? Sua mão afagava meus cabelos enquanto nos beijávamos e de repente me perguntei o que Emma e Lara diriam se nos vissem naquele momento.

Elas pensariam que eu estava me apaixonando por ele. Mas como alguém poderia se apaixonar por uma pessoa que acabou de conhecer? Aquilo não era o filme *Um lugar chamado Notting Hill*, não mesmo. Esse tipo de coisa só acontecia em filmes. Além disso, eu não conseguia imaginar Nick e eu como um casal. Ele era tão macio e suave e eu era uma bagunça de pelos crespos. Era o mesmo que Bridget Jones ao tentar namorar Daniel Cleaver – a relação estava condenada. Eles eram melhores como amigos de trepada, assim como Nick e eu.

– Ah, ei! – exclamei, interrompendo o beijo. – Estou vendo o Shard. Devemos estar perto do seu apartamento agora.

– Estamos – disse ele. – É um marco muito bonito, não é?

– Com certeza. Ouvi dizer que você pode subir para beber e outras coisas, o que é bem legal.

– Meus colegas de trabalho frequentam o bar do Shard. Talvez devêssemos ir qualquer dia. Seria divertido levar você lá.

Divertido. Ele estava certo. Estávamos nos divertindo e eu estava pensando demais em tudo.

– Com certeza. A diversão com você é boa.

Ele sorriu.

– Bem, aqui estamos. – Ele entregou ao taxista uma nota de vinte libras e ignorou meus débeis protestos para dividir a despesa. Graças a Deus ele não aceitou ou eu teria de comer macarrão puro a semana inteira. Eu o segui ao sair do táxi até seu apartamento. Dessa vez, ao entrar com Nick ao meu lado, eu me senti ambientada. Quando Nick cumprimentou o porteiro, também fiz um ligeiro aceno com a cabeça.

– Lar doce lar – disse ele, abrindo a porta.

Entramos no apartamento e comecei a andar atrás dele. De repente, fiquei tímida. Havia sido bom brincar no táxi, mas era estranho estarmos sozinhos no apartamento. Ele iria realmente preparar uma refeição rápida agora? E os ingredientes?

– Por sorte, fiz compras ontem – anunciou ele. – O que significa que podemos preparar o jantar a qualquer hora. Quer uma bebida primeiro?

Concordei com um aceno de cabeça, aliviada. Uma bebida era o que eu precisava.

– Também comprei algumas garrafas. Bem, quando digo comprei, quero dizer roubei de Will, meu colega de casa.

Ele riu.

– Legal. Bem, vamos beber o vinho roubado então. – Ele pegou a bebida das minhas mãos e deu uma olhada. – Isso é... espumante?

– É? Ah, droga, pensei que tivesse pegado o tinto. Você se importa? Isso é típico de Will, beber espumante *rosé*. Ele diz que não desmunheca, então faz essas merdas.

– Sem problema – disse ele.

– Bebo praticamente qualquer coisa. – Ele serviu o Prosecco em duas taças. – Saúde a... a Will por ter proporcionado as bebidas.

– Saúde – disse eu, nervosa enquanto ele me encarava. Nossas taças tilintaram e bebemos. Pousei a minha e comecei a perambular, sem jeito. – Então, hum...

– Você quer descansar um pouco e cozinhar depois?

– Claro – respondi, ignorando as dores persistentes de fome em meu estômago. – Estou praticamente sem fome agora.

– Legal.

Sentamos no sofá e ele ligou a TV. Estava passando a reprise de um episódio de *Top Gear*. Ele não fez menção de mudar de canal. Suspirei em silêncio e preparei-me para meia hora de piadas automobilísticas chauvinistas.

– Eu simplesmente detesto Jeremy Clarkson! – exclamei, três taças de vinho e dois episódios de *Top Gear* noite adentro. – E o outro parece um hamster. Você não acha?

Nick riu.

– Hum, se você está dizendo. Mas gosto muito de carros, essa é a principal atração para mim.

– Carros... não, não posso dizer que eles me interessem, sinto muito. – Pousei a taça na mesinha de centro e o vinho derramou um pouco.

– Merda, desculpe – disse eu, percebendo que já estava bêbada. Eu sabia que deveríamos ter feito nossa refeição antes do álcool.

Olhei para Nick. Ele continuava de camisa e parecia sexy. Se não fôssemos jantar, a próxima melhor coisa seria uma transa. Eu estava um tanto animada para praticar a cavalgada invertida.

Eu me aproximei dele e contemplei seu rosto. Ele estava absorto no programa e não percebeu. Cabia a mim beijá-lo primeiro. Eu não sabia por que estava tão nervosa – sobretudo por ter feito a mesma coisa no táxi –, mas senti meu coração acelerar ao tomar a iniciativa e beijá-lo. Fechei os olhos e movi o rosto em sua direção.

– Opa! – exclamou ele quando meus lábios bateram em seu queixo. Fiquei corada e ele sorriu, segurando meu rosto com as mãos. Ele me puxou para perto e me beijou. Ufa. Estávamos de volta a território familiar. Eu o beijei com o máximo de empenho possível e comecei a tirar a roupa. Ele também despiu a sua e, em poucos minutos, rolávamos nus em seu sofá de couro.

Plufftttt.

Ele desprendeu-se de mim.

– Você acaba de soltar um pum?

– O quê? – gritei. – Não. Foi minha pele que grudou no sofá. E fala sério, soltar um pum? É PEIDAR.

– Tu-udo bem. – Ele sorriu. – Pode se acalmar, Ellie. Não me importo que você tenha *peidado* na minha frente.

Corei violentamente.

– Ah, meu Deus. Eu não peidei. Foi o seu sofá. Podemos ir para o quarto?

– Claro. – Ele riu.

Fugi para o quarto e ele me seguiu. Paramos ali, nus ao lado da cama.

– Então... – disse ele.

– Você pode, hum, deitar? – pedi.

Ele arqueou as sobrancelhas e deitou-se na cama. Respirei fundo e me aproximei. Montei nele, sem desviar o olhar, e pairei acima dele, agitada. Ele me puxou com delicadeza e o beijei. Levei cegamente a mão direita em direção a seu pênis, que se projetava dos pelos pubianos asseados. Tentei enfiá-lo em minha vagina.

Não funcionou.

— Agh, não estou conseguindo... você consegue? — perguntei.

Ele tentou enfiar o pênis em mim, mas, ao que parecia, meu colo do útero estava completamente fechado. Merda.

— Ei, tenho um pouco de lubrificante que podemos usar — sugeriu ele.

— Hum, se você... se você quiser.

— Certo, vou pegar — disse ele, rolando e abrindo uma gaveta na mesinha de cabeceira.

Congelei, em choque.

Havia fileiras e mais fileiras de vibradores. Pequenas cápsulas, vibradores de coelhinho, blocos de borracha rosa-choque. Fechei os olhos e os abri. Continuavam todos lá.

Em um canto, havia uma seleção de frasquinhos. Ele pegou um com ar triunfante e balançou-o em minha direção.

— Achei — disse.

Eu o encarei em silêncio. Não conseguia fazer com que as palavras saíssem. Eu só... Que diabos havia acabado de ver?

— Ellie? Você está bem?

— Hum — murmurei com voz rouca. — É que, hum, o que é aquilo?

— Ah, meus sabres de luz?

— Como?

— Meus sabres de luz. — Ele sorriu amplamente. — É como chamo meus vibradores e consolos. Podemos brincar um pouco se você quiser. Eles são divertidos.

Pisquei para ele em silêncio. Não conseguia assimilar nada do que ele estava dizendo. Eu *não* havia me cadastrado para trepar com Obi-Wan Kenobi.

— Ellie? — chamou ele. — Vai ser divertido. Vamos, deite. — Ele empurrou meu tronco com delicadeza e deitei de costas sobre a cama sem esboçar qualquer reação. Todo o meu corpo estava rígido. Eu estava me borrando de medo.

Nick abriu minhas pernas e olhou direto para minha vagina não aparada e desgrenhada, com pelos pubianos crescendo em minhas coxas. Bem feito para mim por não permitir que ele me chupasse. Ele pegou um dos instrumentos e o lambuzou com lubrificante. Apertou um botão e o aparelho começou a vibrar. Ergui o pescoço e o vi movê-lo em direção à minha vagina.

Nick encostou-o em meu clitóris e involuntariamente ofeguei. Havia me esquecido o quanto era bom usar um vibrador. Andava muito ocupada/estressada/preguiçosa para isso nos últimos tempos e a sensação foi boa – exceto por eu não ter a menor ideia de onde diabos aquele sabre de luz havia andado.

Senti Nick penetrar minha vagina e ofeguei. O aparelho era frio e viscoso e movia-se devagar dentro de mim. Tudo em que eu conseguia pensar era naquilo entrando em outra garota. Ele havia ao menos lavado o aparelho desde então?

Afastei sua mão e o vibrador caiu no chão. Começou a zumbir em círculos sobre o tapete.

– Qual é o problema? – perguntou ele.

– Hum, eu só... não estou com vontade de fazer isso. Nós não podemos simplesmente fazer sexo? – Eu não conseguia usar a palavra "trepar" de forma tão casual quanto ele.

Nick deu de ombros.

– Sou todo seu. – Ele desenrolou um preservativo em seu pênis, então se deitou na cama e me passou o lubrificante.

Segurei o tubo e olhei-o sem entender. O que eu deveria fazer com aquilo? Deveria esprrmê-lo direto em seu pênis ou em minhas mãos? Deduzi que fosse a primeira opção e esfreguei o líquido em seu pênis emborrachado.

Nick pegou o pau com as próprias mãos e o fez deslizar para dentro de mim. Felizmente, entrou direto. Mas eu estava virada para o lado errado da cavalgada invertida. Deveria girar em cima dele naquele momento ou mais tarde?

Sem pensar, girei o corpo com rapidez. Não desejava ver sua surpresa, nem depois sua perplexidade, quando eu inevitavelmente errasse o ritmo e demonstrasse a inexperiência sexual de uma freira.

Usei as coxas para mover o corpo para cima e para baixo e comecei a tremer. Não conseguiria ficar muito tempo ali. Quando ele colocaria as mãos no meu quadril para ajudar? Talvez eu devesse pedir, mas isso não estragaria o clima? Felizmente, senti suas mãos pousarem nas laterais de meu traseiro. Elas guiavam-me para cima e para baixo e tentei colocar meu peso sobre elas.

Pensamentos leves, Ellie, eu disse a mim mesma. *Você é leve como uma pluma. Tem coxas fortes. Pode fazer isso. Pense em todas as calorias que deve estar perdendo.*

Pensar na perda de peso e em um corpo tonificado me estimulou e consegui aumentar o ritmo. Mas senti o músculo da coxa esquerda distender e soube que precisava parar. Lancei as pernas direto para frente e usei os músculos dos braços para erguer o corpo.

Isso era muito pior. Pareciam flexões invertidas. Quem havia dito que aquela posição era agradável e *por quê*? Como eu poderia gozar com os braços à beira de um colapso?

Fechei os olhos e tentei concentrar minha força nos músculos centrais, como minha professora de pilates havia ensinado. Mas, de olhos fechados, eu sentia ainda mais as sensações que vinham do interior de minha vagina, que ardia consideravelmente. Respirei através da dor e estremeci enquanto o pênis de Nick entrava e saía.

Eu me afastei dele, ofegando. A dor era excessiva. Ele entendeu que eu desejava mudar de posição, então me puxou para a cama e montou em cima de mim. O bom papai e mamãe à moda antiga. Talvez agora parasse de doer.

Mas, quando ele começou a entrar e sair com rapidez, minha vagina ardeu. Era como se estivesse em chamas. Fechei os olhos com força e pedi a Deus para que ele gozasse a qualquer momento.

Isso não aconteceu. Ah, meu Deus, por favor, permita que ele goze. Trinquei os dentes e gemi em silenciosa agonia.

Eu deveria pedir que ele parasse. Estava doendo demais. Mas fiquei constrangida de dizer qualquer coisa. Além disso, com sorte ele terminaria em um segundo. *ARGH*. Por que estava doendo tanto? Ah, meu Deus, ele poderia ter me passado uma DST com seu sabre de luz? Ou seria cistite? Lara já tinha tido cistite e disse que era como mijar vidro. Devia ser uma infecção urinária – mas isso não deveria arder no meio do xixi e não no meio da transa?

Ele gozou. Senti o preservativo se expandir dentro de mim enquanto seu pênis latejava. Gritei, aliviada, e o empurrei. O ardor persistia, mas começava a diminuir à medida que o ar frio entrava.

– Você está bem, Ellie? – perguntou ele.

– Minha vagina... está... em chamas.

– O quê? Merda, você está bem? Eu machuquei você? Você devia ter dito. Eu teria tirado.

– Não, não foi tão ruim assim – menti. Mas ele tinha razão. Eu era uma idiota por não ter lhe pedido que saísse de dentro de mim. Por que ainda ficava tão constrangida de falar sobre sexo durante o sexo?! Se eu não lhe dissesse do que gostava e o que desejava, como chegaria a gozar?

– Ellie, você não me parece muito bem.

– Estou... Está tudo bem. Está doendo, mas também estou um pouco preocupada. Parece que alguma coisa está errada.

– Merda, desculpe. Talvez você tenha tido uma reação alérgica. Você não é alérgica a látex, é?

– Não, não que eu saiba. Quer dizer, talvez eu tenha uma alergia não diagnosticada?

– Duvido – disse ele. – Eles normalmente descobrem isso em crianças porque os curativos também contêm látex. Merda, talvez você seja alérgica ao lubrificante.

O lubrificante. Vasculhei loucamente a cama até achar o frasquinho. Durex, lubrificante térmico. Eu o girei para ler a composição. Havia uma lista de produtos químicos. Eu poderia ser alérgica a *qualquer um*.

Hesitei. Por que o lubrificante se chamava térmico?

– Nick – disse eu. – Os lubrificantes normalmente são térmicos?

– Não – respondeu ele. – Você pode comprar lubrificantes com efeitos diferentes, em vez do gel KY sem graça ou coisa do gênero. Esse tem efeito térmico, então faz você se sentir aquecida. A sensação no meu pau foi boa. Espere, você acha...

– Você comprou deliberadamente um lubrificante que faz MINHA VAGINA PARECER QUE ESTÁ EM CHAMAS? – gritei. – Como isso pode ser agradável? Ah, meu Deus, pensei que estivesse morrendo, ou que tivesse pegado AIDS do seu sabre de luz.

Ele ergueu uma das sobrancelhas.

– O quê?

Hesitei.

– Hum, eu estava brincando. Só que... Nick, minha vagina está doendo muito, *muito*. Com certeza não pode ser só o lubrificante. Isso não é prazeroso. Sinceramente, tenho a impressão de que estou prestes a desmaiar de dor.

– Desculpe, Ellie, acho que é só o lubrificante. Com um pouco de sorte, logo vai passar.

Fechei os olhos e rezei para que a dor diminuísse. Horas depois, eu continuava rezando.

CAPÍTULO 23

Minha vagina continuou doendo a noite inteira e durante grande parte do sábado. Eu havia abandonado a cama king-size macia de Nick para voltar para casa e acalentar minha vagina dolorida em minha cama menos macia. O único consolo é que ele me mandou mensagens de texto durante toda a manhã e claramente não desistiu de mim pela minha vagina em chamas.

– Ellie, você já está bem? – perguntou Emma, abrindo a porta.

– Obrigada por bater – resmunguei. – Juro que ninguém nessa casa acredita em privacidade. Até os camundongos ficam me vigiando enquanto faço xixi.

– Eca, podemos não conversar sobre camundongos, por favor? – Ela estremeceu. – Eu e Lara reservamos um restaurante para esta noite. E, então, você vai conseguir tirar esse seu rabo preguiçoso da cama?

– Como é?

– Desculpe, o que eu quis dizer é se você vai conseguir tirar essa xoxota chamuscada da cama?

Eu lhe atirei uma almofada, que caiu a seus pés. Ela a recolheu com um suspiro e empoleirou-se na beirada da cama.

– Querida, pare de sofrer que a dor vai diminuir. Ainda está doendo?

– Acho que já não está doendo tanto – admiti. – Mas a humilhação ainda dói.

– Que humilhação? Não foi culpa sua a merda do lubrificante ter queimado sua vagina.

– Eu sei, mas foi tudo tão estranho... ele viu minha vagina peluda de perto, tinha sabres de luz, minha vagina provavelmente estava fedorenta e só fiz merda na cavalgada invertida e... Tenho a sensação de que nunca mais vou gozar na frente de um cara. Juro que só consigo gozar na cama sozinha.

– Sabres de luz? Ah, meu Deus, isso está me parecendo empolgante. Você pode acelerar e se aprontar para que a gente tome conhecimento de todos os detalhes suculentos à noite.

– Estou muito deprimida.

– Ellie. Nada disso merece que você perca sua noite de sábado. Os caras não se importam com pelos pubianos nem com cheiros... eles simplesmente têm sorte quando conseguem chegar lá embaixo.

– Você está *brincando*? Não está lembrada da minha depilação acidental parecendo um bigodinho de Hitler? Ou da sua reação à depilação íntima de Ben? Os pelos pubianos ainda são uma questão.

– Tudo bem, mas você precisa superar isso. Vou sair daqui em uma hora e vamos encontrar Lara no Caravan. Espero ver você pronta para sair às seis.

– Onde fica isso?

– Em King's Cross. Vou tomar isso como uma confirmação de que você vem. E, por favor, pode tentar se animar um pouco? Não queremos que estrague nossa noite de sábado.

Puxei o edredom sobre a cabeça. Em geral, Emma era muito indulgente com meus dias de autocomiseração. As coisas haviam claramente mudado desde que Sergio saiu de cena. Senti uma pontada de culpa. Minha noite de sexta razoável e minha vagina dolorida não eram nada se comparadas ao fato de alguém encontrar o namorado de longa data na cama com uma mulher mais velha. Lembrei a sombra azul brega da mulher e forcei-me a levantar. Meus problemas eram ridículos comparados a isso.

Emma e eu entramos no restaurante movimentado para encontrar Lara, que usava o cabelo amontoado em um topete na frente, maquiagem radical e uma camiseta justa azul-elétrico. Ela parecia incrível.

— Ah, meu Deus, que roupa maravilhosa — gritou Emma ao envolver Lara em um abraço. — De onde saiu esse novo visual e por que nunca vi você assim?

— Cheguei à conclusão que, se quero mudar minha vida e minha sorte, preciso mudar minha aparência — anunciou Lara enquanto me dava um abraço. Emma estava deslumbrante como sempre, com um macacão preto justo, botas na altura dos tornozelos e jaqueta de couro. Mostrava menos pele do que de costume, o que lhe caía bem. Eu me senti bastante malvestida em meus jeans e a camiseta preta básica, que sempre usava para sair. Eu provavelmente deveria ter escovado os cabelos.

— Concordo, estou me sentindo muito melhor agora que comprei um novo guarda-roupa pós-Sergio — disse Emma. — É meu novo look furioso/magoado.

— É incrível — comentei. — Espero que você tenha feito uma *playlist* para combinar.

— Claro — disse ela. — Como se chama o seu visual, Lara?

— Hum, meu visual "estou cansada de ser fodida por um maconheiro chamado Jez e quero sair com alguém que seja adequado para mim"?

— Acho que você precisa trabalhar o apelo do título — disse eu. — Mas fora isso, você também está incrível, Lar. Então, o que fez você decidir que quer largar Jez de uma vez por todas?

— Além do fato de ele ser um babaca digno de pena? — perguntou ela, despejando vinho em nossas taças. — Ele deixou seu Facebook conectado no meu laptop. Então, é óbvio que leio todas as mensagens particulares dele. E ele tem enviado mensagens a garotas aleatórias que conheceu on-line. Todas com nomes que dão a impressão de serem russos e fotos de perfil as fazem parecer prostitutas.

– Ah, meu Deus, pobrezinha! – exclamou Emma. – Sei exatamente como você está se sentindo. É... horrível, não é? Você começa a se questionar se era boa o suficiente para eles e leva semanas para se lembrar que é um milhão de vezes mais gostosa.

– Bem, é um pouco diferente – disse eu. – Você estava com Sergio há meses e era um namoro ou pretendia ser, mas Jez e Lara voltam e terminam. Além disso, Lara, você saiu com o amigo de Nick no outro dia.

– Obrigada, Ellie. – Ela revirou os olhos. – Ainda que eu não tenha conseguido voltar para casa com ele por estar tão obcecada pelo maldito Jez. Não que eu sinta raiva de Jez por ele estar me traindo porque, como você disse, não somos namorados. É mais o fato de ele passar o dia todo sentado em cima daquele rabo sem fazer merda nenhuma e não sair comigo, mas ter energia para enviar mensagens para outras vadias.

– Não chame as mulheres de vadias – adverti. – Estamos tentando ser solidárias com garotas safadas, está lembrada?

– A mulher que transou com Sergio é uma vadia – comentou Emma com ar sombrio.

– Bem, vocês só estão comprovando que todos os homens misóginos que veem as mulheres como frígidas ou vadias estão totalmente certos – disse eu. – Estão praticamente dando licença a eles para chamarem as mulheres de putas.

– Ah, cale a boca – disse Lara. – Você sabe que somos nós que normalmente te ensinamos tudo sobre feminismo. Só que nós duas percebemos que os caras com quem estávamos são babacas idiotas. O que há de errado com você, afinal?

– Ela está com um humor de merda porque Nick usou lubrificante térmico e queimou a vagina dela. E também porque acha que é ruim de cama e não consegue gozar com os homens – informou Emma.

– Obrigada, Emma. – Fechei a cara. – E você deixou de fora o fato de que ele tem uma gaveta de sabres de luz. – Lara ergueu as sobrancelhas com ar interrogativo. – São um monte de vibradores e consolos que ele usa nas garotas. Posso pegar uma DST de um deles.

– Pare! – disse Lara. – Essa é forte. Nunca ouvi falar de um cara que fizesse isso. Ele deve ser bem divertido na cama.

– Concordo – disse Emma. – Adoro caras com ferramentas... especialmente se ele souber usar. Então você não gozou nem com um vibrador?

Balancei a cabeça com tristeza.

– Não, e não sei se algum dia isso vai acontecer. É que... ele pode estar fazendo tudo de forma perfeita, com a técnica exata de que gosto, mas não consigo relaxar.

– Aquela coisa de limpar a cabeça não funciona? – perguntou Lara.

– Não, só piora a situação. Mesmo que eu não esteja preocupada com nada e a sensação seja boa, não consigo gozar. Além disso, ele não demora o suficiente para que eu entre totalmente no clima. Mesmo que só precise, tipo, de uns cinco minutos quando estou fazendo isso sozinha.

– Ah, querida – disse Emma. – Eu gostaria de saber como ajudar. Você tentou tudo que eu poderia sugerir. Você tenta imaginar um cenário dentro da cabeça?

– Como assim? – perguntei.

– Você sabe, tipo uma fantasia. Minha preferida é me imaginar deitada nua em um auditório com um monte de homens nus ao meu redor. Estou me tocando e os homens estão se masturbando perto de mim, tentando chegar ao clímax como eu. O objetivo é receber a porra deles no meu corpo... de preferência na boca.

Lara e eu trocamos um olhar e ouvimos uma tosse atrás de Emma.

– As senhoras já estão prontas para fazer o pedido? – perguntou o garçom, que estava vermelho.

Todas nos entreolhamos e começamos a rir. O garçom afastou-se. Percebi que isso significava que não teríamos nosso jantar e apressei-me a chamá-lo de volta.

– Podemos pedir três pizzas para dividir? As melhores que vocês tiverem, por favor.

– Quais? – perguntou ele.

– Você escolhe – disse Emma, lambendo os lábios. Ele apressou-se em concordar com um movimento de cabeça e afastou-se o mais rápido possível.

– Ah, meu Deus. Isso foi o máximo – gritou Lara. – O garçom parecia a ponto de morrer. Mas para ser justa, eu idem. Quer dizer, também tenho fantasias, mas a sua é barra-pesada.

– É? – perguntou Emma, tomando um golinho de vinho. – Pensei que todo mundo imaginasse coisas assim durante o sexo.

– Não! – exclamei. – Eu não fazia ideia de que as pessoas imaginavam coisas.

– Claro que imaginam, querida – disse ela. – As mulheres partem para a fantasia durante o sexo e a masturbação, ao passo que os homens são mais visuais. É por isso que eles gostam de pornografia e revistas de sacanagem, enquanto ficamos mais felizes com um enredo. Você com certeza imagina coisas quando se masturba, não?

– Acho que sim – respondi devagar. – Só nunca percebi que era o que estava fazendo.

– Bem, o que você imagina? – perguntou Emma.

– Hum, a minha preferida é... Ah, meu Deus, isso é tão constrangedor. Mas acho que gosto de pensar que alguém chega por trás de mim quando estou no meio da multidão e começa a sussurrar que quer transar comigo e então, bem, nós transamos.

– É um bom começo – disse Emma. – Mas acho que, se você imaginar mais e realmente aprimorar as fantasias, pode chegar a algumas muito divertidas. Algumas das minhas têm até um pouco de ficção científica. Juro que eu deveria ser diretora de filmes pornô.

— Eu meio que queria um cara na frente e outro atrás de mim, enquanto estou de quatro — disse Lara.

Engasguei com o vinho.

— Você está brincando?

— Não — respondeu ela, corando. — Não sei como seria na vida real, mas adoro a ideia de chupar um cara enquanto outro me come por trás. Principalmente dois desconhecidos gostosos.

— Isso é completamente normal — gemeu Emma. — Mas a parte de não precisar que aconteça também é. É esse o processo das fantasias, elas são só um estímulo. Os caras às vezes ficam estranhos quando você admite que é nisso que está pensando durante o sexo, mas, sinceramente, todo mundo faz isso. Não tem nada a ver com querer que o cara com quem você está seja diferente, mas nem sempre eles entendem.

— Como você sabe tudo isso? — perguntei.

— *My Secret Garden* [Meu jardim secreto]. É um livro original da década de 1970 sobre mulheres e fantasias sexuais. Você nunca ouviu falar dele?

— Hum, não é um livro sobre uma menina e um cara de cadeira de rodas?

— Não, Ellie, esse é *O jardim secreto*. O outro é um pouco mais adulto. É só uma coleção de fantasias femininas. Existem centenas. Algumas são incríveis. As mulheres revelam fantasias de estupro, bestialidade, tudo.

Eu a encarei, boquiaberta.

— Sou a única que está chocada com isso? Lara?

— Eu não li, mas ouvi falar — respondeu ela. — Mas faz sentido, não faz? É tudo proibido, então já é excitante e se transforma em tabu sexual. É o mesmo que os homens adorarem a ideia de colegiais ou freiras por ser proibido. Meu Deus, quem me dera poder fazer minha tese sobre isso em vez da lei de propriedade.

— Eu também — disse Emma com ar sonhador. — Eu poderia ler sobre fantasias sexuais o tempo inteiro. Ellie, você deveria pegar o livro emprestado. Tenho um exemplar em casa. É uma espécie de pornografia para garotas. Talvez ajude você a imaginar algumas coisas enquanto está transando. Você tem que se concentrar nas fantasias para conseguir gozar.

– Sério? – perguntei com desconfiança.

– Meu Deus, claro, orgasmos são um trabalho difícil – explicou ela. – Os homens pensam que estão fazendo todo o serviço, mas na realidade somos nós, em nossa cabeça, que fazemos a coisa acontecer. Você não acha, Lara?

– Acho, com certeza você tem que estar no clima – disse ela. – Mas, honestamente, acho que devo ter muita sorte porque consigo gozar com muita facilidade durante o sexo. Certas posições fazem isso por mim.

– Hum! – exclamei. – Sinto que tenho muito a aprender. Devia existir um curso sobre esse assunto.

– AH, MEU DEUS – gritou Emma. – Não acredito que só agora tenha me lembrado. *Existe* um curso sobre isso. Na *sex shop* em Hoxton onde você comprou seu primeiro vibrador. Estou inscrita na lista de e-mails da loja e eles não param de me enviar mensagens sobre aulas de orgasmo para mulheres. Você precisa ir.

– Claro – concordei. – Isso pode resolver todos os meus problemas. Mal posso esperar! Quando vamos até lá?

– Ah, não vou com você – disse ela. – Custa, tipo, vinte e cinco libras e acho que estou mais qualificada para instruir a turma do que ouvir o consultor sexual deles.

Suspirei.

– Tudo bem. Lara?

Lara revirou os olhos imaculadamente maquiados.

– Ah, tudo bem. Só você para me fazer ir a coisas assim, Ellie. Nenhuma das minhas outras amigas conversa comigo sobre lubrificantes ou orgasmos com tantos detalhes quanto você.

– Literalmente, não faço ideia de como essas garotas sobrevivem – retruquei. – Se eu não tivesse vocês duas para compartilhar meus problemas sexuais, acho que teria uma morte triste, miserável e paranoica. Eu me sentiria muito sozinha se não soubesse que outras pessoas também surtam por causa de vaginas e orgasmos. Ah, meu Deus, já contei que Nick disse que meus pelos pubianos são espetados e ásperos?

– Contou – gemeram as duas.

– Ah, desculpe – disse eu com timidez. – Vejam, as pizzas chegaram.

...

O garçom colocou a conta à nossa frente e afastou-se depressa. Uivamos de tanto rir. Havíamos pedido duas garrafas de vinho para acompanhar nossas pizzas decididamente medíocres e a essa altura estávamos oficialmente irritadas.

– Ah, meu Deus, oitenta libras – gritou Lara. – Como gastamos tanto dinheiro? Nós somos duras.

Senti o sangue fugir de meu rosto.

– Acho que não tenho nem vinte libras.

– Tenho, tipo, vinte e sete – disse Lara.

– Nossa.

– Desculpe, galera – disse Emma. – Estou me sentindo mal porque escolhi o lugar. Talvez eu deva pagar mais?

– Deixe de ser ridícula – retruquei e apresentei meu cartão de débito estudantil. – Ainda tenho dinheiro no banco. Vamos resolver isso.

– Ainda sou estudante – disse Lara. – Meu empréstimo consome a minha cota.

– E tenho um emprego que paga um pouco mais que o salário mínimo, então posso arcar com isso se não comer por uma semana – declarou Emma, jogando seu cartão em cima dos nossos.

– Vamos ficar bem – disse eu. – Só temos que nos certificar de não gastar mais esta noite. Podemos beber vinho em casa.

Lara e Emma concordaram com movimentos de cabeça.

– Com certeza.

CAPÍTULO 24

Acordamos na manhã seguinte com dores de cabeça lancinantes e lembranças de irmos a um bar depois do jantar. Lara e Emma estavam sentadas em minha cama bebendo chá e cuidando da ressaca.

Eu examinava minhas mensagens de texto com Nick na noite anterior, encolhendo-me mais e mais à medida que lia.

– Vou ficando cada vez mais incoerente. Não consigo escrever corretamente. Não faço ideia de por que ele continuou a responder. Talvez seja uma coisa do país dele.

– Talvez ele ache atraente? – sugeriu Emma.

Lara bufou. Revirei os olhos em sua direção.

– Obrigada, Lar. Mas talvez você tenha razão. No mínimo, ele provavelmente estava se divertindo com o fato de eu estar vergonhosamente bêbada. Ah, merda – gemi de repente. – Eu recebi um e-mail no celular informando que o desembolso das cinquenta libras em aulas de orgasmo estava confirmado e que os encontros começavam em duas horas.

– Nós somos muito idiotas – gemeu Emma, lendo o e-mail por sobre meu ombro. – Por que nos inscreveríamos em um curso sobre orgasmo em uma maldita manhã de domingo?

– Com vinte e cinco libras que não tenho, principalmente depois do jantar e dos drinques que tomamos naquele bar.

– Sinto muito por isso, galera – disse Emma. – Eu provavelmente não deveria ter arrastado todo mundo até lá e usado Sergio como tática de culpa. Mas, em minha defesa, consegui duas rodadas de coquetéis grátis quando flertei com o barista.

Deixei a cabeça cair nas mãos.

– Minha mãe vai me matar se descobrir que gastei o dinheiro da moussaka em álcool e aulas de orgasmo. Isso vai contra tudo em que ela acredita.

– Ah, ela não vai descobrir – disse Emma. – Além disso, valeu a pena. Eu não ria tanto há séculos. Foi bom ter uma verdadeira noite com as amigas sem uma de nós indo para casa com alguém.

– Com certeza – concordou Lara. – De qualquer forma, El, precisamos tomar um banho se quisermos que nossas vinte e cinco libras valham a aula. Acho que os ingressos eletrônicos informam que o curso começa ao meio-dia.

Suspirei alto e pulei da cama.

– Tudo bem. É melhor que esse curso compense. Espero começar a ter orgasmos no instante em que sair de lá. Merda, quero ter orgasmos *durante* a aula.

Emma começou a rir.

– Eu gastaria dinheiro só para ver isso.

Lara parecia nauseada.

– Vá tomar banho, Ellie.

– Isso, vá tomar banho e quem sabe você não começa a praticar os orgasmos no chuveiro? – sugeriu Emma.

Eu lhe atirei um travesseiro a caminho da porta.

...

– Oi, meninas, entrem – chamou a mulher na porta da sex shop. Lara e eu a seguimos, nervosas, até a sala rosa-choque. Tive um flashback da compra de meu primeiro vibrador-bala seis meses antes. Eu ainda não havia experimentado outro vibrador, mas estava definitivamente interessada nisso – sobretudo depois de ver a coleção de Nick.

– Tomem uma taça de vinho – disse ela, entregando-nos um Cava espumante. Cada uma de nós pegou uma taça com satisfação e sentamos em duas cadeiras vazias. O restante estava ocupado por outras mulheres, que conversavam entre si. Todas pareciam normais. Senti meus ombros relaxarem e comecei a olhar ao redor da loja. Havia um vibrador de cinquenta centímetros bem na minha frente.

– Como as pessoas encaixam essas coisas dentro delas? – sussurrei para Lara.

– Não encaixam. Esses são vibradores de massagem grandes, que você coloca em partes externas do corpo.

– Ah, certo. Como você sabe?

– Ellie, isso não caberia fisicamente na vagina de mulher nenhuma. Nem no traseiro de um homem – acrescentou ela.

– Acho que não. Mas por que alguém iria querer isso em vez de um verdadeiro instrumento de massagem? Em todo caso, que horas são? Acho que vai começar logo.

Na hora marcada, uma mulher de cabelos escuros vestindo um caftan sentou-se em uma cadeira no meio da sala.

– Sejam bem-vindas – disse ela. – Muito obrigada por estarem aqui hoje. Meu nome é Veronica. Não fiquem nervosas se vocês forem marinheiras de primeira viagem. Este é um espaço aberto e seguro e sintam-se à vontade para dizer o que quiserem.

Olhei de relance para Lara com nervosismo. Havia certas coisas que eu não desejava nem mesmo que Lara ouvisse. Ela não precisava tomar conhecimento da minha candidíase recorrente.

– Bem, quanto aos orgasmos – prosseguiu Verônica. – Somos todas capazes de tê-los, mas cada pessoa é diferente. Vocês assistem aos filmes e veem mulheres tendo orgasmos o tempo todo. Mas isso não é a vida real.

Eu me impedi de gritar em concordância, balançando vigorosamente a cabeça.

– O que é real são mulheres que têm dificuldade de chegar ao orgasmo. Mulheres que só conseguem chegar ao orgasmo em determinadas posições, lugares, com determinadas pessoas ou até mesmo sozinhas. Portanto, hoje vou ajudá-las a entender o próprio corpo e dar algumas dicas que espero que levem todas vocês a esse lugar especial.

Sorri com entusiasmo e olhei para Lara.

– Isso não é incrível?

– Hum, a aula mal começou. Mas, sim, é interessante.

– Certo – disse Veronica. – Inicialmente, as primeiras coisas: como chegar lá. Todas vocês precisam praticar sozinhas. Masturbar-se é a chave para conseguir um orgasmo com seu parceiro, ou com quem quer que você esteja dormindo. É como qualquer outra coisa na vida... vocês precisam investir nos fundamentos para obter resultados. A melhor maneira de fazer isso é com os dedos ou com algum desses vibradores que vou fazer circular agora. Para a maioria das mulheres, o jeito mais fácil de chegar ao orgasmo é por meio do ponto C que, como a maioria de vocês já descobriu, é o clitóris.

"Mas outro ponto é o ponto U, que fica logo abaixo, ao redor da uretra. Toda essa área é sensível e erógena, portanto, mesmo que vocês provavelmente só atinjam o clímax através das terminações nervosas no clitóris, podem obter sensações boas a partir da fricção dessa área em geral."

Ela puxou um modelo de vagina e começou a acariciar a área ao redor do clitóris. Contemplei, fascinada. Aquilo era muito fiel. Eu decerto havia me sentido excitada após secar a uretra rigorosamente pós-xixi.

– Mas a outra área é o esquivo ponto G – disse ela. Dei um salto na cadeira. Iríamos aprender o segredo supremo? – Fica logo atrás da parede dianteira da vagina e se vocês colocarem os dedos lá em cima, vão sentir, mas só se estiverem excitadas. Ele parece uma pequena noz quando vocês estão excitadas e, quanto mais é friccionado, normalmente via penetração, melhor é a sensação. Por fim, temos o último ponto.

Ergui os olhos, surpresa. Eu não fazia ideia de que existiam tantos pontos.

– O ponto A.

Opa! Ela ia falar de sexo anal?

– O ponto A fica no final do tubo vaginal, entre o colo do útero e a bexiga – disse Verônica, pegando um vibrador longo e fino. – A melhor maneira de alcançar o local é pela profundidade. Vocês precisam do pênis, ou de um vibrador, para entrar direto na vagina e alcançar esse tecido sensível. Então é isso: as quatro zonas erógenas. Tecnicamente, todas podem chegar ao orgasmo a partir deles, mas devemos lembrar que todo mundo é diferente. Dois terços das mulheres só atingiram o orgasmo por intermédio do clitóris, então, por favor, não se sintam desmotivadas se não conseguirem chegar ao clímax a partir de outros locais. Isso exige prática. E, agora, vamos às dicas.

O restante da aula passou-se em meio a uma névoa perfeita. A certa altura, perdi toda a vergonha e puxei meu iPhone para fazer anotações. Aprendi que para atingir o orgasmo eu precisava:

1) Respirar fundo. Normalmente, eu prendia a respiração pouco antes do orgasmo, mas Veronica havia dito que o melhor era inspirar longa e profundamente e expirar do começo ao fim.
2) Praticar tudo em casa. Eu precisava comprar um par de vibradores diferentes, experimentá-los e explorar os locais de meus pontos G e A.
3) Tentar posições diferentes. Isso era um pouco mais problemático, pois Nick e eu não tínhamos planos específicos para nos encontrar e eu necessitava de alguém para praticar.

4) Bloquear meus pensamentos. Veronica havia dito que quando minha mente começasse a entrar em pânico ou a repassar coisas pouco sensuais, eu deveria obrigá-la a calar-se.
5) Tentar sentir o verdadeiro prazer. Precisava me concentrar nas sensações físicas reais provenientes do sexo e não nos comentários que passavam por minha mente.
6) Ter uma fantasia ou imagem mental. Emma estava certa. Eu necessitava trabalhar minhas fantasias e aprender a me concentrar nelas quando meu cérebro começasse a pensar na estética de minha vagina.

Eu me aproximei de Veronica ao final da aula para agradecer-lhe a sabedoria. Lara estava preocupada em esfregar vibradores avantajados nos braços.

– Eles provocam uma sensação tão boa... Parece uma massagem grátis – disse ela. Eu estava mais interessada em enfiá-los dentro de mim.

– Veronica, oi, sou Ellie – disse eu.

– Oi, gostou da aula?

– Ah, meu Deus, foi incrível. Eu estava me sentindo muito mal por gozar só com minha própria estimulação clitoriana e por não conseguir chegar ao orgasmo com um cara, mas agora, depois de ouvir todas as suas dicas, mal posso esperar para tentar.

Ela sorriu.

– Estou feliz por poder ajudar. Acho que você vai chegar lá no final. Mas tente não se preocupar. Quanto mais você pensar nisso, mais difícil vai ser. As mulheres são muito diferentes dos homens quando se trata de chegar ao clímax. Somos muito mais complicadas.

– Eu sei, quem me dera gozar invariavelmente em três minutos como alguns caras que conheço.

Ela riu e fiquei rubra de satisfação. Eu estava fazendo brincadeiras sobre sexo com uma instrutora de orgasmos em uma sex shop. Minha vida poderia ser mais legal?

– Você deveria comprar alguns vibradores antes de ir – disse Veronica. – Temos um desconto de vinte por cento hoje para vocês. Recomendo um dos nossos novos, que são flexíveis. Eles são perfeitos para entrar nessas áreas difíceis. Boa sorte.

Veronica me deixou contemplando uma coleção de vibradores. Estendi a mão para tocá-los. Havia uma variedade novinha em folha e eles davam a impressão de ser macios. Segurei um roxo brilhante. Ele não me pareceu muito intimidador e agora, que sabia como usá-lo, eu o desejava desesperadamente.

Peguei um pênis vibratório simples com velocidades diferentes, um vibrador-bala novo e um tubo de lubrificante comum, sem perfume, sem substâncias térmicas, para vaginas sensíveis. Fui ao balcão para pagar pelas compras. Mal dava para acreditar que eu havia estado exatamente ali seis meses antes, nervosa, comprando um pequeno vibrador-bala. Na ocasião, com o hímen intacto, senti medo de introduzir os objetos em meu corpo. Não desejava perder minha virgindade para um pedaço de plástico. Agora, mal podia esperar para enfiá-los em mim.

– Opa, você vai comprar tudo isso? – perguntou Lara.

– Eles estão dando desconto de vinte por cento e nunca cheguei ao clímax na frente de um cara. Estou tão desesperada quanto eles e, se isso vai me ajudar, estou disposta a pagar.

– Bastante justo – disse ela. – Fiquei muito tentada por um daqueles de massagem, mas não consigo pensar em nenhum cara que me fizesse uma massagem com aquilo. Estou começando a perceber o lado deprimente de estar completamente sozinha.

– Por que você não compra um vibrador normal? Ele vai animar você.

– É, pode ser. – Ela deu de ombros. – Mas não sei se estou preparada para isso. Parece que estou me atribuindo uma vida de solteira ao sair para comprar um vibrador.

– Você está dizendo isso para a garota errada, Lara. Comprei meu primeiro vibrador antes mesmo de romper meu hímen. Veja o quanto ele me serviu.

– Você não disse que tentou enfiar o vibrador-bala na vagina e entrou em pânico quando pensou que o troço podia ficar preso lá?

– Por uns dois segundos. De qualquer forma, acabo de comprar um novo, que está ligado a um controle remoto através de um fio, então se eu sentir vontade de enfiar o aparelho dentro de mim, sei que ele não vai se perder lá em cima.

– Hum, parabéns?

– Obrigada. Agora vou pegar minhas compras e voltar imediatamente para casa para tentar localizar meus múltiplos pontos alfabéticos.

– Isso é um jeito educado de me mandar para casa? – perguntou ela.

– Alguma coisa do gênero. Ah, espere, meu telefone está tocando. Merda, é Nick! Eu não sabia que ele ia ligar.

– Atenda, sua idiota.

– Oi, Nick, como vai? – perguntei, saindo da loja.

– Bem, obrigado. Como vai sua, hã...

– Vagina?

Ele riu.

– Exatamente.

– Muito melhor, obrigada. Como vai o seu?

– Ah, você sabe, muito vaginal. O que você está fazendo?

– Hum... só assistindo à TV.

– Legal. Eu ia perguntar se você quer sair para beber. Sei que é meio do nada e tal, mas achei que podíamos ir ao Shard. Claro que se você estiver ocupada, é...

— Não, eu ia adorar! — exclamei, todos os pensamentos de me masturbar sozinha desaparecendo. — Mas você vai ter que desculpar o fato de eu estar com uma aparência de merda.

— Aah... você não está vestida a rigor? Acho que vou ter que cancelar.

— Ha-ha. Espere, você está brincando?

— Estou, claro. Encontro você na London Bridge?

— Legal. Daqui a quarenta e cinco minutos?

— Perfeito. Nos vemos então.

Lara saiu da loja.

— E aí, pronta para ir para casa e se divertir com os seus brinquedos?

— Mudança de planos. Vou sair para beber com Nick. Meus bebês vão ter que esperar até mais tarde.

Ela ergueu as sobrancelhas.

— Então você pode trocar um orgasmo por Nick e não por mim? Estou vendo para onde isso vai dar.

— Amo muito você!

— Pode crer. Venha, vamos sair daqui. O vendedor está tentando me fazer comprar algemas com estampa de leopardo.

CAPÍTULO 25

– Oi – disse Nick antes de me dar um beijo na boca. Sorri para ele. Eu ainda não havia me acostumado às demonstrações públicas de afeto com alguém tão sexy. Esperava que houvesse turistas observando.

– Legal ver você sem termos marcado com antecedência – comentei.

– Eu sei. Pensei o seguinte: por que não ter um domingo divertido em vez de assistir à Netflix sozinho na cama?

– Hum, não há nada de errado em passar seus finais de semana sozinho com Netflix na cama.

Ele riu.

– Ah, não estou julgando... foi o que fiz todas as noites desta semana. Então, vamos entrar?

– Legal. Estou tão animada! Mal posso acreditar que isso está em Londres há tanto tempo e ainda não subi ao Shard.

– Eu também. Então, tentei reservar uma mesa, mas não dá quando você só vai beber. Tudo bem?

– Claro – respondi ao seguirmos até uma porta de vidro. – Não sou o tipo de pessoa que faz reservas. Se eu tentasse fazer reserva em algum dos meus bares locais, eles iriam rir na minha cara. E me mandar sair.

– Posso ajudar? – perguntou o porteiro.

– Ei, amigo, estamos aqui para tomar uns drinques. Nós subimos direto? – perguntou Nick.

– Sinto muito, senhor, estamos lotados, então, a menos que tenha uma reserva, o senhor vai ter que entrar na fila.

– O quê? – gritou Nick. – Eles não me deixaram fazer reserva quando telefonei.

– Sinto muito, mas o senhor vai ter que esperar ali. – O porteiro apontou para um grupo de pessoas bem-vestidas reunidas atrás de amplas sebes. Estavam em uma espécie de cercado escondido atrás da folhagem estrategicamente plantada.

– Está tudo bem, não se preocupe – disse eu enquanto nos dirigíamos ao grupo. – Vamos ficar pouco tempo na fila. Graças a Deus calcei sapatos de verdade hoje e não tênis. Todo mundo aqui é tão deslumbrante!

– Eu sei. Sinto muito que a gente precise esperar na fila. Eu tentei reservar.

– Nick, honestamente, eu não me importo. Estou acostumada a entrar em filas. Não sou uma dessas garotas que os seguranças deixam passar direto. Talvez a gente devesse comprar uns petiscos? Estou vendo uma loja ali.

– Por que não? Você é linda – observou ele, ignorando a pergunta à qual eu esperava que ele dissesse sim.

Então me dei conta de que Nick havia acabado de me chamar de linda. Nem mesmo minha mãe me chamava de linda. Fiquei boquiaberta.

– Por que você está me olhando desse jeito? Você deve saber o quanto é bonita.

Eu ri com nervosismo. Não sabia como reagir ao elogio, mas era a melhor coisa que alguém já me havia dito – excepcional demais até para ser enviado às garotas por WhatsApp.

– Hum, obrigada. – Corei. – Mas o que eu quis dizer é que os seguranças não me deixam entrar só porque não sou do tipo deslumbrante. Não sei, tenho a impressão de que "essas garotas" são aquelas que usam vestidos justos da Herve, não da Primark.

— Para mim, você parece "deslumbrante". Mas adoro que não seja exigente. Minha ex era e isso realmente me irritava. Ela sempre queria ir aos restaurantes mais sofisticados e demorava horas para se arrumar.

— Sara? – perguntei, recordando a loura nua sem pelos pubianos das fotos.

— Ah, sim, desculpe, esqueci que você viu Sara uma vez. Ela era muito obcecada pela própria aparência. É legal sair com você... você não parece tão preocupada com apresentação.

— Hum, com licença. Você sabe quanto tempo levei para conseguir esse visual casual chique? – brinquei com irritação fingida.

— Você confessou antes que não tomou banho.

Droga.

— Bem, é isso. Se você quer pouca exigência, aqui estou eu. Também sou uma companhia muito barata.

— Nem me fale. No nosso primeiro encontro, só tive que pagar um coquetel e você estava pronta para ir para casa. Estou esperando o mesmo esta noite.

— Hum, pensando melhor, talvez eu seja mais exigente hoje. – Sorri. – Quer dizer, nós vamos a um bar chique no novo ponto mais alto da Europa, ou seja lá o que for. Eu provavelmente deveria tomar vários coquetéis.

Ele riu.

— Vamos fazer isso. Vamos ser as únicas pessoas completamente bêbadas por aqui. Para ser honesto, já economizei algum dinheiro.

— Ah é?

— A maioria das pessoas paga para subir e ver a paisagem. Custa, tipo, vinte e cinco libras, então pensei em irmos até o bar de graça e gastar isso em bebidas.

— Tudo bem, agora você vai definitivamente me embebedar.

...

– Isso é tão, uau! – exclamei. Estávamos em um bar com paredes envidraçadas que davam vista para toda a cidade de Londres. Eu estava bebendo um coquetel de quatorze libras preparado com cerveja de coco. As garçonetes usavam vestidos florais com estampas diferentes, dependendo de sua exata função. Era o tipo de lugar que a maioria das garotas adoraria ir em um encontro.

Só que eu não pertencia à maioria. Não estava nem um pouco impressionada.

Estávamos acima do trigésimo andar do prédio, mas sem a sensação de altitude. Eu enxergava a cidade inteira, sim, mas era possível ver isso nos créditos de abertura de *EastEnders*. E todos eram tão obviamente ricos e glamourosos que eu me sentia imensamente deslocada. Preferiria estar bebendo cerveja de três libras em um pub em Hackney.

– Eu sei, é incrível, não é? – perguntou Nick. – A vista é deslumbrante. Como está a sua bebida?

– Boa, obrigada. A sua?

– Interessante, obrigado.

Sorri sem jeito. Agora que estávamos ali, eu não conseguia pensar em nada interessante para dizer e minhas habilidades de conquista começavam seriamente a se esgotar. Mas Nick havia me chamado de linda. Talvez eu não precisasse ficar tão nervosa. Ele me viu encolhida de dor por ardência vaginal, então não havia muitas barreiras entre nós a essa altura. Era meio... confortável sair com Nick.

– Então, o que você fez hoje? – perguntei.

– Fiquei basicamente largado em casa, sentindo pena de mim mesmo. Meu comportamento clássico nas ressacas. E você? Fez alguma coisa divertida?

Eu não podia exatamente contar que havia ido a um curso de orgasmos...

– Hum, o mesmo que você, na verdade. Saí com as garotas ontem à noite e por acaso nos embebedamos, então ficamos largadas na cama hoje.

– Então estávamos os dois sozinhos na cama hoje? Para mim, parece uma oportunidade perdida...

– Bem, existe sempre o próximo final de semana – retruquei. Quem diria que seria tão fácil fazer brincadeiras sobre sexo com um cara sem sentir vergonha?

Ele sorriu.

– Um brinde a isso. Onde vocês foram no sábado?

– A um bar duvidoso perto de King's Cross. Mas foi divertido. Acho que dançamos até, tipo, três da manhã. E você?

– Ah, fomos a Mayfair. É um bar incrível, na verdade. Você costuma ir até lá?

– Não muito. Fui uma vez ao Mahiki. Não foi uma noite legal, mas Lara gostou. Acho que saímos principalmente em East London. É um pouco mais... barato. Acho que prefiro a *vibe*. Você conhece?

– Claro, me diverti muito naquele lugar onde conheci você. Foi a primeira vez que estive lá, na verdade.

– Sério?! Ah, espere... esqueci que você é banqueiro. Tenho a impressão que o seu pessoal prefere as partes mais sofisticadas de Londres.

Ele cutucou minha cintura.

– Meu pessoal? Tenho o palpite de que alguém está sendo um pouco crítica aqui.

– Ei, só estou falando por experiência própria – retruquei, erguendo as mãos.

– Hum-hum. Bem, não sou o banqueiro inglês típico.

– Isso é verdade. Mano.

Ele riu.

– Tem mais a ver com isso. Sabe, você ia adorar a Nova Zelândia.

– Certo, acho que estamos com problemas de comunicação. Não sou uma garota do tipo lado externo.

– Você quer dizer amante do ar livre?

– Está vendo? Nem sequer sei me expressar direito. Não pratico esqui, snowboard, não salto de parapente, nem faço nada do que vocês fazem por lá. Acho que eu provavelmente prefiro a Austrália, para poder passar o dia inteiro na praia.

Ele arqueou as sobrancelhas.

– Sabe que temos praias na Nova Zelândia? Maravilhosas, com areia branca e água azul-turquesa.

– Sério?! Pensei que fosse tudo estilo Hobbit, com muitos campos e coisas do gênero.

– É, já ouvi isso. Vocês ingleses realmente não têm ideia do que acontece fora do Reino Unido, não é?

– Ei, não somos tão ruins assim – protestei.

– Os americanos são piores, para ser justo. Todos acham que sou da África do Sul... mesmo quando digo que sou da Nova Zelândia.

Eu ri.

– Acho que os sotaques são muito parecidos. Enfim, vamos pegar mais bebidas? Já acabei essa e é minha vez de pagar uma rodada.

– Não, eu vou embebedar você, está lembrada?

– Estou, mas não foi o que eu quis dizer. É óbvio que vou pagar a próxima rodada.

– Ellie, não, é por minha conta – disse ele em tom firme. – A mesma coisa?

– OK, obrigada.

Eu o vi se afastar rumo ao bar. Ele era tão atraente e me achava linda. Como aquilo estava acontecendo? Era o tipo de encontro com o qual eu sonhava desde o início da puberdade e, por algum milagre, eu não estava estragando tudo. Talvez tivéssemos nos visto mais em outros lugares do que no quarto?

Ah, meu Deus. Eu estava oficialmente fazendo aquilo que Emma havia me advertido – estava fantasiando em namorar com o meu ficante. Nós tínhamos um relacionamento casual e isso era bom. Afinal, eu nem sequer queria namorar com Nick. Ele parecia descontraído demais e éramos muito diferentes.

Além disso, ainda que sentisse que gostava dele mais do que teria imaginado, ele não tinha o que eu desejava em um namorado. Era muito bonito, superficial e, bem, louro. Eu queria alguém mais parecido comigo, alguém com mais pelos corporais do que eu e com quem conseguisse ser cem por cento eu mesma. Nick era um tipo muito comum e sexy. Não tinha nada a ver com o Sr. Ellie Kolstakis.

...

Deitei na cama, ofegante.

– Isso foi... divertido.

– Me dê dez minutos e talvez a gente possa fazer de novo – disse ele.

– Tudo bem – arfei.

Estávamos deitados nus na cama dele logo após o sexo. Havia sido nossa melhor transa, embora eu ainda não tivesse gozado. Não conseguia entender por quê. Havia tentado fazer a respiração que a instrutora da sex shop havia recomendado, o que ajudou, mas não o suficiente. O que me deixou meio... triste. Eu havia transformado o problema em piada para as garotas, mas elas realmente não entendiam. As duas conseguiam chegar ao orgasmo sem problemas. A única estranha era eu. Não era justo. Eu desejava isso. Desejava me sentir uma mulher completa. Em vez disso, sentia-me um fracasso.

Fechei os olhos e tentei fazer meu coração desacelerar. Mesmo que não tivesse durado muito, o sexo havia sido bastante intenso. Eu cheguei até mesmo a enterrar as unhas nas costas de Nick quando ele me penetrou – com um preservativo, claro. Em parte, por desejo e em parte, bem, por inveja. Ele conseguia gozar todas as malditas vezes, ao passo que eu tinha de ficar ali deitada, esperando que acontecesse na próxima. Ele não havia nem mesmo se empenhado muito em me fazer gozar.

Talvez todas as outras garotas com quem ele ficou simplesmente gozassem em questão de segundos? Talvez eu fosse a única que não conseguia gozar? Meu Deus, que estressante! E se houvesse alguma coisa errada comigo? E se Nick percebesse? Era óbvio que ele havia transado muito mais do que eu – e se eu fosse uma merda em comparação?

– Você, hum, isso foi... Com quantas pessoas você já dormiu? – deixei escapar.

Ele virou-se para me encarar.

– Ei, de onde saiu isso?

– Ah, não sei, eu só queria saber. Tipo, não de um jeito estranho. Só estou... curiosa?

– Hum... não sei. Nunca contei.

Ah, merda. Deviam ser centenas se ele não conseguia lembrar.

– Mais ou menos.

– Definitivamente menos de cinquenta.

– CINQUENTA?

– Talvez... quarenta?

– Hum, legal. – Engoli a saliva. Estava tudo bem. Quer dizer, Nick tinha vinte e nove anos. Provavelmente fazia uns treze que vinha transando. Se eu descontasse alguns anos que namorou, seriam só cerca de quatro garotas por ano. Ah, meu Deus, isso significava que ele havia visto pelo menos quarenta vaginas.

– E você?

– Eu o quê?

– Com quantas pessoas você dormiu?

– Ah, não muitas – respondi. – Só... menos de dois dígitos, acho.

– Menos de dez? Sério?

– Sério, isso é estranho?

— Não, nem um pouco. Desculpe, esqueci que você é alguns anos mais nova do que eu. Isso é muito legal. Gosto que você não seja uma vadia.

Sorri de leve. Que diabos Nick diria se soubesse a verdade – que ele era apenas o segundo? Provavelmente ficaria assustado e pensaria que havia alguma coisa errada comigo. De repente, fiquei indisposta para uma segunda rodada de sexo.

— Podemos apagar a luz? É melhor eu ir dormir para conseguir acordar amanhã para o trabalho.

— Ou... você não quer me chupar?

— Sério?

— Você é boa demais nisso. Por favor?

Sorri. Levando-se em conta que minha primeira tentativa de fazer sexo oral aos dezessete anos havia terminado com meus dentes no pênis de James Martell, era muito bom ser elogiada por minhas habilidades. Enfim, ali estava uma prática sexual na qual eu não me sentia nem um pouco desajeitada.

Além disso, quem se importava que Nick dormiu com muito mais gente do que eu? Eu tinha apenas vinte e dois anos. Tinha uns sete anos para alcançá-lo. E, naquele momento, era ele quem estava me implorando por sexo.

Eu me virei e escorreguei pelo colchão, para ficar cara a cara com sua virilha nua. Ainda sorrindo, abri a boca e a coloquei sobre seu pênis bem ereto.

CAPÍTULO 26

Conteúdo Impróprio

OS RELACIONAMENTOS DESTINAM-SE A SER ROMÂNTICOS. ESSA É UMA realidade que ninguém questiona. Você não deve pedir detalhes sobre as ex, nem perguntar com quantas pessoas seu parceiro dormiu, pois vocês se amam. Nada disso importa. Tudo tem a ver com o presente.

Mas... e se você não estiver apaixonada? Nem um pouquinho? E em vez disso, estiver envolvida em relacionamentos casuais? Pode perguntar? Esses "números" continuam a ser inacessíveis, ou você pode pedir uma lista escrita contendo cada garota com quem ele já transou?

Foi esse o dilema que enfrentei no último final de semana. Ocorreu depois do encontro no Shard – contei que ele me levaria até lá –, mas ainda estávamos mais ou menos no terceiro encontro. Eu tinha permissão para perguntar com quantas pessoas ele havia dormido?

Provavelmente não, mas mesmo assim foi o que fiz. Estávamos deitados na cama e, do nada, tivemos a conversa. Por "nós" quero dizer "eu", pois é óbvio que fui eu que toquei no assunto. Com relutância, ele informou seu número. O quíntuplo do meu. Ele acha que talvez seja ainda maior.

Não sei bem por que eu quis saber. Talvez tenha sido uma maneira de conhecê-lo melhor. Mas talvez também uma forma de tentar calar aquela voz baixinha que não parava de perguntar: "Por *que diabos ele está com você?" Infelizmente, isso não me deixou menos insegura.*

Mas não me arrependo de minha decisão. Porque não estamos em um relacionamento em que eu poderia pirar com isso e ficar me perguntando se somos compatíveis por ele ser tão mais experiente do que eu. É só um relacionamento casual e, honestamente, quem se importa que ele tenha transado mais?

Na realidade, isso é só um incentivo para que eu comece a recuperar o tempo perdido.

Passei o restante da semana tentando evitar Maxine tanto quanto possível e, em seguida, corria para casa para ver Nick. Havíamos nos visto quatro vezes desde o encontro do Shard e, quando não estava transando com ele, eu ficava em casa, no Google, pesquisando dicas a respeito do assunto. Ainda não havia chegado ao orgasmo, mas certamente estava a caminho. O fato de ele ser apenas uma amizade colorida definitivamente ajudava. Eu não precisava me preocupar em tentar impressioná-lo – tudo que tinha de fazer era abrir as pernas e, de vez em quando, fazer alguns gracejos. Honestamente? Eu não entendia por que Lara se importava com o fato de Jez não ser alguém para namorar. O sexo casual era o melhor dos dois mundos.

Mas era cansativo. Bebemos uma garrafa de vinho na noite anterior e transamos diante da TV. Seguimos para a cozinha, onde ele tentou me comer sobre a bancada – até que encontrei queijo curado na bunda e o obriguei a ir para o quarto. Desde que Will roubara meu húmus, eu havia perdido o gosto pela mistura de sexo e comida. Na realidade, eu mal via Will nos últimos tempos. Senti uma pontada de culpa por não ter o último WhatsApp de Emma. Ela queria sair no fim de semana, mas eu já havia prometido a Nick uma maratona de sexo. No final, ela acabou indo para casa ficar com a família.

Abri a porta da frente, bocejando. Ao que parecia, eu teria a casa só para mim até que Emma voltasse à noite. Will havia saído com

Raj e as luzes estavam apagadas no quarto de Ollie. Era evidente que ele também havia saído. Larguei minhas coisas no quarto e caí na cama. Era legal estar sozinha em casa. Era divertido passar um tempo com Nick, mas eu ainda não me sentia completamente eu mesma com ele. Fazia dias que não peidava. Além disso, era uma droga ele ainda não ter me feito gozar, especialmente porque muitas vezes eu chegava bem perto disso. Tudo que precisava fazer era pedir-lhe que deslocasse um pouco os dedos, ou que se movesse mais rápido, mas eu não tinha coragem de pedir em voz alta. Eu me sentia muito estranha dizendo-lhe o que fazer.

Mas, no momento, eu não tinha esse problema... Abaixei as leggings e comecei a tocar meu clitóris. Era muito bom saber que eu conseguia me levar ao orgasmo. Iniciei a respiração que Veronica havia nos ensinado, então lembrei – meus brinquedos sexuais. Eu fui direto para o apartamento de Nick depois do curso e ainda não os havia usado. Provavelmente, continuavam na bolsa. Pulei da cama para pegá-la.

O vibrador era rosa e macio. Eu o envolvi, admirando o design aerodinâmico e a semelhança parcial com um pênis. Apertei o botão oculto "on" e o aparelho exibiu um brilho azul-elétrico. Também começou a zumbir alto. Eu o desliguei, assustada, e liguei o rádio para encobrir os sons se meus amigos voltassem.

Eu precisava fazer aquilo da forma correta. Com a respiração, as fantasias e tudo mais. Fechei os olhos para tentar abafar o rap de Jay Z sobre seus noventa e nove problemas e desci a mão para minha vagina. Acariciei delicadamente o clitóris e tentei criar uma fantasia, como Emma e a instrutora de sexo haviam sugerido. Imaginei Ryan Gosling nu, de pé ao meu lado, mas não me pareceu válido. Ele era famoso demais para que eu tentasse fazê-lo bater uma punheta em cima de meu corpo nu.

O homem de minha fantasia teria de ser anônimo – mas com o corpo de Ryan. Eu precisava de um cenário. O escritório de Maxine

me veio à cabeça. Isso era bom. Eu poderia visualizar um chefe poderoso e usar a fantasia de Lara do "me domine, por favor".
– Entre – disse ele.
Entrei na sala. Meus seios eram maiores, mais empinados e eu havia perdido magicamente cinco quilos.
– O que foi?
– Ellie, você anda muito ousada.
– Sério?
– Acho que você tem que vir até aqui e se ajoelhar.

Gemi. Minha fantasia era um lixo. Parecia um pornô de má qualidade – provavelmente porque eu havia visto mais sexo nas telas do que na vida real. Que se danassem as preliminares, eu simplesmente pegaria o vibrador para enfiá-lo em mim.

O aparelho zumbiu e comecei a esfregá-lo de leve no clitóris. A sensação assemelhava-se à de meu vibrador-bala e comecei a ofegar de forma familiar. Eu o afastei e parei antes de gozar ao massagear meu ponto C. Esse era o fácil – eu precisava tentar encontrar os demais.

Enfiei o vibrador em mim. Senti um desejo incontrolável de rir pela sensação provocada pelo zumbido, mas me segurei. Encontrar meu ponto A era assunto sério, quanto mais meu ponto G, que representava um novo nível. Eu me obriguei a focar e enfiei ainda mais o vibrador. Gritei. Eu tinha a sensação de que o aparelho estava golpeando meus ovários. Nick nunca havia entrado assim tão fundo em mim – acho que seu pênis não seria capaz de chegar lá. Porra, era esse o meu ponto A?

Enfiei mais o vibrador e ele voltou a encostar o mesmo local, mas não me senti prestes a gozar. Trapaceei e recomecei a acariciar o clitóris. Suspirei de prazer e desejei que as garotas só conseguissem gozar tocando o clitóris. Toda essa coisa de ponto A–G estava se tornando estressante.

Senti minha vagina lubrificar e puxei o vibrador. Queria encontrar meu ponto G com os dedos. Fiz o dedo indicador direito deslizar para dentro e tentei descobrir a tal noz que Veronica havia mencionado. Minhas entranhas pareciam moles e pegajosas. Era meio nojento. Por que James Martell ficou tão ansioso para enfiar os dedos em mim no último ano escolar?

    Suspirei de frustração. Eu não conseguia sentir a noz. Talvez não estivesse suficientemente excitada. Fechei os olhos de novo e tentei voltar a ser dominada por meu homem da fantasia.

    – Me chupe – ordenou ele.

    Eu me aproximei e tirei seu cinto. Ia atirá-lo longe, mas mudei de ideia. A fantasia era minha. Eu podia fazer o que quisesse. Peguei o cinto, que de repente se transformou em uma corda, e o amarrei na cadeira.

    – Não – retruquei. – Quero que você me chupe.

    Abri minha blusa indecente e enfiei os peitos na cara dele. Ele começou a chupar meu mamilo direito.

    Senti o rosto esquentar. Era divertido entrar na fantasia, mas fiquei com vergonha de estar com o mamilo pendurado na cara do sujeito. Eu não havia imaginado que a vergonha poderia se esgueirar para dentro das fantasias.

    Ignorei a culpa religiosa que meus avós haviam tentado me incutir e rasguei as roupas do meu homem. Passei as mãos por seu corpo e segurei seu pênis. Ele ofegou.

    Empurrei a cadeira para o chão para que sua cabeça ficasse pendurada e sentei-me em seu rosto. Ele começou a lamber gentilmente meu clitóris – mas então meu eu imaginário começou a surtar, temeroso de que minha vagina estivesse fedendo.

    – Me fode – pedi.

    As cordas desapareceram e, em uma fração de segundo, ele estava me penetrando por trás. Enfiei os dedos na vagina. Estava totalmente lubrificada agora. A fantasia estava funcionando. Quem diria que eu gostava de dominar – se bem que eu o estava obrigando a me comer de quatro. Isso não tinha mais a ver com ser dominado?

Ah, quem se iria se importar, eu havia acabado de descobrir minha NOZ.

Estava na parede dianteira da vagina, exatamente como Veronica havia prometido. Parecia um nódulo mínimo. Eu o esfreguei e sorri. A sensação era boa, mas eu ainda não me sentia próxima ao orgasmo. Talvez necessitasse do vibrador?

Eu o enfiei, mas, para minha irritação, não consegui acertar o ponto. Gemi ao inclinar-me para tentar enfiá-lo em outro ângulo. Estava quase lá. Eu só precisava...

– Ellie? – A porta abriu-se e Ollie surgiu na minha frente. Eu estava de pernas abertas na cara dele. Larguei o vibrador, que pulou de dentro de mim zumbindo e caiu sobre a coberta.

– ARGH – gritei. – O que você está fazendo? Sai do meu quarto!

Ele continuou paralisado, contemplando minha vagina. Fechei as pernas com força e puxei um cobertor sobre o corpo. O vibrador continuava a zumbir e cintilar sobre a cama.

– Cai fora! – gritei.

Ele piscou e saiu do quarto depressa. Ah, merda. Aquilo não era nada bom. O companheiro de casa de quem eu seriamente gostava havia acabado de me ver na posição mais inconveniente que se poderia imaginar. Com a vagina em sua cara. Ah, meu Deus, eu nunca mais conseguiria olhar para ele.

Desliguei o vibrador e puxei a calcinha e a *legging*. Eu deveria ir até o quarto dele e tentar explicar? Mas a situação era bastante óbvia. Gemi e deixei a cabeça cair entre as mãos.

Houve uma batida na porta.

– Quem é? – perguntei com nervosismo, sabendo exatamente quem seria.

– Ollie. Posso entrar?

Ah, meu Deus, meu Deus, meu Deus.

– Hum, tudo bem.

A porta se abriu e lá estava Ollie, parecendo culpado. A luz do sol que vinha da minha janela caía-lhe sobre o perfil perfeito e mordi o lábio de desejo. Eu preferiria muito mais ter uma noite com ele a imaginar o cara da minha fantasia.

– Ellie, sinto muito por ter flagrado você assim.

– Ah, sem problema – retruquei em tom despreocupado. – Está tudo bem, não importa. Vamos fingir que isso nunca aconteceu.

– Mas eu bati – disse ele. – Acho que você não ouviu por causa da música. – Ele gesticulou em direção ao rádio, que agora tocava algum tipo de *house music*.

– Honestamente, está tudo bem. Sei que você não teve intenção de invadir.

– Certo – disse ele. – Posso sentar na sua cama?

– Claro – respondi, fazendo um gesto em direção a uma das extremidades. Ele sentou e olhou para mim. Estávamos a cerca de trinta centímetros de distância, pois minha cama havia sido feita para crianças. – O que está acontecendo?

– Só... achei que deveríamos conversar.

– Não podemos fingir que não houve nada? Acho que estou muito envergonhada para reviver os acontecimentos.

– O que você estava fazendo? – perguntou ele com curiosidade, ignorando totalmente meu apelo.

Eu o encarei.

– Você está brincando?

– Eu só... Você estava se masturbando? – perguntou ele, olhando direto em meus olhos. Os seus eram de um azul-claro insano e pareciam perfurar meu clitóris latejante.

Suspirei. Não fazia sentido me perder em rodeios.

– Comprei um vibrador novo hoje – expliquei sem meias palavras. – Eu só estava experimentando o aparelho e pensei em dar uma procurada no meu ponto A.

– O que é isso?

— Hum, é uma zona erógena que pode fazer uma mulher chegar ao orgasmo. — Olhei para Ollie para vê-lo contrair o rosto ou rir, mas ele me pareceu realmente interessado. Talvez desejasse aprender algumas dicas para usar com Yomi. A vadia.

Ele sorriu para mim.

— Você está tentando chegar ao orgasmo?

— Esse é geralmente o objetivo da masturbação.

— Uau, isso é... Nunca conheci uma garota que fosse tão aberta sobre esse tipo de assunto. Yomi não está preparada para discutir essas coisas. Acho que ela nunca se masturba.

— Sério? Pensei que todas as garotas fizessem isso.

— Não. Ela é meio... reservada quando se trata de sexo — explicou ele. — É uma droga. Como estamos juntos há quatro anos, acho que as coisas estão ficando meio sem graça.

Eu encarei-o, surpresa. Era evidente que ele não estava feliz com Yomi. Quem sabe... quem sabe ele não terminava com ela e transava comigo para sempre?

— Que pena! — disse eu no tom mais solidário possível. — Vocês não tentaram animar um pouco a coisa?

— Honestamente, acho que a única coisa que pode me animar é dormir com outra pessoa.

Senti-me sufocar.

— Uau, certo. Essa foi forte.

— Foi — concordou ele. Eu estava imaginando ou ele estava me encarando? De um jeito muito sexual?

— E então, os outros saíram?

— Saíram, só vão voltar tarde da noite — respondeu ele. — Você quer uma bebida?

— Hum, tudo bem.

Ollie saiu do quarto e voltou com uma garrafa de uísque e dois copos.

— Lembrei que você gosta de uísque, certo?

Qual era a dos homens ao tentar me fazer beber uísque puro? Suspirei.

– Gosto. Normalmente com alguma mistura, mas por que não?

– Desculpe, não temos nada, a não ser que você queira concentrado de fruta. – Fiz uma careta. – Foi o que pensei. Aqui está.

Peguei o copo que ele me estendeu e tomei um golinho. Era horrível.

– Ugh! – exclamei e bebi mais. – Horrendo, mas viciante.

– Não é? Ellie, isso é legal, você e eu passando um tempo juntos assim. Tenho a impressão que nunca chegamos a fazer isso.

Enrubesci. Era muito bom ouvir meu nome saindo de seus lábios. Seu perfeito... *OK, concentre-se, Ellie.*

– É, é divertido. Acho que você está sempre com Yomi e, eu, sempre no trabalho, fazendo tudo que Maxine me pede.

– Isso, ou em um dos seus encontros pela internet. Como vão eles?

– Ah, você sabe, só... merda. Mas conheci um cara num bar, dá para acreditar? Tenho saído com ele.

– Ele é a sua transa casual?

Enrubesci de novo. Era muito complicado Emma e Will contarem tudo a Ollie. Ele nunca gostaria de mim – mesmo com Yomi fora de cena – agora que sabia de cada detalhe humilhante de minha vida sexual infeliz. Ah, e pelo fato de ter visto minha vagina peluda.

– É. Nick. Vi o cara algumas vezes desde então. É uma TC.

– Você acaba de abreviar "transa casual"?

– Você quer saber se abreviei?

Ele balançou a cabeça e riu.

– Você é ridícula. Mas, nossa, parece que a coisa está ficando séria com esse cara, o tal Nick. Emma me contou que ele levou você a um bar bacana para beber e tudo mais.

– Bem, mesmo assim é totalmente casual. Mas acho que fiquei um pouco surpresa por ele querer me ver tantas vezes.

– Pois não devia – contrapôs Ollie. – É evidente que ele gosta de você.

Eu ri sem jeito, tentando não ficar vermelha outra vez. Era o uísque ou Ollie estava dando em cima de mim?

– Quem não gosta? – brinquei.

Ollie olhou para mim e me puxou inesperadamente em sua direção. Abri a boca, chocada, e quando meu rosto colidiu com o dele, seus lábios beijaram meu lábio superior e metade de meu nariz. O uísque derramou em minha calça. Eu me afastei e a sequei, então a ficha caiu: que merda eu estava fazendo ao secar minha calça enquanto Ollie Hastings estava me BEIJANDO?!

Sem pensar duas vezes, pousei o uísque, joguei os braços em volta de seus ombros e comecei a beijá-lo. Era incrível. Pela primeira vez, eu não estava pensando no que minha língua estava fazendo – sentia apenas a emoção de beijá-lo.

– Ah, meu Deus, Ellie – disse ele, afastando-se. – Eu queria fazer isso há tanto tempo.

Santo Deus. Fazia séculos que Ollie gostava de mim. Aquilo era um milagre.

– Sério?

– Sério e, então, quando entrei aqui e vi você com o vibrador, fiquei muito excitado. Adoro que você seja tão sexual e se toque. Meu Deus, que tesão!

Ele começou a tirar a roupa e arrancou minha camiseta. Eu estava seminua, com os peitos expostos diante de Ollie, que me olhou como se eu fosse uma obra de arte e agarrou meus seios. Aquilo estava realmente acontecendo. Eu ia transar com Ollie. O rosto de Yomi me passou pela cabeça e senti-me mal. Então Ollie arrancou meu sutiã e gemeu, aprovando meu corpo. Ninguém jamais havia olhado para mim assim.

Ollie tirou minha calça e calcinha, e fomos nus para a cama. Seu corpo era magro e tão vigoroso quanto eu havia fantasiado, mas ele tinha um emaranhado inesperado de pelos pubianos. Eu não sabia que pelos pubianos masculinos ao natural pareciam tão... selvagens.

– Gosto de você há tanto tempo, Ellie – disse ele enquanto beijava meu pescoço. – Quis transar com você desde que nos conhecemos no verão.

Senti meu clitóris latejar e mordi o lábio inferior para impedir que um imenso sorriso se espalhasse por meu rosto. Ollie, o homem mais atraente que eu já havia conhecido, desejava trepar comigo. Coloquei a mão em sua cabeça loura raspada e o puxei em minha direção. Beijei-o longa e intensamente.

– Eu também – retruquei. – Mas Ollie e...

– Está tudo bem – disse ele com segurança. – Esqueça. É o que eu quero. Só por uma noite. Para tirar isso do nosso corpo. – Ele beijou meu pescoço e falou por entre os beijos. – Você estava muito ousada, sentada ali com o vibrador. – Beijo. – Estava tão sexy... – Beijo. – E está basicamente traindo o tal Nick. – Beijo. – Você é tão depravada quanto eu.

Sorri, hesitante. Na realidade, eu não era tão depravada assim – e definitivamente, não estava traindo ninguém –, mas se Ollie me desejava depravada, eu o satisfaria. Eu o empurrei em direção à cama e montei nele. Ele me observou com puro deleite. Aquilo me estimulou e debrucei-me sobre seu pênis. Era mais grosso e mais curto que o de Nick. Respirei fundo, abri a boca o máximo possível e abaixei.

Eu o chupei, tentando deixar a boca bem cheia de saliva. Ele gemeu alto e continuei.

– Espere, pare – gritou Ollie.

Ah, droga. Um flashback de minha pior lembrança voltou e assustei-me. Eu o havia mordido?

– O que foi?

– Você tem que parar ou vou gozar. Quero comer você. Me deixe entrar em você.

Engoli em seco.

– OK, você tem um preservativo?
– Droga – disse ele. – Você não toma pílula?
– Hum... não. Eu sou solteira.
Ele pareceu nervoso, então se levantou de repente.
– Acho... talvez eu tenha um no meu quarto. Vem comigo.
Corremos completamente nus até seu quarto, ao lado do meu. Ele abriu as gavetas e começou a procurar o preservativo. Olhei de relance para o guarda-roupa e vi a colagem dele com Yomi. Havia aumentado desde a última vez que estive ali e, a essa altura, parecia um santuário do relacionamento dos dois. Eu me senti muito mal.
– Aqui – disse ele em tom triunfante. – Tenho um. Vá para a cama, Ellie.
Ah, meu Deus. Transaríamos sob o olhar atento de Yomi.
Ele fez o preservativo deslizar sobre seu pênis e montou em mim. Gritei de dor quando ele me penetrou. Seu pênis era mais largo que o de Nick e eu não estava acostumada a ele.
Ollie gemeu alto e começou a dar impulsos muito rápidos. Mordi o lábio devido à dor e tentei respirar durante a sensação de ter meu hímen rasgado ao meio. Talvez Jack não tivesse realmente tirado minha virgindade e isso poderia estar acontecendo naquele momento?
– Isso é bom demais – gritou Ollie. – Uhhhh.
Ele me penetrou ainda mais. Estava entrando tão fundo que poderia atingir meu ponto A, mas eu não tinha a sensação de que chegaria a gozar. Estava doendo muito.
– Vamos mudar de posição – pediu ele. – Fique de joelhos.
Concordei com um aceno de cabeça hesitante. Aquilo tudo era muito estranho. Ele saiu de dentro de mim e respirei aliviada. Mas, então, Ollie me empurrou de encontro à parede e começou a me comer por trás.
Tentei curtir minha posição preferida, mas seu pênis era grande demais, eu me sentia estranha e O ROSTO DE YOMI ME ENCARAVA DA ESCRIVANINHA DELE.

– Ollie, saia de dentro de mim – pedi.
– O quê? Estou quase gozando.
– Saia – pedi com incômodo, deslocando-me para frente. Ele resvalou por cima de mim e desabamos sobre a cama.
– O que você está fazendo, Ellie?
– O rosto de Yomi está me encarando. Não posso fazer isso. Simplesmente não posso.
Ele suspirou e deitou de costas na cama.
– Não acredito que você tenha parado quando eu estava quase gozando.
Olhei para ele.
– Sério, Ollie. Você está mais chateado com isso do que por ter acabado de trair sua namorada de muito tempo?
– Já dormi com garotas antes. Ela não sabe nem nunca vai saber. Isso não vai magoar Yomi. De qualquer forma, El, vamos esquecer isso, por favor. Acho você tão sexy. – Ele começou a esfregar meus seios e acariciar meu rosto. – Sério, você é maravilhosa. Tudo que quero é penetrar você.
Senti minha vagina latejar outra vez. Por que aquilo era tão irracional? Passei as mãos pelo corpo moreno de Ollie e friccionei seu pênis. Era liso e... Espere, por que ele não estava emborrachado?
Sentei. A camisinha havia desaparecido.
– Hum, onde está a camisinha, Ollie?
– Não sei. Eu não tirei. Deve ter caído quando você me fez sair de dentro de você.
Ignorei o tom acusatório em sua voz e levantei de uma vez. O preservativo não estava na cama, nem no chão. Não estava em lugar nenhum.
– Tem certeza que não está dentro de você? – perguntou ele.
– O quê? Não seja ridículo – gritei. Como um preservativo poderia ficar preso dentro de mim? Isso nunca aconteceria. Não era um tampão. Eu certamente seria capaz de senti-lo se ele estivesse lá

dentro. Espere, o que era aquilo? – Ah, meu Deus. Não me diga que isso está acontecendo – falei com desespero. – Como uma camisinha ficou presa dentro de mim?

Agachei no chão, na esperança de que o preservativo saísse. Isso não aconteceu. Enfiei a mão lá dentro para tentar puxá-lo, mas meus dedos não conseguiram encontrar o preservativo. Ele estava completamente alojado em minha vagina.

CAPÍTULO 27

– Não sei por que estamos aqui, Ellie. Isso é ridículo.

Eu me virei para encarar Ollie, aborrecida. Ele estava agindo como um completo idiota. Precisei usar todos os meus poderes de persuasão – e por fim a chantagem – para fazê-lo me acompanhar à emergência hospitalar. Ele se recusou até mesmo a pagar um táxi e me obrigou a pegar o ônibus. Agora estávamos sentados em cadeiras de plástico branco desconfortáveis, em uma fila de quatro horas e eu tinha látex dentro da vagina.

– Ollie, sério, que porra é essa? Não é você que tem uma camisinha presa dentro do corpo. Isso pode ser muito perigoso. Como você *não quer* estar aqui? – gritei.

Ele franziu a testa e virou-se para me encarar.

– Você acha que quero passar minha noite de domingo em um serviço de emergência? Você está sob efeito de quê, Ellie?

– E você acha que eu quero? Não tenho escolha. Posso ter uma síndrome do choque tóxico ou coisa do gênero. Você sabe o quanto isso é perigoso? – perguntei. – Além disso, borracha talvez seja ainda pior do que tampões. Posso ter uma *infecção*.

– Certo, bem, duvido que uma noite causaria tanto problema. Você poderia vir de manhã cedo. Isso é uma reação muito exagerada.

Minha boca se escancarou.

– Acabo de dizer que posso ter uma infecção e você acha isso uma reação exagerada? Posso estar grávida, Ollie. Ou, quem sabe, ter pegado alguma coisa de você.

Uma mulher com uma criança nos braços lançou-nos um olhar de repulsa e virou-se. Uma idosa piscou para mim. Ah, meu Deus. Estávamos oficialmente tendo uma briga doméstica no Hospital Royal London em Whitechapel.

– Você está realmente insinuando que posso ter uma DST? – perguntou Ollie. Olhei para o piso. Era verde-claro e parecia bem sujo para um hospital. – Ellie?

– Desculpe – declarei por fim. – Eu não quis dizer isso. Só estou estressada com a possibilidade de haver alguma coisa errada comigo.

Ele suspirou.

– Tudo bem. Não quero brigar com você, é óbvio. Só não sei o que dizer.

Fechei os olhos. Eu tampouco. Havia acabado de dormir com meu colega de casa e o ajudado a trair a namorada. Era para ter sido divertido e estimulante, mas eu me sentia apenas meio suja e deprimida. Sexo com Ollie havia sido minha primeira sacanagem propriamente dita e acabamos respingando sangue nas paredes de seu quarto e, eu, com látex preso dentro de mim. Se alguma vez houve um sinal claro de que algo estava condenado, era esse.

– Ollie, está tudo bem. Vamos esquecer isso e esperar que tudo se resolva o mais rápido possível – disse eu. Brigar com ele naquela sala de espera deprimente não tornaria minha noite melhor. Mesmo que ele estivesse se comportando como um completo babaca.

– Tudo bem, legal. Vou comprar uma bebida. Você quer alguma coisa?

– Eu ia adorar um chá de camomila.

– Hum, OK. E se eles não tiverem camomila?

– Hortelã? Chá verde? – Ele ergueu as sobrancelhas. – Ou... um chá normal?

– Legal.

Ele levantou-se e envolvi firmemente o corpo com minha jaqueta. Desejei estar bêbada. Talvez até não notasse como todos os outros ali eram velhos ou malvestidos. Senti-me deslocada. Eu não deveria estar em um serviço de emergência de merda com um preservativo preso dentro de mim – deveria estar na cama com meu chá de ervas, assistindo à TV. Como isso podia ser minha vida? Eu tinha um diploma, pelo amor de Deus, por que estava no hospital em um domingo à noite com uma emergência sexual?

Suspirei alto e pousei a cabeça nas mãos, pouco me importando com o que os outros pensavam. Eu não devia ter transado com Ollie. Sabia que era errado. Mas ele não parava de dizer que eu era gostosa e fazia séculos que eu não me sentia tão bonita. Ele era muita areia para o meu caminhão – havia sido lisonjeiro.

No entanto, Ollie estava se mostrando um tanto babaca. Ele sempre havia sido tão egoísta? Com um suspiro, percebi que provavelmente sim. Eu só não percebi por ter ficado cega com a beleza dele. Típico. Peguei o celular. Eu precisava das minhas amigas.

Emma: Ellie, kd você? Pensei que íamos assistir a *Downton Abbey* juntas.
Lara: Ela deve estar outra vez na casa de Nick... nós criamos um monstro, Em. Ela anda viciada em sexo atualmente.

Ri com ironia. Elas não faziam ideia. Meu Deus, eu estava com saudades. Desejei tê-las ali comigo em vez de Ollie. Talvez elas pudessem vir?

Eu: Amigas. Aconteceu uma coisa louca. Estou no serviço de emergência.
Emma: PQP!
Lara: VOCÊ ESTÁ BEM?
Emma: Onde você está? Vamos agora.
Eu: Fiquem calmas, não é terrível. Eu só... estou com uma camisinha presa dentro de mim.

Lara: Hahaha.
Emma: Ah, querida. Você não pode simplesmente retirar?
Eu: Bem que tentei. Por uma hora. Então aqui estou.
Lara: Desculpe, mas você não pode me tirar de Oxford para ir a Londres só por causa de um pedaço de látex perdido. Nick está aí com você?
Eu: Eu não queria contar pelo WhatsApp, mas aconteceu uma coisa ruim. Não foi com Nick.
Emma: ???
Eu: Foi com Ollie.

    A conversa foi interrompida e então Lara me telefonou.
    – Ellie, porra, você está de brincadeira comigo?
    – OK, pare de xingar, estou no hospital. Além disso, não posso falar. Ele vai voltar em um segundo.
    – O que aconteceu? Não posso acreditar que você tenha feito isso. E a pobre da namorada dele? Você conhece a garota.
    Suspirei.
    – Eu sei. Estou me sentindo muito mal. Mas de um jeito meio surreal. Provavelmente porque ele está ali no corredor. Ele me encheu de elogios. Tive a impressão de que também gostava de mim esse tempo todo.
    Ela gemeu.
    – Claro que ele a elogiou tanto. Estava dizendo o que sabe que você queria ouvir. Ele só queria transar com você, Ellie.
    – Tudo bem, obrigada. Agora estou oficialmente me sentindo uma merda.
    Ela suspirou.
    – Não quero que você se sinta horrível, Ellie. Eu só... É uma coisa séria. Você viu como Emma se sentiu mal quando viu Sergio a traindo.
    – Isso foi completamente diferente – gritei.
    – Como?

— Bem, fazia séculos que eles estavam juntos e ele estava dormindo com outra pessoa. Comigo e com Ollie só aconteceu uma vez.
— Ele está com a namorada há uns quatro anos, Ellie. Além disso, você não acha que Emma teria ficado tão chateada se fosse só uma vez quanto se fosse uma coisa frequente?
Fiquei péssima.
— Acho que sim. Agora estou me sentindo mal.
— De mais a mais, você não acha que Nick se importaria?
— O quê? Não, nós não somos namorados. Olhe, tenho que ir, Lara. Acho que Ollie está voltando. Ligo para você amanhã.
Sua voz abrandou.
— OK. Bem, não se torture muito, El, o que está feito está feito. Espero que a questão do preservativo se resolva.
— Obrigada, falamos mais tarde.
Desliguei sentindo-me péssima. Era a primeira vez que eu mentia para Lara para desligar o telefone — que inferno, era a primeira vez que desejava desligar o telefone ao falar com ela, ponto final. Mas ela estava com a razão. Eu não podia fingir que aquilo era apenas um típico drama da minha geração. Havia traído de verdade e arruinado um relacionamento de quatro anos. Eu era uma pessoa horrível. Emma devia me odiar. Olhei para meu celular com nervosismo para ver se ela havia respondido.

Emma: Por favor, diga que não é verdade.
Emma: Ellie??
Emma: Ou pelo menos diga que foi porque ele acabou de romper com Yomi.
Emma: Por que você faria isso??
Emma: Você está bem??

Senti vontade de chorar. Havia feito com Yomi exatamente o que Sombra Azul havia feito com Emma. A única diferença era que

Yomi não havia aparecido com uma festa de aniversário surpresa na mão e nos surpreendido *à la* Serge. Eu era uma perfeita vadia. Uma vadia com uma borracha perdida na vagina. Carma 1, Ellie 0.

– Ei – disse Ollie de pé ao meu lado, segurando dois copos de isopor. – Desculpe ter demorado tanto. Foi muito difícil achar camomila, mas consegui no final.

Peguei um dos copos, agradecida, e tomei um golinho. A bebida me queimou a língua, mas a dor me fez esquecer a vontade de chorar. Carma 2, Ellie 0.

– Demora para o médico nos atender? – perguntou ele.

– Não sei. Você se importa que eu saia e dê um telefonema rápido? Preciso falar com Emma.

– O quê? – protestou ele. – Você não pode contar nada disso a ninguém, Ellie. Yomi não pode descobrir. Prometa que vai manter isso em segredo.

– Mas por que Emma contaria a Yomi? Ou mesmo Lara? Elas não conhecem a sua namorada.

– Essas coisas sempre têm um jeito de vir à tona, a não ser que nenhum de nós diga nada. Não estou brincando – prosseguiu ele, encarando-me com seus olhos azuis profundos. Pela primeira vez, não senti meus joelhos fraquejarem.

– Ollie, é minha vida também. Preciso contar a minhas amigas – retruquei, ignorando convenientemente o fato de já ter contado para elas.

– Por favor, Ellie. Gosto de Yomi de verdade. Não quero estragar as coisas com ela.

Fechei os olhos rapidamente. Agora eu sabia por que não se transava com caras comprometidos. Doía muito saber que eles amavam mais a outra pessoa. Que, na realidade, não amavam você e provavelmente mal gostavam de você.

– Tudo bem – prometi. – Não vou contar a ninguém. – Tecnicamente, ainda era uma promessa se eu não contasse a ninguém a partir daquele momento, certo?

Ele suspirou de alívio.

– Obrigado – disse ele. – Ei, espere, aonde você vai?

– Vou ligar para Emma. Só não vou contar a ela – menti em tom despreocupado, levantei e afastei-me o máximo possível das cadeiras de plástico brancas.

Ouvi o telefone chamar repetidamente, mas Emma não atendia. Roí as unhas e liguei de novo. Dessa vez ela atendeu.

– Alô?

– Estou tão arrependida – choraminguei. – Não pensei em nada. Simplesmente esqueci o quanto isso machucaria Yomi e fiquei muito lisonjeada por ele gostar de mim.

Emma suspirou.

– Ellie, você não precisa se desculpar comigo, embora eu ache que isso significa que ele não terminou com Yomi. Não estou brava com você. Não tenho esse direito. Acho que só estou surpresa por você ter feito isso. Não parece muito... você.

Por que ninguém parava de dizer que aquilo não era um traço da minha personalidade?!

– Mas por que não? – retruquei com certa rispidez na voz. – Vocês vivem me ajudando a agir como uma puta e isso só parece ser o próximo passo, sabe? Uma transa casual com o cara de quem gosto e não voltaríamos mais a falar nisso. É o tipo de coisa que sempre acontece no cinema. Bem, menos a cena de vir à emergência depois.

– Acho que você tem uma ideia errada sobre ser puta, Ellie – disse Emma baixinho. – Não tem nada a ver com não ter moral e machucar as pessoas. Tem tudo a ver com transar muito e gostar disso. Você ao menos gostou de transar com Ollie?

– Não – confessei, sentindo-me outra vez uma merda e culpada à medida que a raiva tornava a desaparecer. Minhas emoções não oscilavam tanto desde os 15 anos. Talvez o látex estivesse interferindo em meus hormônios?

– Acho... acho que gostei da ideia da coisa. Eu só... Urgh, estou me sentindo muito fodida. Devia ter continuado virgem. Não consigo ser uma puta decente.

– Querida, pare de ser bizarra – disse Emma. – É evidente que é bom você estar fazendo o que quer, sendo sexualmente livre e uma mulher moderna, só... prefira os solteiros, Ellie.

Suspirei.

– Eu sei. Desculpe. Estou com saudades. Estou muito, muito arrependida do que fiz.

– Eu sei. Também estou com saudades. Vá tirar essa camisinha de dentro de você e volte para casa.

– Vai ser tão estranho com Ollie... Meu Deus. Estraguei tudo para o pessoal em nossa casa também. Ele me fez jurar que eu não contaria a nenhuma de vocês. Você me promete que Will não vai descobrir?

Fez-se silêncio.

– Emma? – chamei. – Não me diga que você já contou a ele.

– Fiquei perturbada e isso trouxe más lembranças de Sergio – gritou ela.

– Você não vai jogar essa conversa para cima de mim – gritei. – Não posso acreditar que tenha contado a ele. Amanhã vai ser um inferno. O que foi que eu fiz?

– Fique calma e volte para junto de Ollie. Aja normalmente e lidamos com tudo isso amanhã, OK? Lembre-se do que Rhett disse a Scarlett.

– Que ela era uma vadia mimada e egoísta?

– Que amanhã é outro dia – disse ela e a linha ficou muda. Eu me aproximei de Ollie sentindo-me um pouco melhor do que depois da conversa com Lara. Ela havia me atingido com verdades profundas de um jeito que só uma amiga muito antiga poderia fazer e, tudo bem, o fato de Emma também estar decepcionada era uma droga, mas ela ao menos não havia gritado comigo. Eu podia lidar com isso.

— Ellie, eu estava tentando enviar uma mensagem — disse Ollie.
— O médico está pronto para ver você.

— Ah, merda. Tudo bem, vamos.

Seguimos uma enfermeira rumo a um cubículo verde com uma cortina. Um homem de jaleco branco com um estetoscópio entrou.

— Oi, sou o Dr. Patel. Como posso ajudar?

— Oi, hum, tenho um preservativo preso dentro de mim.

Sua expressão facial não se alterou e ele puxou um bloco de notas.

— Ok, quando isso aconteceu?

— Há mais ou menos quatro horas, acho — respondi, olhando em dúvida para Ollie. Ele deu de ombros.

— E você tentou retirar o preservativo? — perguntou ele.

— Tentei sim por quase uma hora. Só que não consegui alcançar. Isso é perigoso? Eu vou ficar bem?

— Deve estar tudo bem — disse ele. — Deite que vou dar uma olhada, mas acho que ele provavelmente está alojado na parte superior do seu canal vaginal, perto do colo do útero. Ele não pode se perder, não se preocupe. Vamos conseguir retirar. Mas foi bom você ter vindo porque, se ele ficar aí por algum tempo, as bactérias podem se acumular e você pode pegar uma infecção.

Lancei a Ollie um olhar triunfante. Eu sabia que infecções eram possíveis.

— Agora, se seu namorado quiser sair, vou examinar você — disse o Dr. Patel.

— Ah, ele não é meu... — expliquei enquanto Ollie começava a dizer o mesmo. Nós nos entreolhamos e corei. Ele saiu do cubículo e obedeci a ordem do Dr. Patel de subir na cama.

— Certo, você pode tirar a calça e a calcinha? — pediu ele.

Retirei a legging e a calcinha. Ruborizei ao ver minhas pernas carnudas e minha vagina peluda expostas sobre a cama de plástico azul. Dr. Patel não me pareceu perturbado. Afastou minhas pernas, vestiu luvas e aproximou-se de minha vagina.

Fechei os olhos e senti objetos me cutucarem por dentro. Estremeci ao imaginar bisturis de metal pontiagudos. *Respire, Ellie, um, dois, três, respire*, eu disse a mim mesma, tentando recordar o que a instrutora de ioga havia recomendado na única vez que eu havia comparecido à aula. *Encontre o seu centro, ommm.*

As cutucadas e minhas tentativas de meditação prosseguiram por algum tempo, então senti algo deslizar para fora. Abri os olhos e vi o Dr. Patel segurando uma pinça de metal com um preservativo flácido na ponta. Ri de alegria.

– Você conseguiu! – gritei.

– Consegui. Agora vou deixar você com a enfermeira para finalizar o processo. Ela vai explicar todo o resto. Só tome cuidado da próxima vez. Tente pedir ao seu namorado para segurar a base do preservativo quando retirar o membro e se certificar de que o preservativo seja do tamanho certo. Tudo bem?

Concordei com um aceno de cabeça, sem nada dizer.

– Talvez você também queira tomar um contraceptivo de emergência para se proteger da gravidez. E recomendo um exame para detectar alguma DST.

Olhei para ele. Eu não havia pensado que teria de tomar a pílula do dia seguinte. Esse era o tipo de coisa que as pessoas realmente depravadas faziam. Pessoas que transavam com estranhos em banheiros de boate ou... dormiam com colegas que estavam em longos relacionamentos. Inclinei a cabeça. Dr. Patel estava certo. Eu merecia a pílula do dia seguinte e todas as suas consequências.

Carma 1 milhão, Ellie 0.

CAPÍTULO 28

Às 6:45 da manhã meu despertador disparou. Tateei em todas as direções à procura do celular, que não parava de zumbir, e apertei o botão soneca. Eu havia dormido por cinco horas – passadas, em grande parte, entre preocupações com gravidez, DSTs, a possibilidade de Yomi me assassinar enquanto, agora, precisava ir para o trabalho. Ah, meu Deus, o trabalho. Maxine. Eu tinha uma semana inteira de sacanagens e exigências constantes pela frente.

Senti um nó de medo surgir em meu estômago e fechei os olhos com força. Eu não havia dormido o suficiente para lidar com Maxine naquele dia. Talvez devesse telefonar e dizer que estava doente? Eu havia ido à emergência hospitalar na noite anterior. Mas até mesmo o pensamento de fugir do trabalho me deixava culpada. Ajeitei o edredom à minha volta, perguntando-me se poderia tirar um cochilo de dez minutos, até lembrar que Ollie acordava às sete. Eu não conseguiria encará-lo – nem qualquer outra pessoa. Afastei o edredom e corri direto para o chuveiro.

Quinze minutos mais tarde, esgueirei-me porta afora. Meus cabelos ainda estavam molhados e eu usava roupas de trabalho confortáveis – calça jeans preta e pulôver cinza folgado, sem maquiagem –, mas ao menos havia conseguido sair sem ver meus amigos. Agora precisava apenas descobrir como sustentar isso pelos nove meses restantes do contrato.

Mantive os olhos semicerrados no trem de superfície até a estação Highbury & Islington e me arrastei pela multidão até o metrô.

Em geral, eu passava a viagem pensando em coisas desagradáveis sobre os passageiros que invadiam meu espaço pessoal, mas naquele dia estava deprimida demais. Depois do que havia feito na noite anterior, todos deviam estar pensando coisas ruins a meu respeito. Eu era uma pessoa horrível.

Senti meus olhos se encherem de lágrimas e desejei que eu conseguisse segurá-las. Estava me sentindo tão culpada... Agora que a ficha havia caído, a coisa toda parecia ainda mais sórdida do que no hospital.

Por que eu havia feito aquilo?! Tudo bem, era boa a sensação de ter sido desejada pelo gostosão inatingível de quem eu gostava há muito tempo, mas ele só havia me usado para uma transa rápida. Eu sabia que ele tinha namorada. Como o desejo foi mais forte que meus princípios morais? Eu nem sequer gostei do sexo – só havia sido bom ser tão desejada. Eu me senti sexy e legal. Meu Deus, que motivo patético para fazer algo tão terrível! A mulher da sombra azul provavelmente havia se sentido sexy ao transar com Sergio.

Mesmo que Yomi jamais descobrisse, eu havia influenciado o relacionamento deles para sempre. E se ela descobrisse... Imaginei seu rosto sorridente com a mesma expressão de Emma ao ver Sergio a traindo. A ideia de ser responsável por fazer com que alguém se sentisse mal me fez querer chorar outra vez. Eu já não me sentia sexy nem legal – sentia-me asquerosa.

...

Passei o dia inteiro recordando a noite de domingo. Às cinco da tarde, fui a primeira a sair porta afora e agora estava praticamente em casa. À medida que o ônibus se aproximava, sentia-me mais e mais aflita. Teria de ver Ollie outra vez. O que eu iria dizer?

O ônibus parou em nossa porta e entrei em casa. Eu precisava apenas ser adulta e encarar aquilo. Se fui idiota e dormi com meu colega, teria de enfrentar as consequências. Abri a porta e examinei o andar de baixo. Ollie não estava ali.

Corri para cima e vi a porta de seu quarto escancarada. Ele ainda não havia chegado. Graças a Deus. Ouvi ruídos no quarto de Emma e bati na porta. Também não desejava enfrentá-la, especialmente por ela ter ficado tão decepcionada ao telefone na noite anterior, mas eu estava com saudades e, no momento, precisava muito de uma amiga.

– Entre.

Entrei no quarto. Ela estava deitada na cama, assistindo a *House of Cards*.

– E aí, quais são as novidades? – perguntou ela. – Você dormiu com Will?

– O quê? Não, claro que não – falei depressa. – Eu... Você está com raiva de mim por causa dessa questão do Ollie?

Emma suspirou.

– Ellie. Ele foi embora.

– O quê? – perguntei sem entender. – O que você está querendo dizer? Quem?

– Ollie se mudou. Deve ter tirado o dia de folga no trabalho e saiu de casa hoje. Todas as coisas dele desapareceram e ele deixou um bilhete dizendo que decidiu morar com os pais em Bow por um tempo.

Eu a encarei sem entender.

– Por causa... de mim?

Ela deu de ombros.

– Acho que sim. Não consigo pensar em nenhum outro motivo para ele ter caído fora sem se despedir de nenhum de nós. Quer dizer, ele não é um *completo* filho da puta porque nos deixou o depósito para cobrir o aluguel do mês que vem, mas isso significa que precisamos encontrar alguém novo. E você sabe, o clima da casa inteira está uma merda.

– Sinto muito – sussurrei. – Eu não fazia ideia que isso pudesse acontecer. Achei que seria algo casual e... não sei, como um episódio de *Friends*, em que todos superam as situações e elas passam a não ser nada demais.

– A vida não é um episódio de TV – concluiu Emma.

– Eu não estava... Quer dizer, eu sei. Você conversou com Will? Ela deixou escapar uma risada seca.

– Hum, se por conversar você quer dizer "ficou ouvindo Will esbravejar sobre a quebra de um contrato de aluguel", então, sim, conversei. Ele também está muito chateado.

– Ah, merda – falei baixinho. – Não consigo acreditar nisso. Que Ollie tenha realmente ido embora. Não consigo acreditar que não tenha nem sequer se despedido de mim. Depois de tudo que aconteceu.

– Claro que seu primeiro pensamento tem a ver com você e não com o fato de termos um problema em casa – declarou Emma, voltando a assistir a *House of Cards*.

Olhei para ela, surpresa. Aquilo era muito inesperado. Emma nunca havia se zangado comigo e, mesmo ao conversarmos por telefone depois do sexo com Ollie, ela não havia demonstrado tanta irritação quanto Lara. Havia me perdoado e até mesmo citado ...*E o vento levou*.

– Emma, realmente sinto muito – repeti. – Vou encontrar alguém novo para substituir Ollie. Vou resolver tudo.

– Por mim tanto faz. – Emma deu de ombros. – Estou só assistindo.

Mordi o lábio e saí do quarto. Queria ligar para Lara, mas estava com o pressentimento horrível de que ela apenas repetiria o que Emma havia dito, porém com um pouco mais de palavrões e tons raivosos. Eu não conseguia acreditar que Ollie havia partido. Precisava ver por mim mesma.

Parei diante de seu quarto e abri a porta. O ambiente estava vazio, apenas com um colchão velho sobre a cama e a mesa de madeira em um canto. Por um segundo, pensei em transferir minhas coisas para lá e ter meu próprio quarto de casal, mas então lembrei o rosto de Emma. Isso provavelmente não faria muito bem para minha relação com ela e Will.

Todas as fotos de Ollie e Yomi haviam desaparecido e as paredes bege agora exibiam apenas as marcas dos adesivos. Enterrei a cabeça nas mãos.

Não era assim que eu havia imaginado o fim daquela situação. Por que estava ficando tudo tão complicado? Peguei o celular para ligar para Lara, mas não tive coragem. Senti vontade de telefonar para meu melhor amigo gay, Paul, mas ele estava morando na República Tcheca com o namorado e não valia a pena pagar £1,50 por minuto por causa daquela emergência. Meus dedos pairaram sobre o nome de Nick. Obviamente, Nick era apenas um parceiro sexual ocasional e eu não podia discutir meus sentimentos com ele, mas talvez pudesse combinar um encontro. Isso me animaria?

Ah, que se danasse. Pressionei "chamar".

– Ellie – atendeu ele. – Que bom saber de você. Como vão as coisas?

– Hum, nada mal, obrigada. E com você?

– Foi um dia cansativo no trabalho. Eu não estava nem um pouco ansioso pelo início da semana. Como foi seu domingo?

– Estressante – deixei escapar. – Meu colega de casa acaba de se mudar sem nos avisar, então estamos meio que no sufoco.

– Merda, isso é chato – disse ele. – Você sabe por que ele foi embora?

– Não, não faço ideia – menti. – Muito estranho.

– Bem, me avise se eu puder ajudar.

– Obrigada – disse eu. – Se você conhecer alguém que queira morar em um quarto de casal barato em Haggerston, seria uma grande ajuda.

– Vou perguntar por aí – disse ele –, mas a maioria dos meus amigos provavelmente está...

– Morando em bairros muito mais agradáveis? – concluí por ele.
– Coisa desse tipo. – Ele riu. – É bom falar com você. Acho que esta é a primeira vez que você me telefona, sabia?
– Sério? – perguntei. – Acho que sim, talvez seja. Não gosto muito de telefones.
– Bem, você também quase não me mandou mensagens – disse ele. – Eu esperava que você me chamasse para sair logo.
Sorri.
– Eu poderia dizer o mesmo.
– Você me pegou. Mas por que não vem amanhã à noite? Vou adorar ver você. Traga uma roupa limpa para trabalhar no dia seguinte e durma aqui. Que tal? Podemos assistir à TV ou coisa do gênero.
– Claro – disse eu. – Isso seria excelente.
– Tudo bem, ótimo. É melhor eu ir preparar minha comida. Até amanhã.
– Até amanhã – repeti e desliguei.
Nick foi inesperadamente gentil. O que era um alívio, considerando-se que nenhum de meus verdadeiros amigos sentia-se particularmente com vontade de estar perto de mim no momento. Graças a Deus eu tinha uma bela amizade colorida e não alguém que me ignoraria em um momento de necessidade.
Voltei ao meu quarto sentindo-me melhor, até esbarrar em Will.
– Então a vadia deu as caras – rosnou ele.
Engoli em seco.
– Will, estou tão arrependida. Eu não queria que Ollie fosse embora.
– Ah, bem, mas ele foi, não é? Meu melhor amigo caiu fora sem nem mesmo dizer isso na minha cara e agora nós estamos ferrados. – Will olhou ao redor para ver se eu conseguiria me espremer para passar por ele e subir, mas seus ombros largos ocupavam o corredor inteiro.
– Sinto muito – disse eu. – Por favor, não me deteste. Eu não queria estragar tudo.

– Não é da minha conta com quem você dorme. Não é da minha conta se você trai – disse ele. – Mas é da minha conta que você trepe com meu melhor amigo e transforme o cara em um babaca.

– Quem sabe... quem sabe ele já não era um babaca? – sugeri. – E só não tínhamos percebido?

– Talvez você tenha aflorado isso nele.

– Will, isso não faz sentido – gritei. – Você quer passar para eu poder ir para o meu quarto?

– Tudo bem, fuja, Ellie, mas saiba que considero você diretamente responsável por toda essa confusão. Ollie amava Yomi e foi você, nessa tentativa maluca de ser puta, que seduziu o cara e fez isso acontecer.

Minha boca se escancarou.

– Will, foi Ollie quem deu em cima de mim. Ficou dizendo que vivia pensando em mim e queria fazer isso há séculos. Eu tentei resistir.

– Hum, mas não resistiu muito, não é? – perguntou ele com sarcasmo.

Balancei a cabeça e passei por ele rumo ao meu quarto, sentindo-me a mesma merda de antes da ligação com Nick. De alguma forma, uma transa inofensiva fez com que um dos meus amigos fosse embora e os outros dois sentissem raiva de mim. Eu mesma me odiava pelo que havia feito. A não ser por eu estar melhor no trabalho e Nick ainda querer me ver, eu não saberia o que fazer.

Meu telefone tocou e olhei de relance para a tela. Lara. Eu o deixei tocar, em seguida pressionei a tecla "mudo". Eu não conseguiria lidar com um sermão naquele momento. Preferia mergulhar em uma maratona de séries na Netflix e fingir que nada acontecia. Era isso ou me afundar naquela merda.

CAPÍTULO 29

Sentei à minha mesa tentando redigir uma coluna. Eu não fazia ideia de como escrever algo sincero e interessante sem mencionar toda a saga com Ollie. Por enquanto, tudo o que eu tinha era: *O sexo é complicado. Tão complicado que você pode acabar em uma emergência hospitalar.* Deletei a frase e suspirei. Eu precisava de inspiração. Peguei o celular e chequei meu grupo no WhatsApp com Lara e Emma. Não havia novas mensagens e eu desconfiava de que as duas estavam trocando mensagens em particular, sem mim. Provavelmente a meu respeito.

Eu: Ei, meninas... faz séculos desde que saímos. Vamos fazer alguma coisa no fim de semana?

Cinco minutos depois, ainda não havia resposta. Nem mesmo um emoji. Minhas amigas estavam mesmo me ignorando. Eu nem sequer sabia o que havia feito de errado. Talvez devesse ligar para Lara. Peguei o telefone e a carteira e perguntei se alguém queria um café. Desta vez, Camilla olhou para mim com gratidão.
– Eu aceito um café com leite – disse ela. Balancei a cabeça, esperando que ela me entregasse algumas moedas, mas Camilla apenas moveu os lábios em um "obrigada" e voltou a olhar para o computador.

Revirei os olhos e deixei o escritório rumo ao Pret. Digitei o número de Lara, rezando para que ela atendesse. Eu ignorei sua chamada apenas no dia anterior, portanto ela não podia me detestar tanto assim se continuava tentando falar comigo.

No instante em que Lara atendeu, desejei não ter telefonado.

– Ah, finalmente ela liga – disse Lara. – Está sentindo coragem suficiente para me enfrentar?

Como ela sabia?

– Talvez – respondi. – Acho que você soube que Ollie se mudou sem dizer uma palavra e que Emma e Will estão furiosos comigo?

– É, eu soube. Foi por isso que liguei ontem, para ver como você estava.

Senti uma pontada de culpa por achar que ela ligou para gritar comigo.

– Sério? Pensei que você também estivesse com raiva de mim.

– Ellie, você é uma idiota e não devia ter dormido com ele, mas é óbvio que não estou zangada. Só acho que, no momento, você está um pouco... perdida.

Senti a pele formigar diante da franqueza de Lara, mas lembrei que preocupação era altamente preferível a ouvir seus gritos. Além disso, Lara era a única amiga que continuava falando comigo. Eu não estava em posição de discutir.

– O que você está querendo dizer? – perguntei em tom neutro.

– Só... tudo. Você está bem, El?

Comecei a chorar.

– Desculpe, é que... está tudo uma bagunça enorme. Você está sendo legal e achei que me detestasse.

– Respire, querida. O que está acontecendo?

– Estou me sentindo doente de culpa por causa de todo esse lance com Ollie. Fico imaginando que Yomi vai descobrir, o que está me deixando morta de medo. Eu simplesmente ia odiar o fato de fazer alguém tão infeliz, sabe?

– El, ela não tem como descobrir, a não ser que Ollie fique com peso na consciência, o que parece pouco provável, considerando que você disse que ele já fez isso antes.

– Posso até ter cogitado contar a ela...
– Ellie. Não. Tire essa ideia da cabeça agora.
– Tudo bem, tudo bem – funguei, as lágrimas secando. – Eu nunca faria nada. Foi só um pensamento. Mas não se preocupe, eu não me submeteria, de jeito nenhum, a vê-la mal como Emma quando flagramos Sergio a traindo.
– Pobre Emma. Acho que essa situação toda com Ollie está fazendo com que ela reviva o que houve.
– Ótimo, vamos acrescentar isso à minha lista de culpas.
– Ah, pare com isso, você sabe que não toquei nesse assunto para tentar fazer você se sentir mal. Só acho que talvez fosse legal você passar algum tempo com Emma, quem sabe sugerir algum programa à noite no próximo fim de semana.
– Ah, meu Deus, o que ela disse sobre mim? Vocês falaram sobre isso, não foi?
– Eu me recuso a cair nessa. Tudo que estou dizendo é: ligue para ela. E volte a escrever seu maldito texto.
– Tudo bem e obrigada por não ficar brava. Amo você, Lar.
– Eu também, mesmo que você seja uma grande idiota.

Desliguei, sentindo-me emocionalmente exausta. Lara não havia me julgado. Estava apenas preocupada comigo. E se ela estava ao meu lado, com o tempo Emma também mudaria de opinião. Mas eu continuava me sentindo uma idiota por ter seguido os instintos da minha vagina libidinosa sem pensar duas vezes.

Até o destino estava furioso comigo. Isso ficava claro por meu último encontro com Ollie ter sido na emergência hospitalar. Merda, eu merecia uma infecção causada pelo látex depois do que fiz. Pobre Yomi. Eu só me sentia um pouquinho melhor por saber que veria Nick mais tarde.

Estranhamente, eu andava sentindo saudade dele entre os encontros. Estava noventa e nove por cento segura de não o querer como namorado e cem por cento segura de que ele não desejava me namorar, então, não fazia sentido pensar nele pelo menos cinco vezes por dia.

Mas ele estava se tornando um amigo. Já era hora de começarmos a pôr em prática a parte "amigável" de nossa amizade colorida. E Nick era um cara legal – eu apostava que ele me faria companhia na emergência hospitalar sem se queixar se uma camisinha se perdesse dentro de mim.

Porém, mais importante, ele era solteiro. Podíamos trepar até cansar sem arruinar a vida de ninguém.

...

– Oi, Ellie – disse Nick depois de me dar um longo beijo na boca.

– Olá! Como vão as coisas?

– Muito bem, obrigado – disse ele. – Entre, tenho uma surpresa para você.

Ah, meu Deus. Por favor, que ele não dissesse que eram algemas ou algum tipo de sexo bizarro. Quer dizer, eu estava interessada em experimentar, mas não agora. Seis meses atrás eu era virgem.

A mesa de jantar estava arrumada com travessas, talheres, velas e dois pratos. Minha boca se escancarou de surpresa.

– Ah, meu Deus. Você fez o jantar?

Ele riu.

– Não fique tão chocada. Tenho alguns conhecimentos básicos, sabe?

Era oficial. Nick era a melhor amizade colorida do mundo. Por que ninguém nunca havia me explicado que ficantes preparavam jantares, ofereciam sexo e faziam basicamente as mesmas coisas que os namorados, sem a parte da monogamia? Aquilo era ideal. Eu tinha todos os benefícios, sem os estresses do compromisso. Ergui a tampa de uma das travessas.

– Canelone! – exclamei. – É meu prato preferido. Como você sabia? Ah, meu Deus, isso é tão gentil da sua parte, Nick.

Ele sorriu e puxou-me em sua direção para outro longo beijo. Coloquei os braços ao seu redor e correspondi.

– Fico feliz que você tenha gostado – disse ele. – Lembrei que você contou que adora comida italiana. Mas talvez queira experimentar antes de me agradecer. Já faz um tempo que não cozinho.

– Estou mais que pronta para experimentar. Estou faminta – anunciei ao me sentar.

– É isso que quero ouvir – disse ele, abrindo uma garrafa de vinho. Senti uma pontada de culpa ao me dar conta de que talvez devesse ter levado uma garrafa comigo, mas seu vinho tinha claramente mais de um ano. Isso já ultrapassava qualquer valor que eu poderia pagar.

– Saúde – disse ele, erguendo a taça de encontro à minha. – Por ter conhecido você naquela noite na boate e tê-la convencido a vir para casa comigo.

– À transa casual mais bem-sucedida que já tive – acrescentei, ignorando ter sido basicamente a única transa casual da minha vida. A menos que levasse Ollie em consideração, mas com todo o drama da situação, eu preferia não fazer isso.

Nossas taças tocaram-se e começamos a comer. A refeição estava ótima, mas, acima de tudo, era simplesmente fantástico Nick ter cozinhado para mim. Eu não me lembrava de Sergio ter preparado um jantar para Emma e eles passaram séculos juntos.

– Então, como foi a semana? – perguntou Nick.

– O quê? Esses dois dias? – Sorri. – Nada mal, obrigada. Minhas colegas de trabalho bacanas estão finalmente me aceitando, o que torna a vida um pouco melhor.

– Ah, é? E o que aconteceu para elas a aceitarem afinal?

Eu não podia revelar que minhas aventuras sexuais sem noção eram o motivo. Ou que o bar onde ele havia me levado ajudou.

– Hum, cheguei cedo um dia. Elas aprovaram meu comprometimento com o trabalho.

– Legal – disse ele. – Bem, parabéns, acho.
– Obrigada.
– E então, você tem planos para o fim de semana?
– Nada de importante ainda – respondi. – Ah, a não ser, com sorte, sair com minhas amigas. Você se lembra de Lara e Emma?
– Lembro, claro. Mas não tanto quanto meus amigos.
– Como é possível aquilo não ter dado em nada?
– Ah, não sei. Acho que Myles e Cosmo só queriam se divertir.
– É bastante justo. E você? Vai fazer alguma loucura com seus amigos?
– Bem, na verdade, meus pais estão vindo da Nova Zelândia. Vão passar duas semanas aqui, mas vamos todos para a ilha de Wight este fim de semana para visitar meu irmão.
– Você tem um irmão que mora na ilha de Wight? Eu não fazia ideia.
– Tenho, ele mora na praia. É surfista. Trabalha em um bar e surfa sempre que pode. Tem uma namorada por lá, então as coisas estão bem tranquilas para ele no momento.
– Uau! – exclamei. – Parece incrível! Eu adoraria ir à ilha de Wight.
– Sério? – perguntou ele. – Bem, por que você não vem junto?
Engasguei com um pedaço de ricota.
– O quê? Com... vocês?
– Bem, meus pais vão alugar um chalé por uma semana... parece bem grande. Podemos ficar todos lá. Vai ser divertido. Podemos até ter nosso próprio quarto. – Ele sorriu.
Olhei para ele em choque. Meu ex-sexo casual estava me convidando para uma viagem no final de semana para conhecer seus pais?
– Além disso – acrescentou ele –, assim você conhece a ilha de Wight e risca isso da sua lista.
Abri um sorriso quase imperceptível. Eu mal fazia ideia de onde ficava a ilha de Wight, muito menos tinha o desejo ardente de ir até lá.

Por que havia dito que queria ir? O que iria fazer por lá? Como Nick me apresentaria? A garota com quem por acaso ele estava transando? Meu Deus, seria muito estranho. Eu devia definitivamente recusar.

– Não sei – disse eu e vi a expressão de decepção no rosto de Nick. Era evidente que ele queria minha presença. Eu deveria ir? Talvez não fosse tão ruim assim. Além disso, eram tecnicamente férias grátis... Continuei: – Na verdade, eu topo.

– Fantástico – disse ele. – Vou ligar para os meus pais agora. Tenho certeza de que eles vão adorar conhecer você. Vamos passar algum tempo com eles, mas podemos sair sozinhos, não se preocupe – acrescentou ele, vendo meu rosto apavorado. – Podemos dar nossas fugidas.

Balancei a cabeça em silêncio enquanto ele entrava no quarto para falar com os pais. Ao que parecia, eu viajaria no fim de semana com minha amizade colorida para passar uns dias com sua família na ilha de Wight. Agora precisava apenas descobrir onde ficava o lugar.

Abri o Google Maps em meu celular, diminuindo o zoom do mapa do Reino Unido. Rolei a tela para a direita de Londres, mas não encontrei a ilha de Wight. Rolei para a esquerda, mas ela tampouco estava ali. Com certo pânico, rolei a tela para baixo. Continuei a descer, até que por fim eu a localizei, quase anexa a Portsmouth.

Engoli em seco. Eu não iria apenas sair da rodovia principal. Iria sair do continente. Nunca havia me afastado tanto de Londres sem embarcar em um avião. No que eu havia me metido?

Meu telefone vibrou.

Lara: Certo, sair à noite vai ser legal.

Ah, merda. Ela respondeu minha sugestão de sair só com as garotas. Mordi o lábio enquanto respondia. Com sorte, elas entenderiam que um convite para viajar no fim de semana não era tão frequente assim para que eu recusasse.

Eu: Podemos deixar para semana que vem? Claro que continuo ansiosa para ver você, mas vou viajar este fim de semana! Para... a ilha de Wight!
Lara: ?? Com quem? Por quê? Você sabe onde fica isso?
Eu: Claro. Fica no Sudeste, perto de Portsmouth.
Lara: Sudoeste.
Eu: Foi o que eu quis dizer. Vou com Nick!
Lara: Ah, uau.
Eu: E os pais dele. E o irmão que mora lá.
Lara: Essa foi forte... bem, divirta-se.

Emma ainda não havia respondido. Suspirei, então vi meu telefone vibrar outra vez. Era uma mensagem particular de Lara.

Eu tinha acabado de convencer Emma a perdoar você e a sair no final de semana. Você é uma idiota por estar desistindo! Cruze os dedos para que ela a perdoe quando estiver de volta da ilha... bjos.

Fechei os olhos e ignorei a culpa que se insinuava em minhas veias. Nos últimos tempos, toda decisão que eu tomava parecia sair pela culatra. Ah, bem. Emma teria de entender. Eu sempre lhe perdoava quando me largava para ficar com Sergio. Emma não estava acostumada com o fato de eu estar com um cara, mas agora eu estava e ela só teria de fazer o que eu havia feito durante meses.

...

— Me diga do que você gosta — sussurrou Nick ao acariciar meus cabelos e beijar meus lábios. Puxei o edredom para esconder meu corpo coberto apenas por roupas íntimas e pensei muito para encontrar a resposta adequada. Como eu contaria que desejava dominá-lo como em minhas fantasias sexuais? Era muito constrangedor dizer em voz alta.

– Hum, já gosto de tudo que você faz – respondi.
– Mas o que faz você ficar mais excitada? – perguntou ele.
Hesitei, tentando pensar na resposta apropriada.
– Você dentro de mim?
Ele beijou meu pescoço e abriu o fecho do sutiã. Suspirei de alívio. Ao que parecia, a conversa havia terminado. Fechei os olhos e tentei pensar em uma fantasia enquanto nos beijávamos.

Eu estava de quatro em uma mesa de cozinha, completamente nua. Alguém lambia minha vagina e havia um homem sem rosto, com um pênis enorme, de pé na minha frente. Eu queria seu pênis em minha boca, mas ele não permitia. Ele me deu um tapa na bunda e me deixou lamber a ponta de seu membro. Comecei a colocar o pênis virtual na boca e senti que estava ficando molhada enquanto Nick acariciava meu clitóris com os dedos e beijava meu pescoço. O desconhecido enfiou o pênis mais fundo em minha boca.

Gemi alto e Nick sorriu para mim. Ah, meu Deus, será que eu gozaria naquela noite? Ainda não era um orgasmo com penetração, mas era definitivamente um passo na direção certa. Mas seus dedos faziam muita pressão em meu clitóris e ele precisava movê-los para cima. Perdi a paciência e me perguntei se deveria lhe dizer.

Senti meu estado quase orgásmico definhar. Ah, meu Deus, não. Eu estava me preocupando demais. *Relaxe, Elena Kolstakis*, gritei comigo mesma. Por que usei meu nome completo? Era assim que minha mãe me chamava. Ah, MEU DEUS, quem pensava na própria mãe durante o sexo? Agora não havia como gozar.

Eu precisava voltar à minha fantasia. Fechei os olhos e tentei me imaginar de quatro outra vez. Certo, pênis na boca, alguma coisa lambendo meu clitóris. Espere, certamente era alguém, não alguma coisa. Diminuí o zoom de minha fantasia, como se pudesse vê-la pela tela de uma câmera e me vi sobre a mesa. Um homem tinha o pênis em minha boca e, atrás de mim, um imenso cão negro lambia minha vagina.

Gritei.

– Ellie, você está bem? – perguntou Nick. – Eu machuquei você? Esbugalhei os olhos. Nick me observava com o rosto preocupado. Eu quase fui lambida por um cão. Eu gostava de bestialidade. As pessoas não eram presas por isso?

– Hum, estou bem. Desculpe, só fiquei meio sensível por um segundo. Vamos continuar – apressei-me a dizer.

– Tudo bem, que tal no cachorrinho? – perguntou ele.

Engoli em seco e fechei rapidamente os olhos. Era uma coincidência. Ele não podia ler minha mente. Não sabia que eu havia imaginado um cachorro lambendo meu clitóris. Além disso, seria melhor se ele me comesse por trás. Eu poderia manter os olhos bem fechados e tentar imaginar muitas e muitas línguas masculinas me lambendo – sem cães à vista.

Fiquei de quatro e ele me penetrou. Estremeci de dor. Ao que tudo indicava, minha vagina havia secado no instante em que vi o cachorro. Suspirei enquanto Nick entrava em mim e gemi. Mais uma vez, eu havia arruinado minha chance de chegar ao orgasmo.

CAPÍTULO 30

Eu estava na cama um pouco em pânico. Havia roupas espalhadas pelo colchão, mas a sacola de viagem no chão continuava vazia. Eu não fazia ideia do que levar em minhas pequenas férias. Saber onde ficava a ilha de Wight pouco ajudava – eu continuava sem saber o que esperar. As únicas ilhas que havia frequentado ficavam na costa da Grécia e tinham areia e água cristalina. Eu duvidava de que a ilha britânica tivesse o mesmo clima.

Eu não queria ser aquela garota que ia de saltos e vestidos para um lugar exótico. Isso significava que vestidos da Topshop e sapatos de salto baixo seriam aceitáveis – ou eu deveria escolher leggings e peças de malha? Meu Deus, e se lá chovesse muito? Era necessário um casaco de lã ou de couro?!

Eu precisava seriamente de Emma. Mal a havia visto desde aquela conversa estranha e, sempre que eu mandava uma mensagem, ela me enviava respostas educadas, mas distantes. Respirei fundo e caminhei pelo corredor até seu quarto.

– Emma? – chamei, batendo de leve na porta.

Não houve resposta. Bati com mais força.

– O que foi? – perguntou Emma, abrindo a porta. Caí em cima dela.

– Ah, desculpe. Não percebi que você ia abrir a porta – declarei. Emma lançou-me um olhar intimidante. Merda. Ela continuava zangada. Talvez não fosse uma boa ideia pedir-lhe um favor.

– Tudo bem. O que você quer, Ellie? Conselhos sobre as férias?

— Claro que não! – exclamei. – Eu só queria pedir desculpas outra vez. Detesto esse clima estranho, Em. Eu não tinha intenção de que rolasse alguma coisa com Ollie e, principalmente, não queria estragar a situação da casa.

Ela suspirou e seu rosto suavizou um pouco. Prossegui:

— Você sabe que eu só pensava em Ollie como um cara inatingível. Não imaginava que em algum momento ele fosse pensar em transar com alguém como eu, sendo umas dez vezes mais gostoso. Fiquei tão encantada que acabei cedendo.

Seu rosto ficou sério de novo. Droga.

— Você já disse tudo isso, mas não sei por que tem uma autoestima tão baixa, Ellie. Você praticamente tem namorado agora.

— Hein?

— Nick – disse ela, revirando os olhos. – Ele vai levar você para conhecer a família dele na ilha de Wight. Isso não significa exatamente um relacionamento casual.

— O quê? Ele só vai me levar para termos um festival de sexo no chalé.

Ela olhou para mim.

— Ellie, o que você anda tomando? Eu só... Ele está tratando você tão bem e você fica por aí dormindo com outras pessoas pelas costas dele.

— Hum, uma pessoa. E nós não oficializamos o namoro. Nunca discutimos se somos ou não isso. O que significa isso, Emma? Desculpe, você está tentando dizer que traí Nick?

— Não de fato, tudo bem. Mas, se eu fosse ele, ficaria muito chateado ao descobrir que você dormiu com outra pessoa.

— Acho que ele não se importaria – declarei.

— Meu Deus, você é tão ingênua! – exclamou ela. – Você contou para ele?

— Hum, não – sussurrei. Eu nunca havia visto Emma desse jeito. Em geral, ela era meiga e relaxada.

– Bem, aí está. Sergio também não me contou sobre aquela baranga. Então, parabéns, você é igualzinha a ele.

Emma bateu a porta na minha cara, deixando-me parada no corredor. Eu me virei e voltei devagar ao meu quarto. Minha bolsa aberta me encarou com ar acusador. Sentei na cama, de costas para ela.

Era evidente que Emma não havia superado a traição de Sergio e estava apenas descontando em mim em vez de descontar nele, mas o caso com Ollie obviamente a havia aborrecido. Até mesmo Will parecia um pouco ressentido, não apenas irritado. Fechei os olhos e tentei não pensar naquilo. Ollie voltou para Yomi e me deixou sozinha para lidar com toda a confusão. Havia me abandonado em todos os sentidos, na verdade. A culpa começou a infiltrar-se novamente. Ah, meu Deus, eu não conseguiria lidar com tudo outra vez.

Certo. Eu tinha de esquecer aquilo. Emma estava apenas descontando seu sofrimento em mim e logo superaria a situação. Eu só precisava lhe dar tempo. Eu me forcei a parar de me preocupar com tudo e levantei para encarar minha bolsa de viagem. Eu iria para a ilha de Wight direto do trabalho no dia seguinte; portanto, precisava cuidar da bagagem.

De maneira nenhuma eu seria "aquela" garota das comédias românticas que viajava de salto e vestidos de cintura alta. Não, eu levaria casacos de lã, jeans e roupas térmicas. Que se danasse a moda. De qualquer forma, estava deixando para trás a civilização londrina. Então não importava o que eu vestisse. Ninguém na ilha de Wight entenderia a combinação de cores vibrantes e meu visual inspirado na Celine. Eu estaria em melhores condições com um casaco da North Face e jeans.

CAPÍTULO 31

Eu estava parada na estação de Waterloo, nervosa. Usava galochas, um casaco impermeável e segurava uma bolsa azul repleta de trajes semelhantes. Deixei as roupas de trabalho no escritório, para não ter de levar botins de salto e um vestido formal para o final de semana. Independentemente do que acontecesse por lá, ao menos ninguém me consideraria uma londrina mimada.

— Ellie — chamou Nick. Eu me virei e o vi sorrindo do outro lado da estação. Senti minha vagina latejar em resposta. Ele vestia terno — obviamente, não era tão precavido quanto eu — e estava muito bonito. Os cabelos louros encaracolados estavam penteados para o lado e, quando ele se aproximou para me beijar, senti a inveja emanar de todas as outras mulheres da estação. Mal sabiam elas que não estávamos apaixonados, éramos apenas ficantes. Sorri ainda mais diante disso. Que adulta eu era ao viajar com um ficante!

— Bem, olhe para você — disse ele, dando um passo atrás. — Você está uniformizada.

Olhei para minhas galochas Hunter pretas e sorri.

— Bem, quando em Roma...

— Deve chover então? — perguntou ele.

— Não faço a menor ideia — respondi, alarmada. — Só pensei que todo mundo por lá usasse galochas e coisas do gênero. Por ser tão perto do mar.

Ele riu.

– Bastante justo. Tenho certeza de que você vai se adaptar bem. Certo, vamos procurar nosso trem. Quer fazer um lanche primeiro?

– Claro. – Fomos à M&S mais próxima. Andei até o corredor dos sanduíches e achei minha refeição. Encontrei Nick perto das caixas, segurando uma garrafa de vinho.

– Ah, sanduíches, jogada inteligente – comentou ele. – Talvez eu também deva comprar um.

– Pensei que fosse esse o plano. O vinho é para os seus pais? Devo comprar alguma coisa para eles também?

– Ah, não se preocupe. Eles não são assim. Peguei isso para bebermos no trem. Vamos levar algumas horas para chegar, incluindo a balsa.

– Balsa? – perguntei em choque.

– Como você achou que íamos atravessar o Canal? Pensei que o nome tivesse deixado claro, mas você sabe o que é uma ilha?

Revirei os olhos.

– Sei, tudo bem, só não tinha pensado na parte prática. Achei que poderia haver uma ponte ou... Por que você não vai buscar um sanduíche?

Ele riu.

– Uma ponte? Vocês, ingleses, são loucos. Encontro você no caixa.

Segurei o sanduíche bem perto do corpo. Quem poderia saber que outras surpresas aquela viagem me reservava?

...

– Ellie, chegamos – disse Nick ao me acordar com um toque.

Bocejei devagar antes de perceber que o trem havia parado e eu provavelmente tinha um filete de baba escorrendo pelo rosto.

– Certo – disse eu, secando o rosto e passando o dedo sob os olhos para me livrar do inevitável rímel borrado. – Não acredito que peguei no sono.

– Pegou, antes mesmo de abrirmos o vinho. O que significa que agora vou levar uma garrafa de vinho para os meus pais e dar uma de bom filho.

– Antes tarde do que nunca.

– Ei, vamos, é melhor pegarmos as malas. Temos que encontrar a balsa.

Balancei a cabeça com ar sonolento e envolvi-me com o casaco. Segui Nick pela estação até o terminal da balsa.

– Você pegou tudo? – perguntou ele.

– Peguei, precisamos comprar nossos bilhetes aqui?

– Não se preocupe, já resolvi isso – respondeu ele.

Eu o encarei, surpresa.

– Sério? Tudo bem, diga quanto estou devendo.

– Está tudo certo – retrucou ele. – Só me deixe encontrar os bilhetes.

– Legal – disse eu. – Não vamos precisar de passaporte, vamos?

– Ele olhou para mim e balançou a cabeça sem dizer uma palavra.

– Bem, não, é óbvio que não. Ainda estamos na Inglaterra. A única vez que peguei a balsa foi para a França, então acho que... Tudo bem, você achou os bilhetes? Achou, que bom.

Andamos até a balsa. Ela parecia a versão motorizada de um pub antigo. O carpete era marrom, estampado e surrado. Havia um bar de aspecto desprezível no final e, no meio, uma cantina vazia. Era o meio de transporte mais deprimente que eu já havia usado.

– Então, o que você acha? – perguntou ele. – Comparado à balsa para a França?

– O carpete é bem satisfatório.

Ele riu.

– É. Quer que eu compre um chá ou alguma outra coisa para você aguentar a viagem?

Contemplei o café requentado.

– Estou bem, obrigada.

– Certo. Bem, um brinde à nossa primeira viagem juntos, Ellie.

Ele fez questão de falar de forma tão intensa? Eu o encarei, mas ele sorriu como se estivesse tudo bem.

– Certo, um brinde... à nossa primeira viagem juntos.

Ele inclinou-se para me beijar e senti um pequeno nó materializar-se em meu estômago. Eu não sabia como, mas Emma parecia estar certa – talvez Nick nos enxergasse como algo além de apenas ficantes.

Mas, se essa fosse a opinião dele, ele certamente teria falado. Todos sabiam que, quando um cara gosta de uma garota, ele diz. Era esse o argumento de livros como *As regras* e toda aquela história de "ele não está tão a fim de você". Quando eles gostam da garota, certificam-se de que ela saiba.

Como sempre, eu provavelmente estava analisando demais a situação. Fazia apenas poucos meses que eu havia me convencido de que Jack, o Desvirginador, gostava de mim, quando só queria sexo casual. Nem pensar em cair no mesmo erro com Nick. Não, éramos apenas ficantes que estavam passando um tempo à beira--mar. Fim.

...

– Ellie, que bom conhecer você! – exclamou a mãe de Nick. – Sou Linda.

Linda era miúda, deslumbrante e ruiva. Não se parecia em nada com seu rebento magro e louro.

– Que bom conhecer você também – disse eu com voz abafada, enquanto ela me envolvia em um grande abraço.

– Este é Mike, meu marido – disse ela, gesticulando em direção ao homem alto ao seu lado. Ele balançou a cabeça e estendeu a mão. Eu a apertei com um sorriso apreensivo. – Você quer conhecer pessoas da sua idade, não quer? Chris está logo ali com Holly.

Fui até a sala de estar, com uma rápida olhada para trás para ter certeza de que Nick me acompanhava. Ele lançou um sorriso solidário.

— Irmão — disse Chris ao avistar Nick, cobrindo o irmão com um grande abraço e bagunçando seus cabelos.

Engoli em seco, esperando que não fizesse o mesmo comigo.

— Merda, cara, é muito bom ver você — disse Nick ao retribuir o abraço do irmão com igual entusiasmo. — E Holly, bonita como sempre. — Ele aproximou-se do sofá para cumprimentar a loura alta e magra ali sentada. Ela vestia calça de couro preto, suéter cinza e fumava. Dentro de casa.

— Então, esta deve ser a famosa namorada — disse Chris. Lancei-lhe um olhar estranho. Por que ele estava referindo-se a Holly desse jeito? — Ellie, certo?

Eu o encarei. Chris sorria e aguardava uma resposta. Eu me virei para Nick, que também sorria. Que diabos? Por que Nick não corrigia o irmão?

Todos ficaram em silêncio e o sorriso de Chris começava a murchar. Holly me olhou com curiosidade ao tragar o que, a essa altura, percebi ser um cigarro eletrônico.

AH, MEU DEUS. NICK HAVIA DITO A ELES QUE EU ERA SUA NAMORADA. Nick não era uma amizade colorida — era meu maldito namorado e não havia se dado o trabalho de me contar.

Ah, merda, merda, merda. Tudo bem. Era algo bom. Eu poderia fazer isso.

— Oi, sim, sou Ellie — respondi por fim.

O rosto de Chris relaxou.

— Legal, é um prazer conhecer você. Essa é minha namorada, Holly. Só... fique à vontade. Todos estamos bebendo uísque. Você quer?

Fiz que sim com um aceno de cabeça.

Chris serviu-me a bebida e aceitei-a com gratidão, satisfeita por ter o que fazer enquanto todos me olhavam.
— Vamos sentar? — perguntou Nick. — O que está passando na TV? Os All Blacks estão jogando?
— Estavam mais cedo, irmão. Você perdeu. Mas temos tudo gravado — disse Chris. — Você gosta deles, Ellie?
All Blacks não era o outro nome dos tênis Converse? Ou era All Stars? De qualquer forma, eu não tentaria adivinhar e falar besteira. Dei de ombros com um sorriso impotente, esperando que Nick me salvasse.
Ele me socorreu.
— Ellie não é muito fã de rúgbi, certo?
Ah.
— Certo. Detesto quase todos os esportes — expliquei. Os olhos de Chris arregalaram-se e Holly parou de fumar seu cigarro eletrônico.
— Sério? — perguntou ela. — Não faço ideia de como você vai aguentar namorar um *kiwi*.
Abstive-me de declarar que essa era praticamente a primeira vez que eu ouvia dizer que estávamos namorando e, em vez disso, entornei o resto do uísque. Até o momento, minhas pequenas férias não estavam seguindo o planejado.
— Ah, tenho certeza de que Ellie vai ser uma verdadeira fã dos All Blacks depois de sair comigo por algumas semanas — disse Nick, colocando o braço em volta de mim.
Abri um sorriso fraco, tentando não vomitar o uísque. Eu, Ellie Kolstakis, agora tinha namorado. Um parceiro legítimo, que desejava me ensinar a gostar de seu esporte preferido. Em poucos meses, provavelmente estaríamos brigando para decidir se assistiríamos ao rúgbi ou aos programas de TV bregas. Eu nunca mais conseguiria assistir a *The Only Way is Essex* [O único caminho é Essex] novamente.
Agarrei a lateral do sofá e tentei me acalmar. Nick era bonito, bem-sucedido e GOSTAVA DE MIM. O objetivo da minha putaria

não era encontrar um namorado no final? Eu havia apenas pulado alguns estágios. Talvez só estivesse estranhando por não estar acostumada a tudo acontecer de forma tão rápida. Quer dizer, eu levei vinte e um anos para romper meu hímen, pelo amor de Deus. Ninguém poderia imaginar que eu encontraria um namorado tão rápido. Além disso, era meia-noite de sexta-feira. Eu estava exausta.

– Nick, quando esse jogo vai terminar? Estou com um pouco de sono – declarei.

Chris virou-se para me olhar, consternado.

– O quê? Você não pode dormir agora... acabamos de abrir uma garrafa de uísque. Além disso, está quinze–doze para os Wallabies e Richie está prestes a marcar um *try*.

Olhei para ele sem entender.

Holly suspirou.

– Ele está querendo dizer que estamos perto de assumir a liderança.

– Ah, certo, tudo bem – disse eu. Eu me virei para Nick para ver se ele se importava com o fato de Richie estar na iminência de marcar, mas seus olhos estavam grudados na tela.

– SIIIM!! – gritou ele, dando um salto.

– McCaw fez outra vez – gritou Chris enquanto envolvia o irmão em outro abraço de urso. Holly também pulava, socando o ar. Eu não.

– Ah, você viu isso, Ellie? – gritou Nick ao me envolver em um abraço.

– Hum, muito bom. A Nova Zelândia venceu?

– Bem, está só no primeiro tempo – disse ele.

Minha boca se escancarou.

– Sério?

– Ah, meu Deus, a Ellie pensou que o jogo tinha acabado – disse Holly. – Tadinha. Ainda faltam quarenta minutos. Quer mais uísque?

Não, eu não queria mais uísque. Queria ir para cama com uma garrafa de água quente. Mas Holly ignorou meus protestos mentais e encheu meu copo de Jameson.

– Obrigada – disse eu por entre os dentes cerrados. Ao que tudo indicava, seria uma longa noite.

...

– Seus pais ainda estão lá embaixo? – perguntei ao sentar na cama para tirar as meias.

– Estão. Provavelmente vão ficar acordados mais um pouco – disse Nick. – Eles são muito legais.

– Ah, com certeza – concordei com um movimento de cabeça, tentando reprimir um bocejo. Ficamos no andar de baixo bebendo uísque com os pais dele por mais duas horas para assistir aos destaques do rúgbi. Eu mal sabia que Richie McCaw existia até às 11h58 da noite e, a essa altura, não queria ver sua cara metida nunca mais.

– Você gostou deles? Acho que eles ficaram loucos por você.

– Gostei, claro – respondi. Era verdade. Eles eram ótimos. Linda deu uma piscadinha quando Nick conduziu meu corpo destruído ao andar de cima. Minha mãe teria se benzido e rezado uma ave-maria se achasse que iríamos transar. Ela nem sequer sabia que eu estava ali sozinha com Nick. Eu menti e disse que iria viajar com minhas amigas.

Nick tirou a camiseta e veio para cama atrás de mim. Colocou os braços ao meu redor e começou a roçar meu pescoço. Sorri ao sentir sua pele nua junto ao meu corpo e me virei para encará-lo.

– Estou querendo fazer isso desde que vi você em Waterloo com aquelas botas de borracha esquisitas – disse ele, beijando-me e puxando meu casaco por cima da cabeça.

Retribuí o beijo e tirei o resto das roupas, ignorando o fato de ele achar minhas galochas esquisitas. Nick fez o mesmo e nos enfiamos embaixo das cobertas. Havia uma fina camada de poeira sobre o lençol e tentei não pensar na última vez em que ele havia sido lavado. Em vez disso, lembrei-me que Nick me chamou de sua namorada. Eu enlouqueci ou estava mesmo em um relacionamento sério?

– Nick? – chamei.
– O que foi, linda?
Ah, meu Deus, ele me chamou de linda. Senti um sorriso espalhar-se por meu rosto, então parei. Eu precisava entender nossa situação.
– Você estava falando sério antes? Sobre o que o seu irmão disse... Você tem certeza?
– Não sei do que você está falando – respondeu ele, tentando fazer seu pênis entrar na minha vagina. E as regras da *Cosmo*, que diziam que garotas precisavam de vinte minutos de preliminares?
Afastei sua mão do pênis.
– Espere um segundo. Eu só... Ah, foda-se. Eu sou ou não sou sua namorada?
Nick parou de tentar me penetrar e se afastou.
– É. Não é isso que estamos fazendo?
Puta merda. Eu tinha um namorado. Um namorado de verdade, comprometido, que eu não havia convencido/influenciado/chantageado para estar comigo.
– Ah, meu Deus. – Sorri.
Ele riu.
– Vocês, ingleses, são muito engraçados, querendo oficializar tudo. Pensei em você como minha namorada desde nosso primeiro encontro de verdade, Ellie. Sempre fomos tão sinceros um com o outro... não parecia que ia ser só uma aventura.
– Não, não, claro que não – disse eu, ainda sorrindo de maneira estúpida.
– Bom. Você está feliz então?
– Estou, claro – falei animada. – Eu só não esperava por isso.
– Bom, se você não estivesse transando com mais ninguém, acho que está tudo certo.
Ah, merda.
Emma estava certa, assim como Ollie. Eu tinha traído Nick.

Continuei deitada ali, gelada. Minha boca continuava a beijá-lo, mas meu cérebro não estava bem. O tesão sumiu e eu não conseguia processar o que estava acontecendo. Havia traído o namorado que não sabia ter?

– Qual é o problema, Ellie?

– Nada – respondi, forçando-me a agir normalmente. Coloquei os braços em volta do pescoço de Nick e disse: – Eu quero tanto você...

Ele gemeu e deslizou seu pênis para dentro de mim. Mordi o lábio inferior enquanto ele movia-se para frente e para trás, sem o interromper nem dizer que, na verdade, nada estava bem porque eu transei com outra pessoa. Alguém comprometido.

Seria impossível gozar naquela noite – eu mal sentia a umidade em minha vagina. Estava tão seca que chegava a doer. Estremeci. Eu precisava suportar a dor. Era o meu castigo.

Continuei ali, perguntando-me quando minha vida havia deixado de ser uma interminável reprise de desenhos animados de censura livre e se transformado naquela confusão pornográfica. Eu estava transando com meu namorado menos de uma semana depois de ter o pênis de outro homem dentro de mim e não tinha a menor intenção de lhe contar.

Eu era pior do que Sergio.

CAPÍTULO 32

– Bom dia, pombinhos!

Gemi e esfreguei os olhos. Havia uma névoa branca brilhante na minha frente, mas, à medida que meus olhos se ajustaram à luz, a sombra se transformou devagar em uma Linda sorridente, usando um vestido branco de verão. Eu estava prestes a afundar outra vez no travesseiro quando lembrei que ela era a mãe de meu namorado. Levantei e passei a mão pelo cabelo.

– Oi, Linda. – Bocejei. – Que horas são?

– Passa um pouco das dez. Holly está tomando banho, mas achei que você gostaria de ser a próxima. Vou levar todo mundo para tomar café da manhã no sol.

– Ah, fantástico. Vemos vocês lá embaixo.

– Boa sorte ao tentar acordar Nick... ele detesta as manhãs.

Sorri alegremente, enquanto ela saía do quarto. Nick poderia continuar dormindo, mas, se eu desejava ser a nora preferida um dia e ultrapassar Holly, precisava melhorar meu jogo.

...

Eu estava de pé no corredor, lamentando seriamente minha escolha de roupas. Na realidade, o tempo em novembro na ilha de Wight não era o inverno ártico chuvoso que eu esperava. Linda usava um vestido de verão, os homens usavam short e Holly vestia um macaquinho de brim muito legal, exatamente igual aos que eu havia comprado no mês anterior por cinquenta libras e nunca havia vestido por não estar quente o bastante.

Eu andava com desconforto na calça jeans, blusa preta lisa de mangas compridas e tênis Converse. Comparada aos demais, parecia ser alérgica ao sol ou estar passando por uma séria fase gótica. O pior é que essas eram as roupas mais frescas – e mais legais – que eu tinha levado. Minha tentativa de não parecer uma princesa londrina já era. A essa altura, eu parecia apenas ter nascido sem nenhuma noção de vestuário.

– Tudo pronto, Ellie? – perguntou Linda, examinando com ansiedade meu busto preto volumoso. – Você não vai sentir muito calor com essa blusa?

– Eu só trouxe isso. – Corei. – Estava meio frio em Londres.

– Ah, querida – disse ela. – Bem, você sempre pode pegar alguma coisa emprestada com Holly.

Olhei para o corpo 38 e o rosto sério de Holly.

– NÃO – praticamente gritei. – Hum, meu sangue é... muito frio, então sinto frio com muita facilidade. Provavelmente, vou ficar na temperatura perfeita com isso.

– Tudo bem – disse ela em tom de dúvida. – Vamos então.

Todos saímos de casa rumo ao sol intenso. Respirei fundo e lembrei que poderia ser pior. Eu poderia ter levado apenas as galochas e esquecido o tênis.

– O que está achando da ilha, Ellie? – perguntou Chris. – É sua primeira vez aqui, não é?

– É sim, ela é linda. Hum, e bem quente. É legal respirar o ar marinho.

Ele concordou com entusiasmo.

– É verdade. Adoro o mar. Mas a ilha é também muito verde. Sabe do que mais? Devíamos ir à fazenda de alho. Ouvi dizer que é possível comprar cerveja de alho.

– Existe uma... fazenda de alho?

— Ah, meu Deus, a fazenda de alho — gemeu Holly. — Cresci em Portsmouth, então tivemos que participar praticamente de todas as excursões da escola. Conheço a fazenda como a palma da mão. Não precisamos ir até lá, precisamos? — Ela fez beicinho para Chris.

— Quero experimentar a cerveja de alho. Podemos ir depois do almoço?

Mike balançou a cabeça com ar ambivalente.

— Se vocês acham que vale a pena...

— Vai ser bom — disse Linda. — Podemos comprar um pouco de alho para levar para casa. Não é igual ao da Nova Zelândia. Sinto muita saudade da Inglaterra quando se trata de alimentos e ervas. Entende o que quero dizer, Ellie?

— O quê, eu? — perguntei, alarmada. Eu não fazia ideia do que ela estava falando. As únicas ervas que eu conhecia ficavam nas garrafinhas de vidro do Sainsbury. E nunca havia ido à Nova Zelândia. Como poderia saber como era a culinária?

— Mamãe sente falta da comida britânica — explicou Nick, surgindo por trás de mim. — Então, a que bar vamos?

— Ao da esquina — respondeu Holly em meio a uma tragada em seu cigarro eletrônico. — Ele foi reformado e ganhou um terraço enorme. É perfeito para este clima.

— Mal posso esperar para entornar a cerveja — comentou Chris. — Vamos tomar todas hoje à noite. Não bebo direito há muito tempo.

— Vamos mostrar a você um pouco da vida noturna da ilha de Wight, Ellie. — Nick sorriu amplamente.

— Você vai aterrorizar a pobrezinha — disse Holly.

— Tenho certeza de que não — retruquei. — Sobrevivi ao Tiger Tiger em uma noite de estudantes, então acho que consigo sobreviver a qualquer coisa.

— Isso não fica em Piccadilly? Acho que meus colegas vão lá de vez em quando.

– Eles são pervertidos? Porque aquilo lá é um perfeito mercado de carne. Depois de uma noite ali, tenho certeza de que consigo lidar com qualquer coisa que aconteça aqui.

– Verdade? – disse Holly. – Mal posso esperar para ver. Ah, só mais uma coisa, todo mundo se veste muito bem, então talvez você queira se livrar dessas roupas térmicas.

Revirei os olhos às suas costas e segui o grupo até um bar nas proximidades. Havia algumas mesas à sombra e uma em cheio sob o sol.

Eu me resignei a uma tarde de muito suor quando Holly conduziu o grupo justo em direção à mesa ensolarada. Agradeci a Deus pela cor preta ao menos esconder as manchas de suor.

– Isso é agradável, não é? – perguntou Linda. – Podemos pedir bebidas geladas, alguma comida gostosa vendida nos bares britânicos e nos conhecer melhor. Ellie, bem-vinda à família.

Família? Sorri de leve e rezei para que chovesse.

– O que você faz, Ellie? – perguntou Chris ao colocar o braço ao redor de Holly. Olhei de relance para Nick, que sorriu com ar solidário.

– Ellie trabalha para o *London Mag*, uma revista on-line muito legal – respondeu ele. – Também tem sua própria coluna.

– Sério? Que incrível! – exclamou Linda.

– É, é legal, acho. Mas ainda não recebo salário, então não é grande coisa.

– Vou pesquisar seu nome no Google – anunciou Holly.

Endireitei o corpo, alarmada.

– O quê? Não! Não faça isso.

– Por que não?

– Hum, porque as colunas são meio pessoais.

– Não, não pesquise, Holly. Não sei se nós, rapazes, vamos conseguir lidar com isso... Ellie disse que são muito minuciosas. Têm a ver com menstruação e coisas que realmente não me interessam – disse Nick.

Lancei-lhe um olhar de gratidão.

— Exatamente. O material não é adequado para a hora do almoço. A coluna se chama "Conteúdo Impróprio" e não é segura para as ocasiões sociais.

— Mas por quê? — perguntou Linda.

— Isso só quer dizer que ela escreveu uma coluna sobre sexo.

— O quê?! — gritei. — Não, não, não. — Ah, meu Deus. Eu estava fodida. Agora sim ela faria uma pesquisa no Google. O final de semana estava indo de mal a pior.

— É sobre sexo? — perguntou Nick. — Pensei que você só escrevesse sobre menstruação e feminismo ou coisas do gênero. Droga... eu estou nela?!

Ah, meu Deus.

Olhei para minhas mãos, com o esmalte lascado. Talvez se ignorasse toda aquela situação, ela simplesmente desapareceria?

Não foi o que aconteceu.

— Não, claro que não — respondi por fim, erguendo os olhos para a mesa e sentindo meu rosto queimar. — Hum, será que podemos não conversar sobre isso? Por favor?

— Ah, deixem a coitada, vocês estão constrangendo a Ellie — pediu Linda. Lancei-lhe um sorriso agradecido e olhei para minhas mãos. — Então, meninos, quando os dois vão voltar para uma visita? Magda e Cassandra estão com saudades.

— São as cadelas — explicou Mike. — Não as outras namoradas, não se preocupe, Ellie.

Tentei sorrir, mas não consegui participar de nenhuma brincadeira. Tudo que desejava era encerrar aquele *brunch*, ir até a fazenda de alho e dormir em um quarto muito, muito frio. De preferência, em algum lugar bem distante da ilha de Wight.

...

Chris estacionou a van ao lado de um trator e todos saímos do carro. Havia uma casinha de tijolos em meio a uma série de campos lamacentos. Essa era a famosa fazenda de alho.

– Hum, onde está o alho? – perguntei.

– No chão – respondeu Holly.

– Ah, certo, claro. – Ri. Eu havia imaginado altos campos de vegetação, mas era evidente que se trata de outra coisa.

– É literalmente só isso – disse ela. – Não faço ideia de por que estamos aqui.

– Por causa da cerveja – respondeu Chris. – Quem quer ir direto para o restaurante?

– Ah, por que não damos um passeio primeiro? – sugeriu Linda. – Quero fazer a digestão da torta que acabei de comer.

– Podemos pegar o trator – disse Holly. – Eles fazem passeios por duas libras cada.

– Duas libras? Acho que vamos caminhar – disse Mike.

Reprimi um suspiro. Eu teria certamente preferido sentar em um trator a caminhar em torno de alguns campos enlameados.

– Como você está, gata? – Nick aproximou-se de mim e me beijou enquanto eu avançava com dificuldade por um caminho lamacento. – Está se divertindo?

– Claro – respondi, sentindo novamente uma onda de culpa. Desejei que ele não fosse tão legal. Isso só fazia com que eu me sentisse pior por causa da transa com Ollie. – Só estou um pouco cansada, acho.

– Esse terreno tem muita lama. – Ele sorriu. – Por que não ficamos um pouco para trás e fazemos um passeio romântico?

– Sim, por favor! – exclamei. Essa era a primeira sugestão, em todo o final de semana, que eu quis realmente topar.

– Legal. O que você está achando da ilha de Wight?

– É muito bonita – menti. – É muito bom sair de Londres, sabe?

– Nem me fale. Sou um garoto de fazenda, está lembrada? Não consigo lidar com a cidade grande por muito tempo.

– Verdade? Você acha que vai voltar logo para casa?

– Pode ser, mas não tenho planos reais. Não se preocupe, vou levar você comigo se voltar para a Nova Zelândia.

Tossi.

– Desculpe, estou com pó na garganta.

– Você está bem, Ellie? – perguntou ele, parando no meio do campo.

– Estou ótima – respondi, tentando afastar meu olhar de seus intensos olhos verdes. Que diabos eu estava fazendo que não pulava para os braços dele?

– E por que estamos com meus pais? Ou com Holly? Sei que ela é meio hostil com gente nova, mas ela vai superar. Provavelmente está se sentindo ameaçada por você ser tão bonita.

Ah, meu Deus, Nick era observador e atencioso também. Eu era a pior pessoa que se poderia imaginar. Ele passou o braço pelos meus ombros. Na verdade, Nick era tão legal que talvez entendesse. Talvez eu pudesse lhe contar sobre Ollie, então ele me perdoaria, ficaria tudo bem e eu poderia curtir meu maravilhoso namorado.

– Nick – disse eu antes que perdesse a coragem. – Não é Holly. É outra coisa.

– O quê? – perguntou ele, preocupado.

Percorri os campos com o olhar. Os outros estavam muito à frente e eu mal enxergava os cabelos louro-claros de Holly. Respirei fundo.

– Tudo bem. Eu não tinha entendido que estávamos em um relacionamento sério. Porque nunca tínhamos conversado sobre exclusividade.

– Você não quer exclusividade?

– NÃO – gritei. – Quer dizer, não, claro que não é isso. É claro que quero exclusividade. É só que... Olhe, estou tentando dizer é que pensei que fôssemos só um caso. Então, eu... me comportei de acordo.

– Você está falando de quando levava séculos para responder minhas mensagens? Eu já esqueci isso.

Os caras reparavam nisso? Droga.

– Não, não é isso. – Tomei fôlego outra vez. – Nick. Dormi com outra pessoa enquanto estávamos saindo. Antes da nossa conversa sobre um relacionamento sério. Isso é aceitável, certo?

O braço de Nick caiu de meus ombros. Seu rosto contraiu-se em decepção e ele deu um passo atrás.

– Você está falando sério?

Ah, merda. Não era assim que eu havia imaginado essa conversa.

– Estou, mas foi há séculos.

– Certo, tudo bem. Quando?

– Hum, há uma semana!

– O quê?! Ellie, estávamos saindo e dormindo juntos.

– Eu sei. Mas, honestamente, Nick, foi só uma vez. Não significou nada.

– Tudo bem, que seja. Você está certa. Não tínhamos conversado. Não era oficial ainda. Está tudo bem.

– Hum, não estou captando tantas vibrações assim de "tudo bem" da sua parte.

Nick olhou direto para mim.

– Honestamente? Você está certa. Você tinha permissão para fazer o que fez, mas mesmo assim estou me sentindo um merda. Pensei que conhecesse você e agora estou percebendo que estava errado. Nunca achei que você fosse o tipo de garota que dormiria com todo mundo.

Minha feminista interna começou a despertar.

– Hum, desculpe, mas o que você está querendo dizer com isso? Por que não posso dormir com todo mundo se estiver solteira, o que, por sinal, pensei que fosse o caso, já que você nunca me disse o contrário?

– Eu interpretei você mal. Desculpe. Então, quem foi o cara?

O nó de culpa voltou.

– Ah, meu Deus. Foi meu colega de casa. Ollie.

– Pensei que você morasse com um cara gay e outro que tinha namorada.

Respirei fundo.

– E moro. Foi com o que namorava.

Nick deu outro passo para longe de mim.

– Que diabos, Ellie? Você me traiu fazendo outra pessoa trair também?

– Pensei que tivéssemos concordado que eu não estava traindo você. – Ele olhou para mim com nojo. Ah, meu Deus. – Nick, sinto muito. Eu não pretendia... Estou me sentindo tão, tão mal por causa disso. Foi de longe a pior coisa que já fiz.

– Eu sou um idiota – esbravejou ele. – Trouxe você para conhecer minha maldita família porque gosto muito de você. Mas o tempo todo você estava dormindo com seu amigo que tem namorada.

– Não – gritei. – Não foi assim. Eu não sabia... que você gostava de mim.

Ele arqueou as sobrancelhas.

– Eu preparei um jantar para você, disse que a achava fantástica e mandava mensagens o tempo todo. O que a fez achar o contrário?

Dei de ombros, impotente. Como diabos eu havia interpretado tal mal as últimas semanas?

– Nick. Por favor. Me desculpe.

– Ellie, se você faz isso, não sei do que mais é capaz. Se trepa com alguém que tem namorada enquanto está trepando comigo, então você não é quem eu pensei que fosse... é só mais uma puta.

Minha boca se escancarou. Ele havia de fato dito isso? Como ele ousava me chamar de puta só por ter feito sexo casual? Não era exatamente isso o que eu e ele havíamos feito ao nos conhecer? Transamos uma vez. Por que ele de repente achou que eu era uma Madre Teresa?

– Como você pode dizer uma coisa dessa? – gritei. – Isso é tão pejorativo e... e cruel para com as mulheres. Se eu fosse um cara, você nunca teria dito o que disse.

– Teria, sim, porque o que você fez foi desprezível e feio. Pensei que você fosse melhor do que isso, mas não é.

Eu não sabia se gritava ou chorava. Optei pelo primeiro.

– Você é um completo imbecil! Não pode me chamar de puta por dormir com alguém ANTES de me pedir adequadamente em namoro. Não pode mudar o início de um relacionamento, Nick. E quem escolho para dormir antes de termos um relacionamento sério é problema só meu. Você não tem *nenhum* direito de me julgar por isso.

– Ah, é? Então por que nós estamos juntos?

– Só Deus sabe. Foi você quem sugeriu.

– Bem, talvez tenha sido um erro meu – disse ele, afastando-se.

– Nick? O que você está fazendo? Temos o resto do final de semana aqui... como vou voltar para casa?

– Você devia ter pensado nisso antes de agir como uma puta – disse ele. Encarei-o, chocada. – Pode pegar suas coisas em casa... a chave está embaixo do tapete... e voltar sozinha.

Nick afastou-se, deixando-me parada no meio de um campo de lama vazio. Ele estava indo embora. Eu teria de voltar para casa sozinha.

O que Holly diria? E os pais dele? Como diabos eu voltaria para casa? E ele achava que eu era uma puta?

Senti meus joelhos fraquejarem e desabei no chão. Comecei a chorar. O fim de semana de meus sonhos havia se transformado em um término de um relacionamento e, por fim, em um inferno em menos de vinte e quatro horas. Que diabos eu iria fazer?

Ouvi um ruído atrás de mim. Nick havia voltado. Havia me perdoado e tudo ficaria bem. Graças a Deus. Eu me virei.

Um imenso mamute peludo com dois chifres me encarava.

Gritei.

Muuuuu.

Espere. Mamutes produziam aquele som? Parecia uma vaca. Apertei os olhos e percebi que, sem o pelo, o bicho era igual a uma vaca. Não tinha manchas pretas nem brancas, mas aquilo certamente eram tetas.

    Olhei em dúvida para a vaca peluda antes de desatar a chorar outra vez. Meu namorado me achava uma puta. Havia me abandonado em uma plantação de alho e a única companhia que me restava era um mamífero peludo com tetas.

CAPÍTULO 33

Entrei em meu quarto e atirei minha bolsa Gap no chão. Eu estava absolutamente exausta. Precisei de quatro horas, um trator, uma balsa, um trem errado, depois o metrô e o ônibus para chegar em casa. Meus pés suavam nas galochas, o rosto estava inchado de chorar, e eu exibia marcas vermelho-escuras nos ombros por causa das tiras da bolsa.

Se tivesse mais energia, ainda estaria chorando. Porque Nick me julgava uma puta. No mau sentido da palavra. E talvez tivesse razão.

Emma e Will não estavam falando comigo, Lara estava claramente decepcionada e minha mãe estava horrorizada com minhas ousadias estampadas por toda a internet. Meu primeiro relacionamento havia durado vinte e quatro horas e, a essa altura, ele me considerava uma puta perversa. Toda essa fase de sacanagem havia começado um pouco por diversão e para que eu me sentisse como todo mundo e conseguir muitos orgasmos, mas havia acabado por se tornar um completo desastre – sem nenhum orgasmo.

Tirei as galochas, o casaco impermeável, o pulôver, o jeans e a calcinha toda rendada. Eu simplesmente não entendia como tudo dera tão errado. Todos da minha idade tinham transas casuais e ficava tudo bem. Mas eu tinha que magoar alguém que queria ser meu namorado, justo com o namorado de outra pessoa.

O único conforto era Yomi não ter descoberto. Eu não conseguiria lidar com mais isso. Ver Emma descobrir a traição de Sergio havia sido a experiência mais traumática de minha vida até então e nem sequer tinha sido comigo. Senti as lágrimas alfinetarem meus olhos outra vez. Eu havia destruído um relacionamento e contrariado meu código moral em nome de... quê? O rosto excitado de Ollie surgiu em minha mente e senti náusea. Eu só havia transado com Ollie por ele ter me elogiado tanto, como se eu fosse a garota deslumbrante que ele desejou por tanto tempo.

Quando, na realidade, ele só queria uma transa rápida e não se importava nem um pouco comigo. Ao contrário de Nick. Que gostou de mim desde o começo, enquanto eu estava cega demais para perceber. Ah, por que Nick não tinha simplesmente falado?! Eu nem sequer sabia que o estava traindo. Se ele fosse mais claro que queria um relacionamento sério, então talvez eu não tivesse transado com Ollie. Desde o início, ele deixou transparecer que éramos apenas ficantes. Merda, ele passou a noite em que transamos pela primeira vez encarando a ex-namorada. Ficou comigo apenas para deixá-la com ciúme. Pensei que estávamos juntos só pelo sexo.

Fui para a cama e enterrei o rosto no travesseiro, sentindo-me uma merda. Era como se existisse um código implícito sobre ser puta e ninguém tivesse se dado o trabalho de me informar. Como eu poderia saber o que era ir longe demais? Pensei que a regra geral fosse apenas seguir os próprios instintos e fazer tudo o que parecesse correto, mas isso não tinha dado certo.

Eu simplesmente não entendia o que era ou não aceitável. A traição era ruim, claro. Mas e se a pessoa não *soubesse* que estava traindo porque seu namorado não havia se dado o trabalho de informar que eles estavam em um relacionamento sério? Além de não saber se era ruim ou não – eu nem sequer sabia se isso era mesmo traição.

Estendi a mão para pegar o celular. Não havia mensagens, notificações, nem mesmo uma atualização de aplicativo. Nem meu telefone precisava de mim. Tornei a atirá-lo em cima da cama e suspirei. Os quatro campos principais da minha vida estavam completamente fodidos.

1) Trabalho. Eu não recebia salário e minha chefe estava me explorando.
2) Amigos. Mal falavam comigo e estavam seriamente decepcionados.
3) Amor. Inexistente. Meu namorado por vinte e quatro horas havia me chamado de puta.
4) Família. Minha mãe estava a ponto de me renegar por causa da minha coluna sobre sexo.

Fechei os olhos. Desejei chorar histericamente e expurgar todo o estresse que eu sentia, mas estava entorpecida demais. Aquilo não parecia com os dramas que vivi antes, nos quais eu era humilhada/rejeitada/abandonada e me lamuriava bebendo vinho. Aquilo era muito maior. Não era apenas um incidente isolado; era minha vida inteira. Eram minhas decisões, minha falta de código moral e meu egoísmo. Não era de admirar que estivesse sozinha em meu quarto.

Vesti o roupão e fui até a cozinha no andar de baixo em busca de conforto. Claro que as prateleiras e as outras partes da geladeira que me cabiam estavam vazias, mas havia uma embalagem de ricota fresca na prateleira de Will. Não era exatamente o suflê de chocolate que eu desejava, mas teria de servir. Peguei uma colher, um pouco de geleia e arrastei-me até o andar de cima. Essa era minha vida agora: ricota roubada e noites de sábado solitárias.

...

– Ellie?

Abri os olhos e vi dois grandes olhos verdes me encarando.

– Nick? – chamei.

– Hum, como é?

Esfreguei os olhos. Emma debruçava-me sobre mim com as sobrancelhas arqueadas.

– Desculpe, desculpe, eu estava dormindo. – Sentei, bocejando, perguntando-me por que motivo meus olhos estavam tão doloridos. Então lembrei que havia pegado no sono, chorando sobre a ricota. Todos os sentimentos de desesperança voltaram até que percebi que Emma, uma de minhas amigas, portanto um quarto dos componentes da minha vida, estava falando comigo. Endireitei o corpo. Eu precisava tentar reconquistá-la com meu charme e inteligência.

– Hum, como você está? – perguntei.

– Segurando as pontas – respondeu ela. – Saí com Meely ontem à noite. Só entrei aqui porque ouvi barulhos e sabia que você estava fora, então quis checar para ver se não era algum ladrão ou coisa assim.

– Ah – gemi, sentindo-me mal de novo. Eu devia saber que ela não tinha entrado para dizer que estava tudo bem.

– Agora que sei que é você, é melhor voltar para a internet e postar mais alguns anúncios sobre o quarto vago de Ollie.

Ela ergueu-se para sair, mas puxei desesperadamente a manga de seu moletom.

– Em, me desculpe. Realmente sinto muito. Não se preocupe em tentar encontrar alguém para ocupar o quarto... Prometo que vou fazer isso. E, se não conseguir, vou pagar o aluguel.

– Você quer dizer que sua pobre mãe vai pagar o aluguel – declarou ela, esfregando o braço.

Esforcei-me para não cobrir de novo a cabeça com o edredom.

– Você tem razão – concordei por fim. – Mas logo vou receber salário no trabalho e começar a pagar minha mãe, juro. Sei que isso já foi longe demais.

– Eu só estava esclarecendo – disse ela. – Tudo bem. É a sua vida. Você pode fazer o que quiser.

– Por favor, pare de agir de forma esquisita – choraminguei, perdendo a calma e o otimismo. – Peço desculpas por ser uma merda.

Eu não queria que tudo se transformasse nessa completa bagunça. Não, não mesmo. Prometo que vou ajeitar as coisas.

Emma suspirou.

– El, não estou brava com você. Mas ainda não esqueci. Só preciso de um tempo e tenho certeza de que vamos voltar ao normal.

– Tempo? Mas e se você nunca mais esquecer? E se eu tiver abalado nossa amizade pelo resto da vida?

– Que bom que você continua a dramática de sempre.

– Mas estou falando sério, Emma. Você e Lara são as únicas coisas boas na minha vida e chega de priorizar homens e sexo em vez de ficar com vocês. Sei que andei fazendo isso e já chega, juro.

– Querida – disse ela em tom mais normal. – Você sabe que nunca vou ficar no caminho de uma boa transa. Só estou esquisita desde que Serge e você vêm agindo de forma estranha e, porra, parece que tudo está muito estranho agora.

– Eu sei. Nunca pensei que fosse dizer isso, mas quase sinto saudades do tempo em que era virgem, em que o único problema era ninguém querer chegar perto da minha vagina. Agora parece que tem gente demais lá embaixo.

Emma riu.

– Você percebe que só transou com três pessoas, El? Isso é dez vezes menos que eu.

Sorri.

– Eu sei. É tão estranho... tenho a sensação de ter vivido os meses mais sacanas que se pode imaginar, mas no mundo real, é provavelmente o que a maioria das pessoas fez antes mesmo de começar o ensino médio.

– É, mas aconteceu em um espaço de tempo muito curto. E foi complicado. – Ela sentou-se na cama e mordeu o lábio inferior. – Sinto muito que as coisas não tenham sido fáceis para você, querida. Eu também não queria ter ficado brava por você ter viajado com Nick.

Só tive a sensação de que você estava me abandonando. Quando eu precisava de você. Entendeu?

– Totalmente – concordei, balançando a cabeça. – Fui uma perfeita vaca. Mas o destino levou a melhor e as coisas com Nick terminaram. Então, quando digo que não vai acontecer outra vez, realmente não vai.

– O quê? O que aconteceu? Foi por isso que você voltou mais cedo? Tive o pressentimento de que alguma coisa estava errada.

– Não, Emma – disse eu, erguendo a mão esquerda. – Não vou falar sobre isso porque vou me culpar por tudo como sempre faço e estou cansada de ser egoísta.

– Ah, cale a boca, Ellie, e me conte tudo – pediu ela.

– Mesmo que seja deprimente e vá fazer você me detestar ainda mais do que já detesta?

Ela revirou os olhos.

– Não detesto você. Só sinto saudade. Então pare de ser essa garota que não conheço e que esconde as coisas e *conte logo*.

– Certo, tudo bem, mas foi você quem pediu. Então... Nick não achava que éramos ficantes. Achava que éramos um casal. E me apresentou como sua namorada.

– Eu sabia – ofegou Emma. – Isso é fantástico... Por que você não está feliz? Você quis um namorado a vida inteira e finalmente conseguiu. Como isso pode ser ruim? – Então seu rosto empalideceu. – Ah, merda, não me diga que você contou a ele sobre Ollie.

– Eu me senti culpada... tinha que contar! Além disso, com certeza é a coisa certa a fazer. Honestidade e tudo mais?

Ela apoiou a cabeça nas mãos.

– Você não aprendeu nada comigo, Ellie? Não se contam as coisas que eles nunca vão descobrir... não se faz isso.

– Bem, eu acabei fazendo... E ele ficou louco, me chamou de puta e me deixou sozinha em uma fazenda de alho.

Ela afastou as mãos dos olhos.
– Por que você estava em uma fazenda de alho?
– Não pergunte.
– Como você chegou em casa?
– Um trator, uma balsa, um trem, o metrô e um ônibus.
– Ah, meu Deus, essa foi demais. Você está BEM?
– Hum, você não devia estar mais preocupada com o fato de Nick ter me chamado de puta e terminado comigo logo depois que entendi que estávamos namorando?
– É óbvio que quero saber disso. Só não estou acreditando que você tenha precisado entrar em um trator.
– Mais uma vez, não é esse o foco.
– Tudo bem, desculpe, só não consigo imaginar. Mas, caramba, então Nick achava que vocês eram um casal. Como foi tudo antes que ele a chamasse de puta?
– Incrível – respondi. – Bem, na verdade... não sei. Pensando nisso, talvez tenha sido meio ruim. Ficamos bebendo com a família dele durante a maior parte do tempo, depois tivemos um *brunch* muito estranho em que suei sem parar e então aconteceu a Fazenda de Alho.
– Não, mas e os sentimentos? Não foi emocionante poder dizer "esse é meu namorado" e tudo mais?
Suspirei.
– Honestamente? Não sei. Levei muito tempo para compreender e ainda assim me senti estranha. Sei que parece ingratidão, mas não tenho certeza de ter ficado muito empolgada. Tenho a sensação que isso aconteceu cedo demais, sabe?
– Certo, mas quem se importa? Tirando o fato de ele chamá-la de puta, o que ele fez por raiva e vai esquecer assim que você pedir desculpas... ele é incrível, não é?
– É, quer dizer, ele é inteligente, atraente e encantador. Mas, Em, não sei o quanto temos em comum. Não sei o quanto estou

triste. Tudo bem, chorei a noite toda ontem. Mas é só rejeição? Ou realmente sinto falta dele por ele?

— Não sei, querida. Mas, ao que parece, vocês se dão muito bem. Tipo, vocês nunca tiveram silêncios estranhos nos encontros, tiveram? E acho que você disse que ele é muito divertido.

— Ele é. E adoro transar com ele sempre que nos encontramos.

— Hum, você já chegou ao orgasmo com ele?

— Nãooo.

— Isso vem com o tempo. Honestamente, Ellie? Não faço ideia do que você está fazendo aqui em Haggerston. Neste exato momento, devia estar na ilha de Wight, implorando para que ele a aceite de volta.

— Não vou implorar! Ele foi um grosseiro comigo e, de qualquer forma, como eu podia saber que estávamos namorando?

— Olha, você sabe que normalmente sou a primeira a dizer que você deve se manter firme e não dar uma de carente, mas, tecnicamente, agora você está errada.

— Os pais dele provavelmente já sabem que sou uma puta, a namorada do irmão dele, que fuma cigarro eletrônico, me detesta e não gosto dos All Blacks e isso nunca, jamais vai acontecer – deixei escapar.

— Não faço ideia do que você acaba de dizer.

Gemi.

— Acho assustadora a ideia de estar em um relacionamento de verdade, maduro. E se não tivermos o suficiente em comum? E se ele me fizer assistir rúgbi, buscar cervejas e ficar sentada em uma sala com as mulheres enquanto faz coisas de homem? Não é isso o que quero para o meu futuro, Emma. Não quero sacrificar minha independência por um relacionamento.

— Querida, ninguém disse que tem que ser assim. Serge nunca me obrigou a fazer nada disso.

— Ele é europeu.
— E daí?
— É diferente.
— Ellie. Parece que você tem os problemas clássicos de se comprometer.
— Não é isso o que se espera dos homens, não das mulheres?
— É, nas comédias românticas. Hoje em dia, são os homens que estão carentes, você não reparou nisso? São sempre os caras que querem relacionamentos, como Nick quer com você, e nós não nos preocupamos porque somos jovens, gostosas e sabemos que podemos ter todo mundo. Principalmente com aplicativos como o Tinder. Tem sempre alguém em um raio de dez quilômetros, então você não precisa nunca mais se sentir carente. Entendeu?
— É, eu sei. É por isso que não quero um relacionamento sério, do contrário nunca mais vou marcar encontros pela internet e minha fase de putaria vai terminar. Mas depois de Nick ter me chamado de puta, isso talvez seja uma coisa boa.
— Ah, meu Deus — disse Emma. — Nós tínhamos um pacto sobre essa história de puta, está lembrada? Você não pode mudar o significado de uma palavra se continua voltando ao significado antigo.
— Isso não é uma exceção? Acabo de levar um fora de alguém que usou a palavra "puta" porque queria expressar o quanto sou leviana. E não me olhe assim. Minha mãe usa a palavra "leviana". Aprendi com ela.
— Eu não falei nada, querida — defendeu-se ela, abrindo as mãos. — Olha, entendo que foi ruim ouvir o que ele disse, mas isso só a machuca porque você deixa. Você poderia simplesmente imaginar que ele estava tentando dizer, "você é alguém que transa muito e sua transa mais recente foi moralmente duvidosa, para não dizer inoportuna". Isso dói tanto assim?
Eu ri.

– Acho que não. Sei que você está certa. Mas tenho a sensação de que está tudo dando errado, sabe? Nick foi muito agressivo ontem. Minha mãe acha que sou quase uma vagabunda descarada, o que está lhe rendendo alguns cabelos brancos extras. E você e Will me odeiam por causa dessa situação com Ollie. É uma confusão enorme. E não quero de jeito nenhum ir para o trabalho amanhã nem escrever outra coluna. Nem tenho conteúdos impróprios para compartilhar.

– Tudo bem – disse Emma. – Vamos resolver uma coisa de cada vez. Primeiro, não odeio você porque jamais conseguiria sentir isso. Você é uma amiga incrível, mesmo que tenha trepado com nosso outro amigo. – disse ela. Abri um sorriso vacilante. – Will vai esquecer, apesar de ter gritado hoje de manhã por causa do canelone de ricota e espinafre estragado, então talvez você precise se desculpar mais. Tirando sua situação com Nick, parece que o próximo grande problema é sua coluna. Como você se sente em relação a ela? Dane-se o que os outros pensam.

Suspirei.

– Não sei. Por um lado, adoro escrever a coluna e não me importo que as pessoas saibam essas coisas a meu respeito. Não descrevo propriamente o sexo, só conto que transei. Além disso, as pessoas acham a coluna divertida e adoro isso. Mas o único problema é que, sempre que escrevo, me sinto culpada porque sei que minha mãe vai pirar e se eu destruir meu futuro? Talvez nunca mais consiga emprego.

– Querida, somos a geração do Facebook. Crescemos com a internet. Esse compartilhamento público excessivo é a nossa praia. Desde que você mantenha a coluna relativamente adequada e escreva bem, duvido que algum futuro empregador vá se importar. Diabos, se continuar no mesmo segmento, aposto que seu próximo chefe vai adorar o que você fez. O único problema em potencial é você não conseguir se livrar da culpa.

– Mas é exatamente isso. Não sei se a culpa é por causa do que estou fazendo com minha carreira ou só parte da culpa religiosa que minha mãe me incutiu, sobre não me masturbar e tudo mais. Você sabe, a vergonha feminina de usar a própria vagina e de ousar falar sobre isso. Aposto que se um cara fizesse isso para a *GQ* ou qualquer outra revista, todos ririam e o considerariam um brincalhão. Se eu fosse homem, sei que minha mãe não se importaria tanto. Isso é SEXISMO.

Emma franziu o rosto.

– Hum, pode ser, mas tenho a impressão que não é esse o verdadeiro problema aqui. Estou certa ao afirmar que você quer continuar a fazer isso? – Dei de ombros em resposta. – Exatamente, você quer. E o único problema é sua mãe se importar. Mas você tem que parar de permitir que isso seja um problema. Nem sempre é possível agradar os pais. Outro dia alguém tuitou uma coisa ótima sobre a vida ser uma corrida de revezamento e seus pais estarem sempre passando o bastão para você, mas chega um ponto em que você se pergunta, por que ainda continuo segurando esse bastão? E então pode simplesmente largar o bastão e se afastar.

– Hum, tudo bem – disse eu. – Acho que entendo o seu ponto de vista, mas existe também o outro fato de que ainda não recebo salário e estou me deixando explorar por dinheiro nenhum.

– Então peça um salário.

– Você acha que já não tentei? Maxine é uma vadia psicopata que se recusa a ceder. Já tentei VÁRIAS VEZES.

– Bem, dessa vez, faça uma proposta que ela não possa recusar – disse Emma, cruzando os braços com um sorriso.

– Você tem um plano? Por favor, me diga que você tem um plano. Estou realmente precisando de dinheiro para comprar comida.

– Desculpe, querida, só digo coisas motivacionais. É você quem tem que ir e agir. Boa sorte.

...

Eu estava parada em frente ao prédio de meu escritório às oito da manhã. Nem Maxine teria chegado assim tão cedo, mas eu precisava de tempo para me preparar antes da importante reunião. Bem, não era uma reunião em si porque Maxine ainda não sabia que participaria, mas seria importante. Eu iria finalmente pedir um salário e daria certo, pois havia criado um plano. Tinha algo a oferecer que ela não poderia recusar e não era trabalho não remunerado.

O discurso inspirador de Emma havia ajudado. Assim como o fato de eu ter basicamente chegado ao fundo do poço e nada ter a perder. Estava com raiva e pronta para lutar por meus direitos.

Entornei meu espresso com leite garganta abaixo, saboreando cada centavo dos £2,10. Eu conseguiria fazer aquilo. Subiria, recuperaria minha vida e enfrentaria a vadia. Se Anne Hathaway conseguiu enfrentar Meryl Streep, eu certamente poderia fazer aquilo. Só precisava tentar vestindo meu melhor Primark em vez de um Valentino – e tentar não atirar meu celular em uma fonte.

– Matando tempo?

Eu me virei e vi Maxine ali de pé, as sobrancelhas arqueadas em minha direção. As delas eram muito melhores que as minhas, feitas em casa.

– Já estou subindo – respondi com energia, tentando recuperar a compostura. Não era assim que eu queria que ela tivesse me visto.

– Vamos então – disse ela.

Balancei a cabeça de leve e a segui. Ela caminhou com suas sapatilhas e lamentei ter colocado botas de salto. Eu as escolhi para parecer poderosa, mas me senti pesada e apelativa ao lado dela.

– Eu gostaria de ver você mais tarde – anunciei. – Tem uma coisa que quero conversar.

– Vá em frente então.

– Não! – exclamei. – Agora não. Quero fazer isso do jeito certo. No seu escritório.

Ela arqueou as sobrancelhas e senti meu rosto queimar. *Por que* eu era tão ruim nisso de "vá, garota, você consegue"? A versão cinematográfica da minha vida era bem diferente disso.

– Tudo bem. Apareça às oito e meia.

Concordei depressa.

– Legal. Vou fazer isso.

Ela me ignorou e saiu do elevador direto para seu escritório. Tudo bem, eu iria conseguir. Só precisava ser menos Ellie Kolstakis e mais Anne Hathaway.

Eu: Estou surtando.
Emma: Pense nos $$$!! Você consegue.
Lara: Não entre em pânico ou você vai parecer estranha e perder a vantagem.
Emma: É, continue forte, querida. Você precisa ter seu momento de "você consegue, garota".
Eu: E se eu estragar tudo?

Houve uma pausa significativa na conversa antes que Lara respondesse.

Lara: Então você sai e arranja um emprego diferente. Vai ficar tudo bem!

Suspirei e coloquei o celular na pia do banheiro. Não seria fácil, mas eu precisava tentar. Olhei-me no espelho. O cabelo estava muito bom, o delineador, uniforme, e a blusa preta de chiffon parecia elegante. Se não me conhecesse, eu teria pensado que se tratava de alguém com um emprego remunerado.

Nos últimos meses, muita coisa havia mudado. Eu deixei de ser a garota penetrada uma única vez para ser a garota que havia trepado com um amigo e tinha caras – tudo bem, um cara – querendo namorar. Minha vida adulta estava finalmente começando – só que muito mais confusa do que o previsto. De qualquer forma, eu precisava surfar essa onda antes que ela estourasse sem mim e eu ficasse me perguntando para onde estava indo.

Peguei o celular e saí do banheiro. Eu estava cansada de passar os dias escondida em banheiros. Iria atrás de meu salário – mesmo que isso significasse partir o coração de minha mãe. Se ela não conseguia lidar com o fato de sua filha ter se tornado uma adulta com vida sexual, então não deveria ter tido filhos.

– Maxine? – chamei ao abrir a porta de vidro.

Ela empurrou os óculos Chanel pretos para baixo no nariz e me encarou por cima deles.

– Ellie. Entre.

Obedeci e sentei na cadeira em frente à sua mesa.

– Obrigada.

– Então, sobre o que você queria conversar?

– Maxine, quero um salário. – Seu rosto não se moveu, portanto continuei. – Trabalho de nove a dez horas por dia, ajudo todo mundo com conteúdo, consegui entrevistas muito boas para a revista e agora minhas colunas estão trazendo milhares de leitores por mês. Posso escrever mais e tenho ideias para expandir a revista com novos conteúdos.

– Ellie, agradeço todo o trabalho pesado que você faz, mas os orçamentos são apertados aqui.

Senti meu coração doer, então lembrei minha vantagem. Cruzei os braços e recostei na cadeira.

– Tenho uma coluna fantástica para você, Maxine. Chega de esconder os detalhes. Quero aproveitar isso e transformar em coisa minha. Não quero mais escrever sobre minha vida. Quero abordar uma nova questão feminina corriqueira a cada semana. A começar pela possibilidade de perder um preservativo dentro do corpo. E a humilhação de ser chamada de puta.

– E por que essa seria mais popular que a atual?
– Porque o jornalismo confessional já era. Todos da minha idade querem conhecer a vida real. Não estamos mais interessados em transformar todo mundo em celebridade. Assim, posso usar partes da minha vida como ponto de partida, mas o que realmente posso proporcionar é um insight sobre o que as pessoas da minha idade querem saber. Não pessoas sofisticadas como Camilla e tal, mas as meninas de verdade, de vinte e poucos anos, do "como essa merda pode ser minha vida". Quero escrever sobre assuntos que são importantes para nós. Quero escrever sobre questões feministas de forma aceitável. Mas só vou fazer isso por £25 mil anuais. Sem negociação.

Maxine retirou seus óculos. Ah, merda. Eu havia ido longe demais – sabia que devia ter pedido £20 mil, embora não fizesse ideia de como alguém poderia esperar que eu vivesse com isso.

– Tudo bem.

Minha boca se escancarou.

– O quê?

Maxine parecia satisfeita.

– Vamos fazer isso. Você está certa. Precisamos ser um site arrojado e necessitamos de pessoas mais descoladas trabalhando para nós. Vou preparar um contrato. Pode começar na sua nova função agora. Ah, e só vou pagar £23 mil.

Eu sabia que os £25 mil eram bons demais para ser verdade. Mas porra – ainda assim eu tinha um salário! E Maxine me considerava descolada. Mordi o lábio para impedir que um imenso sorriso se espalhasse por meu rosto e, em vez disso, balancei a cabeça com ar sério.

– Tudo bem. Vou aceitar. Obrigada.

– Obrigada, Ellie. Mas não me decepcione.

Eu desejava cair a seus pés prometendo que isso não aconteceria, mas obriguei-me manter a firmeza.

– Obrigada pela chance – declarei e saí.

Eu consegui. Iria ganhar um salário de verdade sem nem mesmo ter sido forçada a usar meu plano B, que era ajoelhar-me e implorar. Anne Hathaway não se comparava a mim, porque EU RECEBIA UM SALÁRIO.

CAPÍTULO 34

Conteúdo Impróprio

Desde que comecei a escrever esta coluna, minha vida começou a corresponder ao título. Acho que isso prova que Oscar Wilde tinha razão – a vida realmente imita a arte. Mas as pessoas reagiram de forma diferente a essa manifestação de... sexo.

Para algumas, tem sido o selo de aprovação que elas precisavam para me respeitar. Para outras, é constrangedor, mas elas estão realmente curiosas. Outras acham que a coluna é horrível. Eu, uma mulher jovem, não apenas faço sexo casual – mas escrevo a respeito. Fui chamada até mesmo de puta.

É por esse motivo que quero começar a lidar com essa palavra, essa que começa com P, pois estou cansada de ver garotas serem humilhadas ao serem chamadas de putas. Isso vem acontecendo há bastante tempo e já é hora de tomarmos uma atitude.

Pensei no que aconteceria se proibíssemos a palavra "puta" – mas não funcionaria. A proibição apenas torna tudo mais empolgante e há a questão incômoda da chamada liberdade de expressão.

Então, eu e minhas amigas tentamos transformar a palavra "puta". Tentamos lhe atribuir um significado positivo e voltar à ideia básica do termo, que apenas designa alguém que faz muito sexo. Nós nos chamamos de putas para desfazer o estigma associado à palavra.

Mas isso também não deu certo. Ficou confuso, pois nem todos usavam o termo como nós. Quando uma pessoa me chamou de puta – esqueci toda essa argumentação e fiquei apenas triste.

Foi por esse motivo que finalmente me dei conta de que, quando se trata da palavra que começa com P, tudo que podemos fazer é lembrar que ela é exatamente isso – uma palavra. Somos nós que lhe conferimos poder e significados. Alguns talvez a empreguem em sentido positivo: "amo que você seja tão puta"; mas outros são depreciativos: "sim, ela transou com ele. É uma puta."

Esse emprego negativo é apenas parte de um problema social mais amplo – assim como no mundo, é muito injusto. No entanto, por mais que eu deseje, não posso mudar isso. Só o que posso mudar é minha relação com a palavra "puta", então finalmente me decidi a aceitá-la pelo que é uma palavra.

Vou deixar de sentir tanto medo dela e, se alguém me chamar de puta, não vou me importar. Tenho o poder de permitir que isso me aborreça ou de desconsiderar e perceber que isso é apenas a ignorância. Não preciso deixar que esse pequeno dissílabo me afete.

Quero viver a vida do meu jeito. Serei julgada por isso, pois é esse o mundo em que vivemos e não posso controlá-lo – mas o que posso controlar é de que forma permito que isso me afete. E jamais permitirei que a estupidez de outra pessoa me impeça de viver a vida. Assim, quem quer que deseje me humilhar ao me chamar de puta, vá fundo. Estarei me divertindo, ocupada demais para notar.

Eu estava parada em frente ao Pizza Express, tremendo em meu casaco de couro sintético. Estava morrendo de fome e as garotas, como sempre, estavam atrasadas, mesmo que eu tivesse convocado o jantar de emergência com duas horas de antecedência.

Sorri comigo mesma. Lara estava vindo de Oxford num trem, achando que eu ainda estava mal pelo rompimento e comendo ricota. Iria morrer quando descobrisse que eu havia enfrentado Maxine e vencido. Agora que tinha um salário, eu pretendia até mesmo pagar a refeição. Elas não precisavam saber que eu tinha vales que me davam vinte e cinco por cento de desconto.

– Querida – disse Emma ao descer a rua em minha direção. Ela vestia legging de camurça preta com botas de cano muito alto. Eu a abracei com alegria, constatando que ela estava finalmente voltando a ser quem era antes do término com Sergio.

– Sinto muito por ter convidado vocês em cima da hora, mas eu queria muito ver vocês.

– Sem problema. Só quero saber o que aconteceu. Meu Deus, Maxine é uma VADIA. O que ela disse?

– Hum, só coisas muito ruins. Conto melhor quando Lara chegar. Adorei as botas por sinal.

– Mesmo? Não uso há séculos porque estou tentando dar uma moderada e ser mais adulta, sabe? Mas não tinha mais nada que combinasse com a roupa.

– Por algum motivo, não estou acreditando nisso, mas, em todo caso, elas são fantásticas. E o que significa dar uma moderada? Essa é a sua personalidade.

Ela deu de ombros.

– Acho que sim, mas minha personalidade tem me deixado na mão ultimamente.

– Sergio é um babaca – falei.

– Hum, eu estava me referindo ao fato de ter me estressado com você por causa de Ollie – explicou ela enquanto as pessoas se viravam para nos olhar. – Não a Sergio.

– Ah, merda, desculpe – disse eu, encabulada. – Mas, Em, já falamos disso. Você está legitimamente autorizada a ter raiva de mim. Eu ferrei nossa combinação de moradia.

– É verdade, ferrou, mas... Talvez eu consiga convencer Meely a entrar.

– Sério? Isso aumentaria muito nossa popularidade.

— Ellie, é estranho você achar Meely tão legal. Ela é igual a nós. Você vai fazer a garota pirar se continuar com isso. Mas é uma possibilidade. Assim não vão nos despejar por não pagar o aluguel.

— Fico contente em saber. Realmente não preciso acrescentar "despejada" a minha lista de acontecimentos deste ano.

— É verdade – disse uma voz familiar. Eu me virei e acertei Lara com minha bolsa. – Ai, você pode ser um pouco mais educada, Ellie?

— Desculpe. Fico feliz que você tenha finalmente chegado. Vamos escolher uma mesa?

— Tudo bem – resmungou ela e entramos. – Perdi a repescagem da tragédia?

— Não, estávamos esperando você – disse Emma ao afundar na cadeira. – Tudo que sei é que Maxine foi a vadia de sempre.

— *Quelle surprise*. Então, você pediu dinheiro e ela mandou você se foder?

— Pior – respondi e as duas pareceram devidamente chocadas. – Ela agiu como um ser humano de verdade. – Fiz uma pausa para fins de efeito dramático. – O que significa que ou interpretei mal minha chefe esse tempo todo ou ela está tendo um colapso.

— Estou perdida – disse Emma.

— Cale a boca – pediu Lara. – Ela concordou?

Sorri.

— Vinte e três mil libras! Quer dizer, são £2 mil a menos do que eu queria, mas vou escrever sobre temas reais e não só me explorar por dinheiro. Já escrevi minha primeira coluna sobre a humilhação de ser chamada de puta. Vai sair em breve.

— Ah, meu Deus – comemorou Emma. – Isso é tão, tão bom! Parabéns, El.

— Eu sei. – Sorri.

— Você merece – disse Lara. – Eu só queria que tivesse me avisado que as notícias eram boas. Eu não teria vindo de Oxford. Na verdade, teria ficado para fazer um pouco de revisão para variar.

– A revisão é supervalorizada. Além disso, eu sabia que você só viria se pensasse que as notícias eram ruins.

– Achei que você estaria chorando histericamente – disse Emma enquanto Lara balançava a cabeça.

– Jesus, obrigada pela confiança, meninas.

– Você chora muito – salientou Lara. – Sempre que tem uma pequena crise, chora histericamente. É justo termos imaginado que você estaria um caos.

Revirei os olhos.

– Bem, não estou. É óbvio que chorei um pouco no fim de semana... porque meu namorado me chamou de puta e me largou. Mas me recuperei e agora tenho um *emprego* com *salário* e minhas amigas são minhas amigas outra vez.

– Sempre fomos – disse Emma.

– Eu sei, mas mesmo assim. Estou me sentindo muito melhor, como se tivesse tudo resolvido. Já aceitei até a história com Nick. Fui uma puta naquela ocasião e, se ele quis dizer outra coisa com isso, então foi crítico e estava errado. Mereço coisa melhor que ele.

– Mas você tem certeza que não sente falta dele? – perguntou Emma. – Ele parecia perfeito para você, querida... tirando a história da puta, é óbvio.

– Não! – exclamei. – Ele gritou comigo e me abandonou no meio das vacas.

– É, mas você dormiu com outra pessoa – disse Lara.

– PORQUE ELE NÃO ME COMUNICOU QUE ÉRAMOS UM CASAL – gritei enquanto o garçom mais próximo voltava para a cozinha. – Não sou leitora de mentes. Como deveria saber?

– Hum, porque era óbvio? – arguiu Lara. – Ele sempre mandava mensagens e ligava o tempo inteiro, sugeria encontros legais, pagava as bebidas, preparou um jantar para você, se preocupava com você e com a sua vida, lembrava o nome das suas amigas... Sério, Ellie, ficantes não fazem isso.

Recostei na cadeira.

— Merda, acho que ele fazia muitas coisas.

Emma concordou com um movimento de cabeça.

— Achei que ele estava ficando muito interessado, El. Ele sempre buscava você no trabalho e convidá-la para essa viagem foi a maior revelação. Ficantes não fazem isso.

— Na opinião de vocês, ele achava que estava sendo claro sobre querer um relacionamento sério?

— Provavelmente — disse Lara. — Qualquer mulher com meio cérebro imaginaria que o cara realmente gosta dela se ele estava fazendo tudo isso por ela.

— Espere, sério? — perguntei.

As duas balançaram a cabeça em concordância.

— Ah, meu Deus. Sou uma idiota. Não percebi todos os sinais.

— Bem, isso é óbvio — disse Lara. — Todos os outros caras foram uns canalhas com você. Você deu muito mais importância à relação do que eles e se machucou. Enxergar o pior foi uma defesa natural.

— Ela está certa — disse Emma baixinho. — Querida, nem todos são iguais a Sergio. Eu fui enganada, mas isso não significa que você também vai ser. Talvez você tenha realmente encontrado a pessoa certa.

Arqueei as sobrancelhas.

— Por favor. Nick não é a pessoa certa. Não temos nada em comum e ele acha que sou puta. Pode ter gostado de mim durante nosso "relacionamento", mas acho que esse navio já zarpou.

— Não, não zarpou — disse Lara. — Você só está sendo dramática.

— Você pode salvar essa relação — disse Emma. — Quer dizer, ele é o cara mais legal com quem você já saiu.

— Eu saí com dois homens. Precisamente dois.

— E daí? Quantos caras por aí você imagina que vão fazer essas coisas legais por você? Especialmente que sejam bem-sucedidos, atraentes e normais?

Elas estavam certas. Ele era muita areia para meu caminhão.

— Merda — disse eu.

— Exatamente — concordou Emma. — Na verdade, não sei o que você está fazendo aqui... Neste momento, eu estaria no apartamento dele, pedindo desculpas por ter sido tão idiota.

Olhei para ela, em seguida para Lara.

— Meninas...

— Ah, meu Deus, não — disse Lara. — Percorri todo esse caminho!

— Pode jantar aqui que eu pago e depois pode dormir na minha cama.

— A cama onde você e Ollie transaram? — perguntou ela.

— Não — falei com pressa. — Isso aconteceu no quarto dele. O meu quarto está perfeito. — Levantei, vasculhei a carteira e peguei a única nota de vinte libras. — Aqui está, meninas, o jantar é por minha conta.

— Só isso? — perguntou Emma. — Acho que provavelmente vai ser um pouquinho mais.

— Tenho vales on-line. Passo para vocês enquanto estiver a caminho de Waterloo, tudo bem? Amo vocês, tenham um bom jantar e ME DESEJEM SORTE.

Saí correndo do restaurante antes que elas me impedissem. As duas tinham razão. Nick não era igual aos outros homens, uns merdas. Ele era a Pessoa Certa. Bem, a pessoa certa por agora. Eu precisava reconquistá-lo.

...

Eu estava em frente ao prédio de Nick. Vim apressada de metrô até Waterloo e já me sentia uma completa idiota. Vi Nick pela última vez em um campo de alho lamacento. Ele provavelmente precisou explicar para toda a família por que eu fui mandada de volta para Londres e por que ele estava gostando de uma psicopata. Talvez ele ainda me detestasse.

Mas eu precisava fazer isso. Precisava me conceder uma chance legítima de ter um namorado decente. Nick era gentil, atraente, generoso e atencioso. Sim, era banqueiro e havia me chamado de puta, mas, na realidade, eu deveria estar feliz por ele se importar a ponto de ficar tão chateado. Eu não imaginava nenhum dos caras com quem saí se sentindo mal se descobrissem que eu havia trepado com meu colega de casa.

E quer saber, Ellie, você merece Nick, declarei a mim mesma. Já era hora de abandonar essa insegurança adolescente. Esse sentimento estava me deixando completamente maluca e fazendo mal às minhas amigas. Nick gostava de mim, portanto era óbvio que eu não era tão pouco atraente. Até mesmo os outros caras que conheci on-line quiseram sair comigo. Eu tinha seios incríveis e era competente em meu trabalho, ou Maxine não teria topado. Além disso, eu era FORTE. Havia enfrentado Maxine. Ninguém fazia tal coisa. Se conseguia lidar com ela, conseguiria muito bem resolver a situação com Nick.

– Posso ajudar, senhorita?

Eu me virei, surpresa. O porteiro apareceu na porta e a mantinha aberta para mim. Ah, merda. Ele provavelmente achava que eu estava à espreita – ou era uma prostituta. Então lembrei que, na realidade, eu era colunista de uma revista on-line. Ergui o queixo e passei pela porta aberta.

– Obrigada – disse eu. – Conheço o caminho a partir daqui.

– Muito bem, senhorita – disse ele. Lancei-lhe um olhar para verificar se ele não estava escondendo um sorriso, mas o sujeito me pareceu bem sincero. Respirei aliviada e disparei escada acima rumo ao andar de Nick.

21B. A porta estava fechada. Avancei e encostei a cabeça no buraco da fechadura. Não consegui ouvir nada. Talvez ele nem estivesse em casa. De repente, senti-me uma idiota. Corri para lá sem nem enviar uma maldita mensagem. Ele provavelmente não estava em casa e eu havia desperdiçado minha noite e uma viagem no cartão Oyster.

Ouvi ruído no interior do apartamento. Ah, meu Deus. Ele estava em casa. Isso era bem pior que desperdiçar £2,40. Ele me acharia louca. Talvez eu tivesse me sentido em um filme de Audrey Hepburn ao fugir do Pizza Express, mas aquilo mais parecia uma cena de *Psicopata americano*.

Respirei fundo e apertei a campainha antes que fugisse. A porta se abriu.

– Ellie – disse Nick, olhando para mim.

– Oi. Você está em casa.

– Você achou que eu não estaria?

– Eu não tinha... certeza.

– Como vão as coisas?

– Hum, bem – respondi. Por que ele não me convidava para entrar? Merda, ele estava com alguém lá dentro?!

– Você... você quer entrar?

Respirei aliviada e o segui para dentro do apartamento, desejando ter pegado o elevador para inspecionar minha maquiagem no espelho. Que tipo de garota corria para ver a provável Pessoa Certa sem ao menos retocar o rímel?

Sentamos desajeitadamente no sofá. Ele ainda estava usando a camisa de trabalho, mas havia trocado a calça por uma esportiva. Estava sexy. Eu me sentia exatamente o oposto.

– Como foi o resto da viagem na ilha de Wight? – perguntei.

Ele deu uma risada curta.

– Ah, meio estranho. Todos ficaram loucos por você ter ido embora e me obrigaram a tentar encontrá-la. Segui seu rastro até um trator, mas o motorista disse que tinha deixado você na balsa.

– Você tentou me encontrar? Por que não me ligou?

– Achei que você não atenderia ao telefone depois das coisas que eu disse no campo.

Recordei a sensação de ter sido atropelada por um maldito trator ao ser chamada de puta.

— Hum, mais que justo.

— Mas você chegou bem em casa? — perguntou ele, passando a mão pelos cabelos. — Me senti um merda quando você foi embora. Fiquei muito preocupado.

— Sério?

— Você realmente faz tão pouco caso assim de mim?

— Não, claro que não! Só achei que você estava irritado demais para se importar se eu fosse assaltada a caminho de casa. Mas não, eu fiquei bem. Triste, mas bem.

Nick recostou-se no sofá e olhou para mim.

— Por que você está aqui, Ellie?

Retribuí seu olhar. Honestamente, eu não fazia ideia. Estava ali para tentar reconquistá-lo como namorado? Conseguia de fato me ver com ele?

Abri a boca para tentar dizer alguma coisa relevante, mas nada saiu. Merda.

Ele suspirou.

— Ellie, gosto de você de verdade. Sinto muito que as coisas tenham ficado tão estranhas na ilha. Acho que me senti um merda por você ter transado com outro cara.

Recuei.

— Não foi bem assim, Nick.

— É, eu sei. Mas tive a sensação de que você não queria nada sério comigo. E então... li as suas colunas e percebi que você achava que eu a estava tratando como estepe. — Enrubesci de vergonha. Agora ele sabia tudo sobre mim. Era horrível. — Mas a culpa foi minha. Eu não devia ter falado tanto em Sara no começo. Então tenho uma vaga ideia da sua opinião sobre querer um relacionamento casual. Mas agora estou dizendo que gosto de você de verdade. Você... você quer mais?

Era essa. Minha deixa para dizer que desejava algo sério e pedir que, por favor, deixássemos tudo aquilo para trás e voltássemos aos dez minutos em que havíamos sido um lindo casal.

Olhei para Nick, com a pele bronzeada, os cabelos despenteados e os olhos verdes esperançosos. Ele era o cara ideal, mas por alguma razão não parecia ser o cara ideal para mim. Ele queria que eu fosse sua namorada. Eu só queria transar até acabar com ele.

– Ah, meu Deus – declarei por fim. – Não acredito que esteja dizendo isso, Nick, mas acho que você tem razão. Não quero nada sério.

Seu rosto demonstrou decepção e ele cruzou os braços.

– Certo. Então você veio até aqui porque...

– Porque eu realmente queria que você fosse meu namorado. – Ele abriu a boca, mas continuei a falar. – Não, me deixe explicar. Eu só... eu percebi o quanto fui idiota no fim de semana passado e como você é um cara incrível. Mas quando cheguei aqui, acho... acho que percebi que você está certo. Não quero nada sério. Não me sinto pronta para isso, Nick. Só quero ser jovem, divertida, solteira e continuar a sair com caras, transar... mas só com aqueles de quem gosto.

– Então eu estava certo. Você é uma puta.

– Você não está me ouvindo – gritei. – Quero ser solteira. Se isso significa ter relações sexuais com mais de uma pessoa, então tudo bem, sim, quero ser puta. Quero transar e me sentir bem comigo mesma. Isso é um problema para você?

Ele parecia surpreso.

– Não, é... Ellie, está tudo bem. É claro que entendi. Eu sou homem. Isso foi exatamente o que eu quis fazer nos últimos dez anos. Mas agora estou um pouco mais velho e quero mais. Ah, droga, acho que fui muito duro com você. Você é alguns anos mais nova que eu.

– Não sei se é uma questão de idade. Só acho que não fiquei com muitos caras. Na verdade, meu número *está bem longe* de ser putaria.

Ele sorriu.

– Tive essa impressão. Acho que foi por isso que fiquei tão chocado com aquela coisa do seu amigo... não me pareceu muito você.

– Não foi. Mas para ser honesta, Nick, você não me conhece tão bem assim – falei baixinho.
– Mais que justo. Quem me dera ter tido essa chance.
– Sinto muito – disse eu. – Acho que tenho atirado para todos os lados. Quando você me chamou de namorada na ilha de Wight, percebi a sorte que tinha. Você é incrível. Mas acho que se concordasse em ser sua namorada, estaria usando você. Você preenche tantos requisitos que é difícil dizer não, mas, por algum motivo, acho que não somos certos um para o outro. Acho que você merece mais. E eu também.
– Se o propósito disso é fazer com que eu me sinta melhor, não sei se está realmente funcionando, Ellie.
– Desculpe. Estou divagando. Só quero dizer que você é incrível e eu ia adorar se continuássemos saindo sem compromisso. Só não quero um namorado.
– Sério?
– Sério. Que tal?
Ele suspirou.
– Se você tivesse me perguntado isso há um ano, eu teria considerado você a garota perfeita e aproveitado a chance. Mas, Ellie, quero uma namorada. Estou mais velho e quero sossegar.
Senti a decepção alojar-se em meu estômago.
– Certo, é justo. Acho que não posso ter tudo.
– Sinto muito. Mas estamos na boa, certo? Somos amigos?
– Sim, amigos. – Sorri.
Ele retribuiu o sorriso.
– Eu queria mais, mas acho que prefiro ter você em minha vida do que fora dela, mesmo que isso signifique que somos só amigos.
– Eu também. E se você algum dia mudar de ideia sobre essa coisa de sexo casual, é só gritar.
Ele riu.
– Tudo bem, e da mesma forma a questão do relacionamento.

– Combinado. Ei, na verdade... antes de eu ir embora, que tal a gente se despedir com dignidade?
– O que você está querendo dizer?
– Você sabe...
Ele olhou para mim sem entender.
– Ah, pelo amor de Deus – deixei escapar. – Você quer ou não quer transar comigo pela última vez?
Ele sorriu, balançando a cabeça com ar melancólico.
– Meu Deus, você é incrível. Não acredito que eu esteja abrindo mão de você.
– Isso é um sim ou um não?
– Que se dane... Ainda sou humano. Vamos para o quarto.
– Ou podemos continuar bem aqui – sugeri, ignorando o latejar do nervosismo em minhas artérias. Nick me beijou em resposta.

CAPÍTULO 35

Eu estava deitada nua no sofá bege de Nick. Meu casaco de couro sintético e minhas roupas íntimas sem combinar estavam espalhados sobre o piso de madeira. Nick estava montado em mim com o pênis projetado para frente, em um ângulo de noventa graus. O órgão era pálido em contraste com a pele bronzeada e eu podia ver a marca de seu calção de banho.

– Você é fantástica, Ellie – sussurrou ele entre beijos.

Sorri e retribuí os beijos com entusiasmo. Era tudo que eu desejava. Eu me sentia bem ali deitada com ele, nua, sabendo que seria a última vez que o veria. Ele não era meu namorado, eu nunca mais teria de assistir a um jogo de rúgbi e – melhor ainda – dali em diante, estava livre para fazer isso com qualquer outro cara que pedisse.

Deitei no sofá e fechei os olhos. Ele afastou-se de minha boca e começou a me dar beijinhos no pescoço. Então senti a ansiedade familiar. Abri os olhos e vi seu rosto perfeito junto ao meu. Ele nem mesmo tinha cravos.

As luzes estavam completamente acesas e minha pele muito pouco bronzeada estava à mostra. Ele via meus pelos corporais, as pequenas manchas, a pele irregular. Talvez sentisse os pelinhos que haviam crescido em minha barriga desde que tentei estupidamente raspá-los aos dezesseis anos.

Tudo que eu desejava era correr e apagar a luz. Então lembrei que aquilo não tinha importância. Eu não necessitava da aprovação de Nick. Nem sequer desejava que ele fosse meu namorado. Éramos apenas dois seres humanos nos divertindo juntos.

Relaxei e comecei a curtir os beijos suaves. Minha mente vagou para a cena no escritório de Maxine mais cedo. Ela havia aceitado minha proposta. Eu tinha o trabalho que sempre quis e seria paga por isso.

Ofeguei alto quando Nick pôs meu mamilo na boca e começou a chupá-lo. Fiquei bem – e o fato de estar empregada fazia com que me sentisse ainda melhor. Fechei os olhos outra vez e sorri. Estava tudo bem. Eu não era um fracasso. Havia levado uma mordida, ficado coberta de sangue e sido confrontada com uma depilação íntima, mas havia sobrevivido.

Minhas amigas ainda me adoravam. Eu estraguei tudo com Ollie, mas não fui infectada pelo preservativo perdido e aprendi a lição: homens comprometidos estavam fora de cogitação.

Nick fez o mesmo com o outro mamilo. Respirei alto. Aquilo me pareceu sexy. Ah, meu Deus, eu estava enfim vivenciando meu momento de filme noir e nem mesmo era proposital. Eu provavelmente parecia uma estrela do cinema francês, deitada no sofá com um homem gostoso me proporcionando prazer. Sorri ainda mais e assumi o papel, com a respiração alta e ofegante. Imaginei que Marilyn Monroe teria produzido os mesmos sons quando os caras chupavam seus peitos.

Lancei os braços em torno de Nick e beijei-o como deveria ser. Sentei e coloquei as pernas ao seu redor para que nossos corpos nus ficassem bem unidos. Ele estendeu a mão para além de mim e pegou uma camisinha, desembrulhando-a com rapidez e fazendo-a deslizar sobre seu pênis.

Recordando seus pedidos anteriores para que eu ficasse por cima, empurrei-o para o sofá e montei nele. Desci com cuidado o corpo sobre seu membro, mordendo o lábio na expectativa da dor que não veio. Ele colocou as mãos em meus quadris e me guiou, fazendo-me entrar no ritmo. Comecei a subir e descer enquanto seu rosto se abria em um sorriso.

A sensação era boa, mas claramente não tanto quanto a dele. Acelerei e, ao mesmo tempo, tentei friccionar o clitóris. Tentei curtir, mas fazer as duas coisas ao mesmo tempo era muito difícil. Nick começou a respirar de forma pesada e percebi que ele estava prestes a gozar.

Antes de mim.

Eu me afastei sem pensar e avancei sobre seu corpo. Tornei a baixar minha vagina por cima de seu rosto.

– Mff? – fez ele embaixo de meus pelos pubianos.

– Ainda não quero que você goze. Quero que me chupe. – Eu havia conseguido. Disse a ele o que queria. Estava me apropriando do sexo.

Nick gemeu e começou a roçar meu clitóris com a língua. Gritei quando ele atingiu o ponto exato. Olhei para baixo e vi seu rosto mover-se enquanto ele tentava friccionar meu ponto C. Nick estava fazendo isso por mim. A sensação foi boa, mesmo que minha vagina estivesse mais peluda do que eu gostaria e eu não tomasse um banho desde as seis da manhã. Ele perceberia?!

Então percebi que aquilo pouco me importava. Pela primeira vez, estava realmente ignorando se minha vagina não se parecia com aquelas perfeitas que eu imaginava existir embaixo das calcinhas de renda nos anúncios da Calvin Klein. Minha vagina talvez não parecesse uma galinha depenada, nem cheirasse a Jo Malone, mas e daí? Tinha um clitóris perfeito e um homem bastante disposto embaixo dela.

Já não me importava nem mesmo o número de Nick em minha lista. Ou se eu era ou não uma puta. Tudo isso era completamente irrelevante. A única coisa que me importava no momento era... ah, meu Deus... a sensação do sexo fantástico.

Fechei os olhos quando ele começou a me lamber mais rápido. Esqueci de respirar de forma sexy como Monroe e deixei escapar

altos gemidos. A sensação crescente familiar surgiu e agarrei-me a seus ombros.
— Mais rápido — gritei.
Eu me agarrei desesperadamente a ele à medida que a sensação aumentava.
— Ah, meu Deus, continue — gritei. Ele obedeceu. Sentia-me próxima ao clímax. Ah, meu Deus, eu iria realmente gozar com um homem?
Senti o orgasmo começar a brotar e expulsei o pensamento da mente. Não importava se eu atingisse ou não o orgasmo, estava ali apenas para me divertir. Se bem que... se desejava gozar, o melhor era começar a respirar mais e providenciar uma fantasia.
Visualizei um pênis ampliado pairando no ar e tentei fazer as respirações iogues que havia aprendido nos vídeos do YouTube.
— Om... Om... AHHHH.
Gritei ao sentir meu corpo relaxar. Fechei os olhos com mais força conforme a sensação me percorria e minha vagina tremia. Respirei mais devagar quando começou a diminuir.
— Isso... foi... incrível — disse eu, abrindo os olhos.
Os olhos de Nick continuavam bem fechados e ele parecia sentir dor. Escorreguei pelo seu corpo e sentei-me em seu peito.
— Hum, você está bem, Nick? — perguntei.
Ele passou a mão pelo rosto e abriu os olhos. Havia um líquido grudado em suas sobrancelhas e cílios. Com horror, percebi o que era.
— Ellie — disse ele. — Você acaba de gozar na minha cara.

Conteúdo Impróprio

Não é fácil atingir o orgasmo.

Preciso publicar isso, pois acho que é algo que muitas mulheres não ouvem com frequência. Mas é verdade. Cerca de cinquenta por cento das mulheres têm problemas para atingir o orgasmo; é fato.

No cinema, na TV e em praticamente todas as mídias, os orgasmos parecem fáceis. É possível ver mulheres fazendo sexo alucinante com caras que acabaram de conhecer, ou gozando sempre que o namorado as presenteia com sexo oral. ISSO NÃO É VERDADE.

O que transforma tudo em uma mentira. Talvez os executivos da mídia pensem que é uma mentira inofensiva – talvez pensem até mesmo que exibir tantas mulheres tendo relações sexuais fantásticas confira a elas certo poder – mas acho que pode ser bastante prejudicial.

Significa que aquelas de nós que batalham para alcançar alguns poucos segundos de êxtase sentem-se uma merda. Como se não fôssemos mulheres de verdade. Ou como se fôssemos sexualmente deficientes. Amigas já me disseram que se sentiram culpadas quando o namorado passou horas lá embaixo e nada aconteceu. Então dão uma de Harry e Sally – Feitos um para o outro e fingem como Meg Ryan.

Em parte, para fazer com que o namorado se sinta melhor – mas principalmente para não se sentirem péssimas namoradas. Para não terem a sensação de conseguir estragar a única alegria natural que Deus nos deu.

Mas acho que já é hora de nos livrarmos da culpa e enfrentarmos esse tabu – gozar é difícil para cacete. É possível fazer certas coisas para tentar entender isso – uma pesquisa rápida no Google ou uma ida ao seu clínico geral – mas, no final do dia, você não vai vivenciar a bem-aventurada nuvem de euforia, a menos que aceite que isso é um problema.

Eu gostaria de manter esta coluna menos voltada para as "confissões de uma mulher de vinte e poucos anos" e mais para as "questões sérias que as mulheres enfrentam", porém... também devo admitir que tenho lutado com isso.

Sozinha no quarto com meus dedos, eu chegava a qualquer lugar.

Era me colocar diante de um pênis e eu ficava perdida. Mas, homens e adoráveis leitoras, estou redigindo essas anotações depois *de ter superado a dificuldade. Na verdade, ele está deitado ao meu lado. Não é o amor da minha vida e, para ser honesta, duvido que voltemos a transar (tudo bem, ele sabe disso). Mas não foi ele quem me ajudou a chegar lá – fui eu.*

Pensei que os grandes obstáculos para se chegar ao orgasmo fossem problemas de verdade – as habilidades dele, o estado de minha vagina, a preocupação real de que ela não fosse muito atraente e ele não quisesse perder muito tempo lá embaixo. Mas agora percebi que tudo isso é bobagem. O único obstáculo real era minha falta de amor-próprio.

E o que aconteceu no instante em que descartei a paranoia, a insegurança e as preocupações? Um êxtase molhado, pegajoso. Também aprendi que nada mais importa. Não importa se você está dormindo com o segundo ou com o ducentésimo vigésimo segundo, se ele é a Pessoa Certa ou apenas um ficante – a única coisa importante é que você realmente curta o sexo e sinta-se à vontade.

Foda-se todo o resto. Nada disso realmente interessa. Porque, quando se trata de sexo, tudo que interessa é você se divertir.

Dito isso, estou pronta para o segundo round.

...

AGRADECIMENTOS

Eu me sinto muito afortunada por ter tantas pessoas incríveis em minha vida. Muito obrigada a todos vocês por me apoiarem – isto é, meus pais, meus amigos maravilhosos e ao melhor amigo que já tive.

Obrigada a todos que me ajudaram a resolver as "dúvidas do segundo livro" e a lembrar-me do motivo pelo qual escrevo. Significa muito para mim vocês dizerem que bufaram no trem ao ler meus primeiros rascunhos e conseguiram relacionar-se com os problemas de Ellie – é tudo o que posso exigir de meus leitores.

Neste contexto, muito obrigada a todas as pessoas que apreciaram *Virgem*. ADORO receber suas mensagens sobre o quanto gostaram da história de Ellie e adoro ouvir suas próprias histórias – continuem enviando.

E, claro, obrigada mais uma vez a minha incrível agente Madeleine Milburn, que fez tudo isso acontecer e a meus editores, pelo trabalho árduo e por sempre acreditarem em Ellie.

Impressão e Acabamento:
EDITORA JPA LTDA.